나카지마 아쓰시 작품집

1판 1쇄 발행일 2013년 12월 31일. ISBN 978-89-94228-83-9 03830 ⓒ 이숲 2013, esoopbook@daum.net

▶ 이 책은 저작권법에 의하여 국내에서 보호를 받는 저작물이므로 무단전재 및 복제를 금합니다.

▶ 이 도서의 국립중앙도서관 출판시도서목록(CIP)은 e-CIP홈페이지(http://www.nl.go.kr/ecip)와 국가자료공동목록시스템(http://www.nl.go.kr/kolisnet)에서 이용하실 수 있습니다. (CIP제어번호: CIP2012004789)

나카지마 아쓰시 작품집

조성미·김현희 옮김

이숲에올빼미

차례

나카지마 아쓰시의 낭질(狼疾)[*]

다케다 다이준[**]

[*] 이 글은 『중국문학』 1948년 2월호에 '작가의 낭질(作家の狼疾)'이라는 제목으로 처음 소개되었다.

[**] 武田泰淳(1912~1976): 소설가·평론가. 다케우치 요시미(竹內好) 등과 함께 중국 문학 연구회를 결성하여 잡지 『중국문학』을 창간하고, 한학에 대한 비판적 입장에서 현대 중국 문학을 연구했다. 이를 바탕으로 평론 「사마천」을 발표했으며 전후에 「살무사의 후예」 등으로 작가적 입지를 확립했다. 그 밖에 「풍매화」, 「숲과 호수의 축제」, 「심판」, 「쾌락」 등의 작품을 남겼다.

나카지마 아쓰시를 매료한 것은 무엇이었을까.

그것은 이를테면 아들이 아버지를 증오하고, 아버지가 아들을 두려워하며, 결국 아들이 아버지를 살해하는 정황 같은 것이었다. 상상하기 어려울 만큼 어두운 현실이다. 인간이 그토록 소중히 지키는 것, 그 안에 자기 몸을 누이고 안심하며 거기에 들어앉아 세상을 바라보는 보루 같은 윤리 도덕을 돌멩이 하나하나, 기왓장 하나하나 침식시키고 와해시켜 무너지게 하는 현실이다.

나카지마 아쓰시의 다음 두 작품은 아들에 대한 아버지의 공포를 다룬다. 「영허(盈虛)」는 위나라 장공(莊公), 「우인(牛人)」은 중국 노나라 숙손표(叔孫豹)의 처참한 최후를 소재로 삼고 있다. 나카지마는 중국 고전에 기록된 이 사건들에 수식을 최소한으로 덧붙여 작품을 발표했다. 그는 고전 문헌의 명확하고 통렬한 문체를 일본어, 특히 나카지마 자신의 언어로 새롭게 고쳐 썼다. 그뿐 아니라, 「산월기(山月記)」도 당나라 이경량(李景亮)의

기담 거의 전문을 완전히 소화하여 한 점의 모호함이나 흐트러짐 없는 단편으로 완성했다. 그는 풍속 소설가들처럼 내용에 물을 타서 질을 떨어뜨리거나 뿔을 뽑아 근대의 나약함으로 채색하는 따위의 짓을 용납하지 않는다. 그에게는 역사적 사실의 저변에 달콤한 공상의 막을 둘러칠 마음의 여유가 없다. 중국 고대의 사실은 그 사실만으로 순수하게 그를 감동하게 한다. 특히 아들에게 살해당하는 정치가의 운명은 그를 순식간에 사로잡는다.

나카지마의 「나의 서유기(わが西遊記)」에 대한 발문에서 히라타 지사부로(平田次三郎)는 작품 내용이 대부분 허구라는 점을 강조한다. 그러나 이것은 오해를 불러오기 쉬운 주장이다.

「산월기」도, 「영허」와 「우인」도 각각 훌륭한 단편적 구성이 엿보이는 작품이다. 소위 창작이나 허구에 능숙한 아쿠타가와(芥川) 식 단편의 외형과는 다르다. 그러나 이 작품들은 결코 허구가 아니다. 특히 작가인 나카지마에게는 허구가 아니다. 중국 고전을 충실하게 해석하고, 거기서 받은 감동을 겸허하게 기록했다면, 그의 허구를 구축하는 창조적 공법은 미미하게 작동할 수밖에 없다. 바로 이런 점에 나카지마의 전 작품을 관통하는 하나의 태도, 즉 그가 스스로 '병'이라고 부르는 경향이 잘 드러난다.

그는 중국 고대 정치가들의 죽음을 자기가 창작하는 서사의 사건으로 수용하기보다는 오히려 그 죽음에 현재의 자신이 사로잡혀 버린다. 이런 표현이 허락된다면 그와 이 고전 기록과의 만남은 운명적이었다고 할 수 있다.

숙손표는 아들 수우(豎牛)의 간병을 받다가 결국 아사한다. 굶주림으로 죽어가는 그는 곁에서 냉소하며 서 있는 정체불명의 남자[牛男] 얼굴을 올려다본다. 그러자 "그것은 이미 인간의 얼굴이 아니라 캄캄한 원시의 혼돈에 뿌리내린 하나의 사물 같았다. 숙손표는 뼛속까지 얼어붙는 듯한 느낌이 들었다. 자신을 죽이려는 괴물에 대한 공포는 아니었다. 그의 감정은 오히려 이 세상의 혹독한 악의에 대한 일종의 겸허한 경외심에 가까웠다".

「우인」에서 이 경외심은 음험함 그 자체와 같은 '우남(牛男)'이라는 인물로 상징되지만, 또한 그의 전 작품의 저변을 흐르는 어두운 색조를 이루는 요소다. '세계의 혹독한 악의에 대한 겸허한 외경심' 바로 그것이 그로 하여금 고대의 역사적 사실에 주목하게 했고, 「카멜레온 일기(かめれおん日記)」와 「낭질기(狼疾記)」에서 멋진 자기 고백을 가능하게 했으며, 결국 「빛과 바람과 꿈(光と風と夢)」이나 「제자(弟子)」, 「이릉(李陵)」과 같은 장편을 쓰게 했다.

나카무라 미쓰오(中村光夫)는 나카지마를 가장 잘 이해한 훌륭한 비평가다. 나는 그가 『비평』에 발표한 「나카지마론」을 세 번이나 읽었지만, 세 번 모두 재미있었다. 그러나 그는 두세 가지를 오해한 듯싶다. 예를 들어 그는 「산월기」가 중국에서 환영받은 것으로 알고 있으나, 그것은 오해일 것이다. 나카지마의 작품집을 상하이에서 번역 출간한 출판사 태평서국(泰平書局)의 성격을 봐도, 또 내가 앞서 언급한 나카지마의 장점이 중국 독자들에게는 오히려 역효과를 낼 수 있다는 점에서도 그의 짐작은 틀렸다. 또 하나, 나카무라는 나카지마의 작품 중에서 「카멜레온 일기」와 「낭질기」를 낮게 평가하지만, 나는 그의 이런 평가에 동의하지 않는다.

나카지마의 사소설적 작품을 경시하는 경향은 히라타에게도 있는 것 같고, 또 그를 『문학계』에 추천한 가와카미 데쓰타로(川上徹太郎)의 다음과 같은 말에도 잘 드러난다.

"나는 이 신인 작가를 '일본의 아나톨 프랑스' 같은 존재라고 생각한다."

이와 같은 평가에는 우호적인 이해심이 깃들어 있기는 하지만, 나는 나카지마의 문학을 제대로 이해하기 위해 작가의 '낭질'과 그의 작품이 맺고 있는 관계를 살펴보고 싶은 충동을 느낀다.

「나의 서유기」에 수록된 두 편(「카멜레온 일기」, 「낭질기」)은 기술적으로도 사상적으로도 완성도 높은 작품이다. 특히 "세계의 혹독한 악의에 대한 겸손한 외경심"을 현대적 감각으로 표현한 신선함으로 특히 전후문학(戰後文學)의 새로운 경향을 예언하고 계시한 작품이다. 예를 들어, 시이나 린조(椎名麟三) 같은 전후문학 작가에게서 볼 수 있는 어둠은 나카지마의 작품에서 이미 가지이 모토지로(梶井基次郎) 식의 섬세함으로 풍부하고 아름답게 표현되어 있다. 나카지마의 어둠은 영탄이나 서정의 표출이 아니라, 오히려 지극히 이지적이고 정확한 성격을 드러낸다.

그는 초등학교 4학년 때 담임교사로부터 지구의 운명에 관한 이야기를 들었다. 지구가 냉각하여 인류가 멸망한다는 무서운 이야기다. 선생님은 태양마저도 사라져버린다고 했다. 태양이 식어 소멸해서 캄캄한 암흑의 공간을 차가운 별들만이 반짝일 뿐, 아무것도 존재하지 않는 세상이 되어버린다는 것이다. 나카지마는 그런 미래를 생각하면 견딜 수 없었다. 이후로 그에게는 이처럼 참을 수 없는 상념들이 항상 따라다녔다.

그는 모든 것을 영원에 비추어 생각하기에 대번에 무의미함을 느꼈다. 이치를 따지고 생각하기보다는 마음속 깊은 곳에서 모든 것이 부질없음을 느끼고, 이해하려는 노력을 아예 포기하는 것이다. 자아의 불가해함, 인간 존재의 불안함이 겹치고 또 겹쳐서 만사를 무의미 혹은 무관심으로 몰고 갔다.

그는 어느 날, 식당에서 식사하는 한 남자의 목덜미에 달린 혹을 목격한다. 그러자 그것이 궁금해서 견딜 수 없었던 그는 깊은 상념에 빠진다.

"남자의 옆모습과 목 주위의 땀구멍이 보이는 검붉은 피부는 마치 막 씻어낸 농익은 토마토 껍질처럼 팽팽한 구릿빛을 띠고 있었다. 그것은 이 남자의 의지와는 상관없이 그에게서 완전히 독립한 악의적인 존재처럼 그의 짙은 감색 양복 깃과 짧게 자른 뻣뻣한 머리카락 사이에 단단히 뿌리내리고 있었다. 주인이 잠자는 동안에도 여전히 깨어 있는 상태로 은밀히 비웃는 듯한, 흉측하고 집요한 그 기생물 같은 살덩이를 보자 산조는 그리스 비극에 나오는 심술궂은 신들을 떠올렸다. 이럴 때 그는 항상 정체를 알 수 없는 불쾌함과 불안으로 인간의 자유의지가 작동할 수 있는 범위가 거의 없다는 사실을 확인한다."

_「낭질기」

이처럼 생활인으로서 그가 느끼는 이런 불쾌감과 불안감은 작가로서 느끼는 불쾌감과 불안감과 중첩되어 점차 더 짙고 어두운 분위기를 풍긴다. 그러나 나카지마는 이런 불쾌감과 불안감을 추구함으로써 자신의 문학을 완성할 수 있다고는 믿지 않았다. 그는 자아에만 매달리는 자신을 '비문학적'이라고 생각한 적도 있었다. 그것은 「나의 서유기」에 등장하는 오정이 있는 그 대로의 자신에게 만족하지 못하고 오공의 실천력에 경외심을 품으면서도 자신이 오정임을 끝내 포기하지 못하는 것과 같은 맥락에 있다.

그는 '작가'라는 이 특수한 존재에 관해 생각한다. 아니, 생각하기보다는 작가로서의 자신을 변호하려 든다. 여자와 술로 몸을 망치는 사람이 있듯이, 형이상학적 탐욕 때문에 신세를 망치는 자기 같은 작가도 있지 않겠는가. 술과 여자 때문에 신세를 망치는 사람은 얼마든지 문학의 소재가 될 수 있는데, 왜 자기처럼 형이상학적 탐욕으로 신세를 망치는 사람은 문학적 소재가 될 수 없다는 것일까. 그는 자신의 이런 기이한 자아, 지금까지 문학의 소재가 되지 못했던 이런 자아를 문학의 소재로 삼아도 괜찮다고 몇 번이나 스스로 다짐한다. 그러나 그렇게는 할 수 없다. 왜냐하면 그토록 고민했지만 결국 자신의 문학적 행위마저도 무의미하고 하찮은 것으로 여겨지기 때문이다.

그는 문학의 소재가 될 수 없다고 여긴 것들을 몇 번이고 자꾸 주물러서 반죽하듯이, 오로지 그러한 자신의 '문학적 상태'에 의지해야 했다. 그래서 「오정의 출가(悟淨世出)」와 「오정의 탄이(悟淨歎異)」에서) 오정은 그런 자신을 자책하는 것이다. 오공처럼 활

달 무애한 능력, 어떻게든 그것을 하지 않고는 견딜 수 없는 어떤 것이 내부에서부터 성숙하여 한순간 저절로 밖으로 나타나는 행위, 그 자유로운 행위를 할 수 없는 자신이 싫은 것이다. 나카지마는 자신의 문학에서 자유로운, 자유롭기에 필연적인 행위를 발견하지 못했다.

그는 '세계의 악의에 대해 겸허한 외경심'을 느낀다고 했다. 바로 그 '겸허한' 자세가 중요하다. 그는 주위에서 조물주가 품고 있는 악의의 표현 같은 인물, 국어 교사인 요시다나 사무직원 M씨 등을 솔직하고 치밀하게 관찰한다. 요시다는 피로를 모르는 유능한 교사지만, 수치심도 모르고 관서 지방 사투리로 마구 떠들어대며, 다른 사람들의 월급명세서를 뒤져보는 M씨는 자기 아내가 『일본 명부인전』에 등재되어 있다고 자랑하며 무라사키 시키부(紫式部) 등의 이름과 나란히 인쇄된 부분을 펼쳐 보여준다.

나카지마는 이런 사람들을 결코 자기보다 하찮다거나 모자란다고 생각하지 않는다. 그리고 그 인물들을 '인간희극'으로 그려내는 것으로 문학이 될 수 있다고 생각하지도 않는다. 오히려 그들이 촉발하는 섬뜩한 두려움과 왠지 모를 불쾌감이 섞인 묘한 기분에 압도당하는 자신을 벗어나지 못할 뿐이다. 그런 의미에서 그는 아나톨 프랑스보다 오히려 도스토옙스키에 가깝다.

그런 나카지마가 왜 아나톨 프랑스나 메리메를 연상하게 하는 단편을 남겼을까. 그리고 왜 다른 스타일, 다른 방향을 선택하지 못했을까.

'낭질'이라는 말을, 다른 사람이 아니라 나카지마가 사용한 데에는 깊은 의미가 있다. 낭질은 "손가락 하나를 소중히 하려고 한 까닭에 어깨와 등까지 잃어버리고 그것조차 깨닫지 못하는 사람을 '낭질의 인간'이라고 불러야 한다."라는 맹자의 말에서 왔다. 손가락 하나란 나카지마의 자아이고, 그 자아에 매달리는 문학적 상태다. 어깨와 등은 생명체로서 나카지마의 전 존재이고, 또 그가 자신의 외부에 있다고 지목하는 문학, 즉 손오공 같은 자유와 삼장법사 같은 광대함을 지닌 문학이다.

나카지마는 격심한 낭질을 앓고 있다. 그는 손가락 때문에 어깨를 잃어버리려 하고 있다. 「낭질기」를 쓴 작가 나카지마는 픽션과 로맨스를 버렸는지도 모른다. 소위 '문학'을 떠났는지도 모른다. 아니, 실제로 그는 문학을 떠났다. 「제자」나 「이릉」만 하더라도 픽션이나 로맨스라고 하기에는 역사적 사실의 비중이 너무 크다. 중국 역사의 암울함, 고대 역사의 무게가 그를 옥죄는 현재의 답답함과 조응한다는 이유만으로 보편적인 문학적 대상을 대체한다. 중국 고전이 친근하지 않은 사람의 시선으로는 이것은 작가의 모험이나 허구로 보일지도 모르지만, 그에게는 일상의 무거운 발걸음이 남긴 흔적, 우연히 밟은 낡은 비석의 파편이 지르는 소리인 셈이다.

오정은 괴로움과 고민 끝에 삼장법사의 힘으로 물속을 벗어나 인간이 되어 제천대성 오공에게서 용기를 얻으며 수행 길에 오른다. 오정과 마찬가지로 나카지마는 역사적 사실과 옛 기록에 흥미를 느끼고 그것을 바탕으로 매우 겸손한 태도로 조금씩 '세계의 악의'에 대한 경외심을 드러낸다. 하지만 그것으로 문제가 해결되는 것은 아니다. 그런 방법으로는 불만이 해소될 수 없다. 그래서 「오정의 출가」에서 오정은 이런 혼잣말을 하게 되는 것이다.

"정말 이상하다. 정말 이해할 수 없다. 모르는 것을 구태여 물어보려 하지 않게 되었다는 것은 결국 알게 되었다는 뜻인가? 정말 모호하구나! 별로 완벽한 탈피는 아니다! 흠, 정말이지 이해할 수 없다. 아무튼, 옛날처럼 의심하지 않게 된 것만은 고마운 일이지만…."

물론 그는 변함없이 불쾌하고 불안하다. 그리고 늘 '이 정도로는 최고의 작품이 되기에 뭔가 매우 미묘한 점이 빠지지 않았는가.'라며 골똘히 생각에 잠긴다. 그것은 「산월기」의 이징(李徵)

이라는 인물이 시 쓰는 일에 절망하고 광패(狂悖)한 성향이 점점 발동하여 그의 집념이 그를 맹호로 변신시켜 잔학한 나날을 보내게 하고, 출생을 어기고 정신이 혼미해지면서까지 시에 집착하는 것과 마찬가지다. 그것은 그런 시를 후세에 남기고 싶다는 일념을 버리지 못해 호랑이로 변신한 시인의 시가 격조 높고 취향이 탁월해서 작자의 비범함을 드러내지만, 결국 최고의 작품이 될 수 없었던 불가사의함과 상통한다. 그래서 그는 '뭔가 매우 미묘한 점이 빠졌다.'라며 생각에 잠기는 것이다. 하지만 그에게는 정말 그것이 모자란 것일까. 그의 작품은 호랑이로 변신한 시인의 시처럼 결국 '인간'의 시에 미치지 못하는 것일까.

나는 그에게 그것이 모자란다고 생각지 않는다. 그는 자신이 머릿속에 그렸던 소위 '문학'이라는 것의 의미에서는 멀리 떨어져 있었다. 그가 단순히 손오공의 자유분방이나 삼장법사의 외유내강에 마음이 끌려 이른바 세상이 원하는 문학의 내용과 형식에 사로잡혀 있었거나 그들의 여행길에 합류하고 있었다면, 그것이 결여되었다고 말할 수 있을 것이다. 그러나 그는 이미 문단의 손오공과 삼장법사, 자신의 자아 이외의 공간에서 번성한 문학을 벗어나 있었다. 그의 「낭질기」는 자신의 무의식의 탈주에 관한 매우 충실한 기록이었기에 전후 일본 문단에서 매우 독특한 신선함으로 자리 잡을 수 있었던 것이다. 그에게 이 무의식의 탈주가 없었다면, 중국 고전을 저본으로 하는 그의 작품들은 단순한 이국취미, 아나톨 프랑스의 일본 판에 그치고 말았을 것이다. 하지만 나카지마가 추구한 그 '매우 미묘한 것'은 그의 경외심 속으로 침잠해서 무의식의 탈주를 통해 자연스럽게, 자신이 모를 만큼 은밀하게, 마치 돌꽃이 피고 갓난아기가 소리 없는 소리를 내기 시작하는 것처럼 준비되고 있었던 것이다.

작가의 낭질은 작가를 괴롭힌다. 그것은 스스로 이해할 수 없는 작가 특유의 독자적인 질병이기에 그는 그것을 통해 자신을 고양하면서도 그것을 의식하지 못하기에 괴로워한다. 그리고 그는 그것에 의해서만 탈주에 성공할 수 있다. 낭질은 작가를 위협하고, 또 단련한다. 반대로 낭질이 없는 작가는 위협받지도 않고 단련되지도 않으며, 결국 탈주도 불가능하다. 따라서 새로운 것을 창조할 수도 없다.

나카지마는 끝내 자신의 낭질을 치유할 방법을 찾지 못했다. 하물며 그것을 이용해서 작품을 독자에게 접근시킨다는 생각은 꿈도 꾸지 못했다. 그러나 그런 그를 계속해서 괴롭혔던 낭질, 혐오하고 스스로 비문학적이라고까지 생각하기에 이른 그의 자아는 어느새 그가 아니면 누구도 쓰지 못할 새로운 문학으로 자신을 인도하고 있었던 것이다.

우인
牛人

노(魯)나라 숙손표[1]는 젊었을 때 전쟁을 피해 한때 제(齊)나라로 도망간 적이 있었다. 피난 가는 길에 노나라 북쪽 경계에 있는 경종(庚宗) 땅에서 한 아리따운 여인을 보았다. 둘은 졸지에 정을 통하는 사이가 되어 하룻밤을 함께 지냈지만, 이튿날 아침에 헤어져 숙손표는 제나라로 들어갔다. 그는 제나라에 자리를 잡고 영주의 가신인 국(國) 씨의 딸을 맞아들여 아들 둘을 두기에 이르렀고, 한때 길에서 맺은 하룻밤의 언약 따위는 까맣게 잊고 말았다.

　어느 날 밤, 그는 꿈을 꾸었다. 사방의 공기가 답답하고 연기가 자욱하며 불길한 예감이 적막한 방 안을 채우고 있었다. 그

---

1) *叔孫豹*: 춘추시대 노나라 사람. 숙손교(叔孫僑)의 동생으로 대부를 지냈다. 숙손교가 노성공(魯成公)의 어머니 목강(穆姜)과 사통하자, 이것이 장차 화를 불러올 줄 알고 제나라로 달아났다가 후일 돌아와 양공(襄公)을 섬기면서 국정에 참여했다. 양공 11년 계무자(季武子)가 삼군(三軍)을 만들고 공실(公室)을 셋으로 나눠 이손(李孫), 숙손(叔孫), 맹손(孟孫)에게 각각 소유하게 했다가 삼가(三家)가 자신들의 사병(私兵)을 없애자 숙손 씨가 사병을 거두어 가신으로 삼았다. 이 소설의 소재가 된 일화는 『한비자』에도 나오는데, 여기서는 「춘추좌씨전」소공사년(昭公四年) 조목을 따르고 있다.

러다가 소리도 없이 방의 천장이 내려앉기 시작했다. 아주 서서히, 아주 확실하게 조금씩 내려왔다. 점차 방 공기가 짙고 탁해져 숨쉬기가 곤란해졌다. 달아나려고 발버둥 쳤지만, 침상 위에 똑바로 누운 몸을 아무리 해도 움직일 수 없었다. 보일 리가 없는데도 천장 위를 시커먼 하늘이 반석 같은 무게로 억누르고 있음을 분명히 알 수 있었다. 차츰 천장이 내려앉아 참을 수 없는 중량감이 가슴을 짓눌렀을 때 문득 옆을 보니 한 남자가 서 있었다. 얼굴이 험상궂고 시커먼 꼽추인데, 눈은 움푹 파였고 입은 짐승의 주둥이처럼 튀어나와 있었다. 몸 전체가 검은 소와 매우 흡사했다.

"소야! 나 좀 살려다오!"

자기도 모르게 도움을 청하자 그 시커먼 사나이가 한 손을 내밀어 위에서 엄청난 무게로 덮쳐 누르는 천장을 떠받치면서 다른 손으로 그의 가슴을 가볍게 어루만지자 그때까지 온몸을 짓누르던 압박감이 순식간에 사라져버렸다.

"아, 다행이다!"

그는 무의식중에 그렇게 말하면서 잠에서 깨었다.

이튿날 아침, 수행원과 하인들을 모아놓고 한 사람 한 사람 조사해봤지만 전날 꿈속에 나타났던 남자와 닮은 사내는 없었다. 그 후에도 제나라 수도에 드나드는 사람들을 은밀히 살펴봤지만, 비슷한 인상의 남자를 전혀 찾아볼 수 없었다.

몇 년 후 다시 고국에 정변이 일어나 숙손표는 가족을 제나라에 남겨두고 급히 귀국했다. 그 후 영주로서 노나라 조정에서 공직에 오르고 나서야 비로소 처자를 불렀지만, 제나라의 어느 영주와 정을 통하고 있던 아내는 남편에게로 돌아오려 하지 않았다. 결국, 쌍둥이 아들 맹병(孟丙)과 중임(仲壬)만이 아버지가 있는 곳으로 왔다.

어느 날 아침, 한 여인이 꿩을 선물로 들고 숙손을 찾아왔다. 그는 처음에 여인을 몰라봤지만, 이야기를 나누던 중에 그녀의 정체를 알게 되었다. 십수 년 전 제나라로 피난 가던 길에 경종 땅에서 하룻밤 인연을 맺은 바로 그 여자였다.

숙손이 혼자 왔느냐고 묻자, 여인은 아들과 함께 왔다며 그 아이는 그때 인연으로 낳은 그의 혈육이라고 말했다. 숙손은 긴가민가하며 어쨌든 아이를 데려와 보라고 했다. 그러나 방 안에 들어선 아이를 본 순간, 그는 저도 모르게 "앗!" 하고 소리를 질렀다. 그의 눈앞에는 시커먼 몸집에 눈이 움푹 팬 꼽추가 서 있었는데, 꿈속에서 그를 구해주었던 바로 그 검은 소를 닮은 사내와 똑같이 생겼던 것이다. 숙손은 엉겁결에 "소!" 하고 불렀다. 그러자, 그 소년은 놀란 얼굴로 "네!" 하고 대답했다. 숙손이 더욱 놀라 소년의 이름을 물으니, "소[牛]라고 합니다."라고 말했다.

숙손은 모자를 거두었고 소년을 사동(使童)으로 들였다. 그래서 나중에도 소를 닮은 이 남자를 '수우(豎牛)'[2]라고 부르게 되었던 것이다. 수우는 생김새에 어울리지 않게 재주가 많아 쓸모도 많았으나 언제나 우울해 보였으며 같은 또래 소년들과는 어울리지도 않았다. 게다가 주인을 대할 때가 아니면 웃음을 보이는 법이 없었다. 눈은 움푹 파이고 입은 툭 튀어나온 시커먼 얼굴이지만, 어쩌다 한 번 웃으면 우스꽝스러우면서도 애교가 넘쳤고, 이처럼 익살스럽게 생긴 사람이 나쁜 계략 따위를 꾸밀 리는 없을 것 같은 인상을 풍겼다. 그는 윗사람들에게 이런 얼굴을 보여주었지만, 무언가 골똘히 생각에 잠겼을 때 그의 무뚝뚝한 얼굴에서는 인간답지 않은 괴기한 잔인성이 드러났으며, 사람들은 그런 표정을 보면 겁을 집어먹었다. 수우는 자신도 모르는 사이에 상황에 따라 서로 다른 이 두 가지 얼굴을 자연스럽게 드러내는 것 같았다.

숙손표는 수우를 귀여워하고 신임했기에 나중에는 가문의 살림을 도맡아 관리하게 했다. 그러나 그를 후계자로 삼을 생각은 없었다. 비밀을 털어놓고 함께 의논하는 집사로서는 둘도

---

2) 수(豎)는 사동(使童)과 같은 뜻이다.

없는 적임자라고 생각했지만, 노나라 명가의 당주가 된다는 것은 수우의 인품을 볼 때 생각하기 어려운 일이었다. 물론 수우도 그 점을 잘 알고 있었다. 그는 숙손의 자식들, 특히 제나라에서 온 맹병과 중임에게도 늘 예의 바르게 대했다. 하지만 쌍둥이 형제는 그의 존재가 탐탁지 않았기에 다분히 경멸하고 있었다. 그러면서도 아버지의 총애를 받는 수우를 질투하지 않은 이유는 그의 인품이 모자랐기에 상대적으로 자신이 있었기 때문일 것이다.

노나라의 양공(襄公)이 죽고 젊은 소공(昭公)이 대를 이을 무렵, 몹시 쇠약해진 숙손은 구유(丘蕕)라는 곳에 사냥하러 갔다가 돌아오는 길에 오한을 느껴 자리에 눕고 나서는 운신을 못 하게 되었다. 수우는 병상의 숙손 곁에서 시중드는 일에서부터 그가 내린 명령을 전하는 일에 이르기까지 모든 일을 도맡게 되었다. 그러면서도 수우는 이복형제 맹병과 중임을 더욱 겸손하게 대했다.

숙손은 병들어 눕기 전 장자인 맹병을 위해 종(鐘)을 주조하기로 했었다. 맹병이 아직 나라의 영주들과 교류한 적이 없으니, 종이 완성되면 축성식을 계기로 영주들을 불러 모아 연회를 베풀고 화친을 도모할 작정이었던 것이다. 이는 필시 맹병이 후계자로 정해졌음을 의미하는 사건이었다. 종은 숙손이 병석에 들고 나서야 가까스로 완성되었다. 그러자 맹병은 전부터 말이 오갔던 연회 일정을 정하기 위해 수우를 통해 부친의 의견을 물었다. 맹병이 그와 독대할 수 없었던 이유는 숙손이 수우를 제외하고는 모든 이의 병실 출입을 금했기 때문이었다. 수우는 맹병의 말을 전한다며 병실에 들어갔지만, 숙손에게는 아무 말도 하지 않았다. 그러고는 밖으로 나와 주군의 뜻이라며 자기 임의로 정한 날짜를 맹병에게 알려주었다.

연회일로 정해진 날, 맹병은 빈객들을 초대해 성대하게 향응을 베풀고 그 자리에서 비로소 새로 만든 종을 쳤다. 병상에서 종소리를 들은 숙손은 수상히 여겨 수우에게 사정을 묻자, 그는 맹병이 집에서 종의 완성을 축하하는 연회를 열어 수많은 빈객이 와 있다고 전했다. 숙손은 분노하여 "내 허락도 없이 제멋대로 후계자 행세를 하다니 괘씸하다."며 불쾌한 심기를 드러냈다. 이에 수우는 "빈객 중에 제나라에 있는 맹병의 외가 사람들도 눈에 띄는 것 같습니다."라고 덧붙였다. 그는 부정을 저지른 아내 이야기만 나오면 숙손의 기분이 돌변한다는 것을 잘 알고 있던 터였다. 수우는 격분하여 자리에서 일어나려고 안간힘을 쓰는 숙손을 만류했다. 숙손은 이를 갈며 "내가 이 병으로 영락없이 죽으리라 믿고 맹병이 벌써 돼먹지 않은 수작을 부린다."라며 수우에게 명했다. "개의치 말고 잡아 하옥하라. 저항하면 죽여도 좋다!"

연회가 끝나고'숙손 가의 젊은 상속인은 기분 좋게 빈객들을 배웅했지만, 이튿날 아침 시체가 되어 집 뒤 덤불에 버려져 있었다.

맹병의 아우 중임은 소공의 시종 아무개와 친하게 지내고 있었는데, 어느 날 공궁(公宮)에 친구를 만나러 갔다가 우연히 소공의 눈에 들었다. 두세 마디 묻는 말에 대답한 중임이 마음에 들었는지, 공은 중임이 돌아가는 길에 친히 허리에 차는 옥환(玉環)을 하사했다. 건실한 청년이었던 중임은 부모에게 알리지도 않고 소공의 하사품을 몸에 지녀서는 안 된다고 생각하여 수우를 통해 병든 아버지에게 그 명예로운 일을 알리고 옥환을 보여드리고자 했다. 수우는 옥환을 받아 들고 안으로 들어갔지만, 숙손에게 보이지 않고 중임이 왔다는 기별조차 하지 않았다. 밖으로 나온 수우는 중임에게 "아버님께서 대단히 기뻐하시며 어서 몸에 지니고 다니라고 하셨습니다."라고 말했다. 그제야 중임은 옥환을 허리에 차고 다녔다.

며칠 후 수우는 숙손에게 "맹병이 죽었으니 중임을 상속자로 세우시고, 주군인 소공을 알현토록 하시는 것이 마땅합니다."라고 아뢰었다. 이에 숙손은 "아니다. 아직 중임에게 상속하기로 확정하지 않았으니 벌써 그럴 필요 없다."고 말했다. 그러자 수우는 "중임은 아버님의 의향과 상관없이 상속자가 되었다고 믿고 이미 군공(君公)을 알현했습니다."라고 일렀다. 숙손이 "그런 어처구니없는 일이 어디 있느냐."라며 그의 말을 믿지 못하자, 수우는 "근자에 중임이 군공에게서 직접 하사받은 옥환을 차고 다니는 것이 분명합니다."라고 아뢰었다.

숙손이 조속히 중임을 불러들이고 보니, 과연 옥환을 차고 있었다. 중임은 그것이 공에게서 받은 하사품이라고 실토했다. 아버지는 거동이 어려운 몸으로 일어나며 화를 냈다. 아들의 해명은 듣지도 않고 곧바로 물러나 근신하라고 명령했다. 그날 밤 중임은 제나라로 달아났다.

숙손은 점차 병이 위중해지고 후계자 문제가 초미의 과제가 되자, 어쩔 수 없이 제나라에 가 있는 중임을 부르라고 수우에게 명했다. 그러나 명을 받은 수우는 중임에게 사신을 보내지도 않고 숙손에게는 "즉시 중임에게 사신을 보냈으나 무도한 아버지에게 다시는 돌아오지 않겠다는 전갈만 받았습니다."라고 거짓을 고했다. 그러나 얼마 전부터 수상쩍은 수우의 행동에 의심을 품은 숙손은 "네 말이 사실이렷다?" 하고 재차 다그쳐 물었다. 그러자 수우는 "제가 어찌 거짓을 아뢰겠습니까?"라고 대답했으나, 그 순간 숙손은 수우의 입꼬리가 비웃음으로 일그러지는 것을 똑똑히 보았다. 이런 모습을 보인 것은 수우가 숙손의 휘하에 들어온 이래 처음 있는 일이었다. 발끈한 환자는 자리에서 일어서려 했지만, 기진하여 그대로 쓰러지고 말았다. 그 모습을, 시커먼 소대가리 같은 얼굴이 이번이야말로 명백한 모멸의 기색을 띠고 냉혹하게 내려다보고 있었다. 그 얼굴은 동급 동료나 하급 하수에게만 보이던 그 잔인한 얼굴이었다. 숙손은 밖에 도움을 청하려 했으나, 자신이 정해놓은 대로 이 괴물을 통하지 않고서는 아무도 들어올 수 없었다.

그날 밤 병든 숙손은 자기가 죽인 맹병을 생각하며 하염없이 통한의 눈물을 흘렸다.

다음 날부터 수우의 잔혹한 소행이 시작되었다. 환자가 외부의 접촉을 일절 금한다고 둘러대고 숙손의 식사마저 요리사가 옆방에 두고 가게 하여 죄다 자기가 먹어버리고는 빈 그릇만 내놓았다. 환자가 아무리 배고픔을 호소해도 냉소하며 대꾸조차 하지 않았다. 숙손은 세상으로부터 완전히 단절되어 도움을 청할 아무런 방법이 없었다.

그러던 어느 날, 집안의 집사인 두설(杜洩)이 주인에게 병문안하러 들렀다. 환자는 두설에게 수우의 악행을 폭로하며 구원을 호소했지만, 평소 수우에 대한 주인의 두터운 신임을 잘 알고 있던 두설은 이를 농담으로 여겨 전혀 대응하지 않았다. 다급해진 숙손이 정색하고 처절하게 호소했지만, 두설은 주인이 열병 때문에 착란을 일으킨 것이 아닌지 의심하는 눈치였다. 수우도 옆에서 두설에게 눈짓을 보내며 혹란[3] 병자는 간호하기가 난처하기 짝이 없다는 표정을 지어 보였다. 환자는 안절부절못하고 눈물을 흘리며, 쇠약하고 야윈 손으로 옆에 있는 검을 가리키며 두설에게 "저 칼로 이놈을 죽여라. 어서 죽여라!" 하고 외쳤다.

그러나 숙손은 무슨 짓을 해도 광인 취급을 받을 뿐이라는 사실을 깨닫자, 병쇠한 몸을 떨며 통곡했다. 두설은 보기에 딱하다는 듯이 수우와 눈짓을 나누고 미간을 찌푸리며 슬며시 주인의 방에서 나왔다. 손님이 떠나자, 검은 소를 닮은 사내의 얼굴에 의미를 알 수 없는 미소가 희미하게 번졌다.

굶주리고 지친 환자는 눈물을 흘리다가 스르르 잠이 들어 꿈을 꾸었다. 아니, 꿈이 아니라 환상이었는지도 모른다. 답답

3) 惑亂: 냉정한 판단을 할 수 없을 만큼 정신이 흐트러진 상태.

하고 탁한 공기와 불길한 예감으로 가득 찬 방 안에서 등 하나가 소리 없이 타고 있었다. 불빛은 요기가 어린 듯 희읍스름했다. 가만히 불빛을 바라보니 십 리, 이십 리나 멀리 떨어진 것처럼 느껴졌다. 그리고 언젠가 꿈속에서 그랬던 것처럼 천장이 서서히 내려오기 시작했다. 천천히, 그리고 확연하게 온몸을 짓누르는 압박감이 점점 더 심해졌다. 도망가려 해도 사지를 움직일 수 없었다. 옆으로 고개를 돌리자, 검은 소를 닮은 사내가 서 있었다. 숙손은 처절하게 도움을 빌었지만, 괴물은 말없이 서서 히죽거리기만 했다. 절망적으로 다시 한 번 도와달라고 애걸하자, 검은 소를 닮은 사내는 갑자기 화가 난 듯 굳은 표정으로 눈썹 하나 까딱하지 않고 노려보았다. 숙손은 묵중한 천장이 가슴을 짓누르기 직전에 비명을 지르며 깨어났다.

어느새 밤이 깊어 어두운 방 한구석에서 등불이 희끄무레한 빛을 뿌리고 있었다. 방금 꿈속에서 보았던 것이 바로 이 등불이었는지도 모른다. 옆을 올려다보니 꿈속에서와 똑같이 수우의 얼굴이 비인간적인 냉혹함을 드러내며 숙손을 내려다보고 있었다. 그것은 이미 인간의 얼굴이 아니라 캄캄한 원시의 혼돈에 뿌리박힌 어떤 사물처럼 보였다. 숙손은 뼛속까지 얼어붙는 듯한 느낌이 들었다. 그 느낌은 자신을 죽이려는 괴물에 대한 공포가 아니었다. 그 감정은 오히려 이 세상의 혹독한 악의에 대한 일종의 겸허한 경외심에 가까웠다. 조금 전까지 치밀어 오르던 분노는 이미 운명적인 공포감에 압도되어버렸다. 이제는 적에게 대항할 기력조차 사라졌던 것이다.

3일 후, 한때 명망을 떨치던 노나라 영주 숙손표는 굶어 죽었다.

영허

盈虛*

*盈虛: 흥망성쇠. 또는 달이 차고 기우는 것으로 시간의 흐름을 뜻함. 이 이야기의 소재는 『춘추좌씨전(春秋左氏傳)』정공(定公) 14년, 애공(哀公) 15~17년 위나라 영공의 세자 괴외(蒯聵)의 일화에서 가져왔다.

위령공[1] 39년[2] 가을, 태자 괴외(蒯聵)가 아버지의 명을 받고 제(齊)나라에 사신으로 간 적이 있었다. 그는 도중에 송(宋)나라를 지날 때, 밭을 가는 농부들이 부르는 이상한 노래를 들었다.

　　旣定爾婁豬(기정이루차)
　　盍歸吾艾豭(합귀오예가)
　　이미 그대의 암퇘지를 해치워 버렸는데
　　어찌하여 나에게 수퇘지를 돌려보내지 않는가

　　위나라 태자는 이 노랫말을 듣고 안색이 변했다. 마음에 짚이는 것이 있었기 때문이었다.

　　아버지 위령공의 부인이자 태자의 계모인 남자(南子)는 송나라에서 왔다. 위령공은 그녀의 미모보다도 뛰어난 재기에 완

---

1) 靈公: 이름은 원(元). 춘추 12열국의 하나였던 위(衛)의 군주.
2) 기원전 496년.

전히 매료되었지만, 최근에 그녀는 위령공에게 청하여 송나라에서 조(朝)라는 귀공자를 불러 위나라 대부[3]의 관직을 맡게 했다. 조는 소문난 미남이었고, 남자가 위나라로 시집오기 전 그와 추문이 있었다는 사실을 모르는 사람은 위령공뿐이었다. 두 사람은 위나라 궁에서도 공공연히 관계를 지속했고, 송나라 농부들이 노래한 암퇘지 수퇘지는 바로 남자와 조를 가리키는 것이었다.

태자는 제나라에서 돌아오자마자 측근인 희양속(戱陽速)을 불러 계략을 꾸몄다. 다음 날, 태자가 남자에게 문안을 드리러 갔을 때 희양속은 비수를 품고 방 한구석 장막 뒤에 숨어 있었다. 태연스럽게 남자와 이야기를 나누면서 태자는 장막 뒤에 있는 희양속에게 눈짓을 했으나, 자객은 갑자기 겁을 집어먹었는지 밖으로 나오지 않았다. 세 번이나 신호를 보내도 검은 장막에서는 부스럭거리는 소리만 들릴 뿐이었다.

수상한 낌새를 눈치챈 부인은 태자의 시선을 따라가다가 방 한구석에 누군가 숨어 있음을 발견하고는 비명을 지르며 안으로 뛰어 들어갔다. 그 소리에 놀라 쫓아온 위령공은 부인의 손을 잡고 진정시키려 했으나, 남자는 미친 듯이 "태자가 저를 죽이려 합니다."라는 말만 되풀이했다. 위령공은 군사를 불러

---

3) 大夫: 옛날 중국에서 사(士)의 위, 경(卿)의 아래에 해당하던 관직.

태자를 처치하라고 했으나 태자와 희양속은 이미 궁성을 빠져나가 멀리 달아난 뒤였다.

송나라를 지나 진(晉)나라로 도망친 태자는 만나는 사람마다 붙잡고 음탕한 계모를 척살하려던 의거가 겁쟁이 희양속의 배신으로 실패했다고 떠벌렸다. 희양속은 이 말을 전해 듣고 이렇게 응답했다.

"천만에. 나야말로 하마터면 태자에게 배신당할 뻔했지. 태자는 나를 협박해서 자기 계모를 살해하려고 했어. 만약 내가 이런 사실을 몰랐다면 나는 분명히 죽었을 거야. 또 내가 위령공의 부인을 살해했다면 그 죄를 나에게 덮어씌워 죽였겠지. 내가 태자의 말에 동의하고 나서 음모를 실행에 옮기지 않은 데에는 깊은 뜻이 있었던 거지."

당시 진나라에서는 범 씨(范氏)와 중행 씨(中行氏)의 난[4]으로 애를 먹고 있었다. 게다가 제나라와 위나라가 반란자들의 뒤를 봐주고 있었기에 그들을 쉽사리 색출할 수도 없었다.

진에 들어간 위나라 태자는 대흑주(大黑柱)인 조간자[5] 옆에 바짝 달라붙었다. 조 씨가 태자를 후대한 것은 그를 옹립함으로

---

4) 춘추시대 말기 진공(晉公)의 권위가 쇠락하자, 권신(權臣) 6가[범(范), 중행(中行), 지(知), 위(魏), 한(韓), 조(趙)]가 권력을 두고 다투었던 최초의 난을 말한다.
5) 趙簡子: 진(晉)의 가신 중 우두머리인 조앙(趙鞅). 후에 범 씨, 중행 씨를 몰아냈다.

써 반진파(反晉派)인 위나라의 제후에게 대항하려 한 것이다.

조간자가 후하게 대했다고는 하나 태자의 신분은 고국에 있을 때와 사뭇 달랐다. 평야가 끝없이 펼쳐지는 위나라 풍경과는 판이하게 산이 많은 강[6]이라는 곳에서 쓸쓸히 3년 세월을 보냈을 무렵 태자는 아버지 위령공의 부고를 들었다. 소문에 의하면 태자가 없었던 위나라에서는 어쩔 수 없이 태자 괴외의 아들 첩(輒)을 옹립했다고 했다. 고국에서 도망쳐 나올 때 두고 온 사내아이였다. 당연히 자신의 이복동생 중 한 사람이 왕위에 오르리라 믿었던 괴외는 묘한 기분이 들었다. 그 아이가 위의 제후라니. 3년 전 귀엽고 순진했던 아이의 모습을 생각하자, 뭔가 이상하다는 생각이 들었다. 당장 고국에 돌아가 자신이 스스로 위나라 제후가 되는 것은 그리 어렵지 않을 것 같았다.

괴외는 조간자의 군대에 수용되어 의기양양하게 황하를 건넜다. 이제 곧 위나라 영토였다. 그러나 인척(姻戚)의 땅에 이르자, 거기서부터는 동쪽으로 한 걸음도 나아갈 수 없음을 깨달았다. 새로 즉위한 제후가 괴외의 입국을 막았기 때문이었다. 인척의 성에 들어갈 때에도 괴외는 상복을 입고 통곡하며 아버지의 죽음을 슬퍼하는 시늉을 하여 지역 백성의 기분을 거스르지

---

6) 絳: 중국 섬서성(陝西省) 운성(運城)에 있는 현.

말아야 하는 지경에 놓였다. 예상치 못한 상황에 화가 났지만, 어쩔 수 없는 일이었다. 고국에 한 발만 들여놓은 채 그는 그곳에 머물며 기회를 엿봐야 했다. 그것도 애초에 예상했던 것과는 달리 무려 십삼 년이라는 세월을 허송해야 했다.

예전의 귀엽고 사랑스러웠던 아들 첩은 이미 사라졌다. 당연히 아버지가 계승해야 할 자리를 빼앗고, 아버지의 입국을 집요하게 막는 탐욕스러운 젊은 제후가 있을 뿐이었다. 이전에 자신을 귀여워하던 그 많던 대부 중 누구 하나 안부를 물으러 오는 자도 없었다. 그들은 모두 그 젊고 오만한 제후와 그를 보좌하는 노회한 공경[7] 공숙어[8] 밑에서 '괴외'라는 이름은 예부터 아예 들어본 적도 없다는 듯 신바람이 나서 일하고 있었다.

변덕이 심하고 무엇이든 제멋대로 하던 백면(白面)의 귀공자였던 그는 자나 깨나 황하만 바라보며 지낸 십여 년 사이에 어느덧 고생에 찌들어 각박하고 비뚤어진 중년이 되어 있었다.

황폐한 삶에서도 그나마 그에게 위로가 되었던 존재는 아들 질(疾)이었다. 현재의 위공 첩에게는 이복동생이지만, 괴외가 외척의 땅에 들어가자 곧바로 어머니와 함께 아버지 곁으로 와서 함께 살고 있었던 것이다. 뜻을 이루면 반드시 이 아이를 태

---

7) 公卿: 조정에서 정삼품·종삼품 이상의 벼슬을 한 귀족.
8) 孔叔圉: 대부 공숙문자(公叔文子), 즉 공숙발(公叔拔)이다. 외국 사절을 접대하는 대행인(大行人)의 직역을 맡았다. 위나라 태자 괴외의 누이 백희(伯姬)와 혼인하여 아들 회(悝)를 두었다.

자로 삼으리라고, 괴외는 굳게 다짐했다.

　그는 거의 마지막 남은 정열을 투계(鬪鷄)에 쏟고 있었다. 그
것은 사행심의 발로이며 가학적인 오락 취향이었지만, 또한 씩
씩한 수탉의 행태에 대한 미적 탐닉이기도 했다. 별로 여유 없
는 생활을 하면서도 그는 막대한 비용을 들여 그럴듯한 닭장을
지어 아름답고 센 닭들을 기르고 있었다.

　공숙어가 죽고, 그의 미망인이자 괴외의 누나인 백희(伯姬)
가 아들 회(悝)를 허수아비로 옹립하여 권세를 휘두르면서 위나
라 도성의 분위기는 점차 망명 태자에게 호의적으로 변해갔으
며, 백희의 정부인 혼량부(渾良夫)라는 자가 사신으로 여러 차례
도성과 외척의 땅 사이를 왕래했다. 태자는 혼량부에게 일이 성
사되는 날에는 그를 대부로 등용하여 설령 죽을죄를 짓더라도
세 번을 살려주기로 약속하고 그를 내세워 빈틈없이 계략을 꾸
몄다.

　주나라 소왕(昭王) 40년[9] 윤 십이월, 괴외는 혼량부와 내통하
여 도성에 들어가 땅거미가 질 무렵 여자로 변장하고 공숙어의
저택에 잠입하여 누나 백희, 혼량부와 함께 이 집의 주인, 즉 위
나라 상경인 조카 회를 위협하고 이들을 일당에 넣어 반란을 일

---

9) 정확히는 주 왕조 14대 경왕(敬王, BC 519~476) 때의 일이다.

으켰다. 결국, 제후였던 아들 첩이 달아나고 아버지 괴외가 왕위에 올라 위나라 장공(莊公)이 되었다. 선왕의 애첩 남자에게 쫓겨나 고국을 떠난 지 십칠 년 만의 일이었다.

그가 왕위에 올라 가장 먼저 착수한 일은 타국과의 외교 관계를 정립하는 것도, 내정을 돌보는 것도 아니었다. 그는 무엇보다도 그동안 헛되이 보낸 세월을 스스로 보상하려 했다. 그리고 그런 세월을 보내게 한 자들에게 복수하려 했다. 불우한 시절을 만나 누리지 못했던 쾌락을 이제부터라도 마음껏 누리고, 비참하게 억눌렸던 자존심을 다시 도도하게 세워야 했다. 자신을 학대했던 자에게는 극형으로, 자신을 멸시했던 자에게는 그에 상당한 징벌로, 자신에게 동정을 보이지 않았던 자에게는 냉대로 보복했다. 자신으로 하여금 긴 망명의 아픔을 안겨주었던 선왕의 애첩 남자가 지난해에 세상을 뜬 것은 그에게 가장 큰 통한이었다. 그 간사한 계집을 붙잡아 참지 못할 굴욕을 주고, 종국에는 극형에 처하겠다는 것이 망명 시절 그에게는 가장 즐거운 꿈이었기 때문이다. 과거에 자신에게 무관심했던 여러 중신을 향해 그는 이렇게 말했다.

"나는 오랫동안 유랑의 고통을 겪었다. 어떠냐. 너희에게도 그런 경험이 약이 되지 않겠느냐?"

장공의 이 한마디에 곧장 다른 나라로 달아난 자도 여럿 있었다. 누이 백희와 조카 회에게는 후하게 보답하는 것이 도리겠지만, 그는 두 사람을 연회에 초대하여 술에 취하게 한 다음, 마차에 태워 국외로 쫓아버렸다. 이처럼 그는 위나라의 제후가 되고 나서 일 년을 복수에 미쳐 보냈다. 그리고 유랑 생활로 잃어버린 청춘의 빈자리를 메우고자 장안을 샅샅이 뒤져 미녀들을 찾아내 후궁으로 들였다.

그는 전에 생각했던 대로 자신과 망명의 고통을 함께한 아들 질을 즉시 태자로 임명했다. 아직 어린 소년으로만 여겼던 질은 어느새 당당한 청년의 기풍을 갖추고 있었다. 그런데 어릴 때부터 불우한 환경에서 자라 사람들의 몰인정한 모습만을 보아온 탓인지, 나이에 걸맞지 않게 섬뜩할 정도의 각박함이 언뜻언뜻 눈에 띨 때가 있었다. 어릴 적 아들을 지나치게 애지중지했던 아비가 이제는 오만불손한 성인이 된 아들 앞에서 쩔쩔매는 아비가 되어 있었다. 그는 제후가 된 지금도 다른 사람들이 도저히 이해할 수 없는 소심함을 아들 질 앞에서만은 감추지 못했다. 태자 질과 가신이 된 혼량부만이 그의 속마음을 훤히 알고 있었다.

어느 날 밤, 장공은 혼량부를 불러 아들 첩이 달아나면서 대대로 내려오는 나라의 보물을 훔쳐갔음을 알리고, 그것을 되찾을 방도를 함께 궁리하자고 했다. 혼량부는 불을 밝히고 서 있던 시종을 물리고 나서 스스로 등을 들고 공에게 다가가 낮은 소리로 말했다.

"달아난 첩이 장공에 앞서 제후의 자리에 있었던 것은 그의 본심에서 나온 것이 아닙니다. 지금의 태자 질이나 달아난 첩이나 모두 장공의 아들이니 언제 한번 첩을 불러 질과 그 재능을 비교해보고 우수한 쪽을 태자로 봉하심이 어떨까 합니다. 만약 첩에게 재능이 없다면, 보물만 되찾아오면 되겠지요."

그런데 첩자가 숨어들어 이들의 밀담을 엿들었는지, 신중히 주변을 물리고 둘이 은밀히 나눈 이 이야기가 태자의 귀에 들어갔다. 다음 날 아침, 태자 질은 시퍼런 칼을 든 협객 다섯을 앞세우고 아버지의 방에 난입했다. 태자의 무례함을 질타할 틈도 없이 장공은 안색이 창백해져서 오들오들 떨었다. 태자는 가져온 수퇘지를 죽여 아버지로 하여금 태자로서 자신의 위치를 확실히 보증한다는 맹세를 하게 하고, 혼량부 같은 간신은 즉시 죽여 없애라고 강요했다. 장공이 "혼량부에게 세 번 사형을 면해준다고 언약했다."라고 말하자, 태자는 "그렇다면, 네 번째 죄를 지을 때 틀림없이 죽이겠습니다."라고 말하며 협박하듯 쐐기를 박았다. 서슬이 시퍼런 아들의 요구에 압도당한 장공은 "알았다."고 대답할 수밖에 없었다.

이듬해 봄, 장공은 교외의 유원지 적포(籍圃)에 정자를 하나 지어 담장과 기구, 장막 등을 모두 호피 무늬 일색으로 장식했다. 낙성식 당일 장공이 화려한 잔치를 열었더니 위나라 명사들이 하나같이 아름다운 비단옷을 차려입고 모여들었다. 혼량부는 본래 소성[10]에서 난 사람으로 요란한 것을 좋아하는 겉멋이 든 사내였다. 이날 그는 자의[11]에 호구[12]를 걸치고 수말 두 마리가 끄는 호화스러운 마차를 타고 연회장으로 향했다. 성격이 워낙 자유분방한 그는 차고 있던 칼도 내려놓지 않고 식탁에 앉아 식사를 반쯤 하고는 날이 더워 호구를 벗었다. 이 모습을 본 태자는 갑자기 달려들어 그의 멱살을 잡고 끌어내더니 시퍼런 칼을 그 코앞에 들이대며 소리쳤다.

"주군의 총애를 믿고 무례를 범해도 분수가 있지, 제후를 대신해서 내가 이 자리에서 너를 주살할 것이다."

완력이 모자란 혼량부는 저항도 못 하고 장공을 향해 애원

10) 小姓: 신분이 천한 사람의 딸.
11) 紫衣: 보라색 승복. 천자의 허락 없이는 입을 수 없는 옷이었다.
12) 狐裘: 여우 겨드랑 밑 흰 털가죽으로 만든 옷.

의 눈길을 보내며 외쳤다.

"일찍이 제후께서는 세 번 참형을 면해주겠노라 약속하셨소. 그러니 가령 지금 내게 죄가 있다 해도 태자는 내게 칼을 대서는 안 될 것이오."

"세 번이라고? 그럼, 너의 죄를 세어보자. 너는 오늘 제후의 옷인 자의를 걸쳤다. 그 죄가 하나다. 너는 제후를 곁에서 섬기는 상경만이 탈 수 있는 경기말 두 마리가 끄는 마차를 탔다. 그 죄가 둘이다. 너는 제후 앞에서 호구를 벗고 칼도 빼놓지 않고 음식을 먹었다. 그 죄가 셋이다. 이것만으로도 너는 벌써 세 가지 죄를 지었다."

그러나 혼량부는 세 가지 죄로는 자기를 죽일 수 없다며 필사적으로 몸부림쳤다. 그러자 태자 질이 소리쳤다.

"아니, 한 가지가 더 있다. 벌써 잊었느냐? 지난밤 너는 제후께 무엇을 아뢰었느냐? 부자 사이를 이간질하는 간신배!"

이 말을 들은 혼량부의 안색이 순식간에 백지장처럼 창백해졌다.

"이것으로 너의 죄는 네 가지다."라는 태자의 말이 끝나기도 전에 혼량부의 목이 앞으로 툭! 떨어지면서 검은 친에 금실로 맹호를 수놓은 커다란 장막에 핏줄기가 솟구쳤다.

장공은 당황한 얼굴로 아들의 행동을 묵묵히 지켜보았다.

그로부터 얼마 후 진나라 조간자가 보낸 사신이 장공을 찾아와 서찰을 전했다. '위나라 제후의 망명 시절 미흡하나마 도움을 주었건만, 귀국해서는 한마디 인사도 없다. 본인이 거동하기 어려우면 태자라도 보내어 진나라 제후에게 인사를 드렸으면 한다.'는 내용이었다. 이 기세등등한 서찰을 받고 장공은 과거에 비참했던 시절을 떠올리며 몹시 자존심이 상했지만, 아직 내정이 안정되지 않았으니 잠시 말미를 달라는 핑계를 대서 우선 사신을 보냈다. 사실 위나라 제후는 자신이 과거에 폐를 끼쳤던 진나라가 부담스럽게 느껴져 고의로 사례를 질질 끌었던 것이기에 그것을 들키지 않도록 하라고 사신에게 당부했으나, 위나라 태자 질이 보낸 밀사가 먼저 진에 도착해 있었다. 조간자는 위나라 태자가 하루빨리 왕위에 오르고 싶은 욕심으로 꾸민 모략이라는 것을 눈치채고 기분이 언짢았지만, 한편으로는 위나라 제후의 배은망덕한 처신도 반드시 징벌해야겠다고 생각했다.

그해 어느 가을밤, 장공은 묘한 꿈을 꾸었다.
황량한 광야에 다 쓰러져가는 낡은 누각이 하나 서 있고, 봉두난발을 한 사내 하나가 그곳에 올라가 목청이 터지도록 외치고 있었다.

"보인다, 보여! 천지가 온통 참외다!"

언젠가 본 적이 있는 곳이라 생각했는데, 알고 보니 그곳은 예전에 곤오[13]가 살던 곳으로, 발 닿는 곳마다 참외가 널려 있었다.

누각에 서 있던 사내는 광인처럼 발을 동동 구르며 큰 소리로 외쳤다.

"그 작은 참외를 이토록 크게 자라게 한 사람은 누구인가? 비참한 망명자를 위세 있는 제후로 키워준 사람은 과연 누구란 말인가?"

장공이 가만히 보니, 그 목소리도 언젠가 들은 적이 있는 듯했다. 귀를 쫑긋 세우자 이번에는 그의 목소리가 아주 분명하게 들려왔다.

"나는 혼량부다. 내게 무슨 죄가 있단 말인가! 내게 무슨 죄가 있단 말인가!"

장공은 온몸이 땀으로 흠뻑 젖어 꿈에서 깨었다. 기분이 묘했다. 불쾌함을 쫓아버리고자 노대[14]로 나갔다. 늦은 달이 들판 끝에 나와 있었다. 붉은 구릿빛에 가까운 흐린 달이었다. 장공은 불길한 것이라도 본 양, 눈살을 찌푸리고 다시 안으로 들어

---

13) 昆伍: 하(夏)나라 사람으로, 난을 일으켜 은(殷)의 탕왕(湯王)에게 제거당했다.
14) 露臺: 일종의 발코니.

가 불편한 심기로 등불 밑에서 점대를 잡았다.

다음 날 아침, 그는 점술사를 불러 어젯밤 점괘를 풀어보게 했다. 점술사가 해가 없다고 말했기에 공은 기뻐하여 상으로 영지(領地)를 주려고 했으나 점술사는 황급히 자리를 떠서 곧장 다른 나라로 달아났다. 점괘를 있는 그대로 풀어주면 장공의 노여움을 살 것이 뻔했기에 우선 거짓말로 둘러대고 위기를 모면한 뒤 쏜살같이 도망친 것이다. 장공은 다시 점을 쳤다. 그 점괘에 나타난 바로는 '물고기가 과로로 쓰러져 붉은 꼬리를 끌며 물에 가로누워 물가를 헤매는 것 같다. 대국을 멸망시키고 바야흐로 스스로 멸망하려 한다. 성문과 수문을 닫고, 뒤에서 넘지 않는다.'라고 되어 있었다. '대국'이 진나라를 뜻한다는 것은 알겠는데, 그 밖의 다른 점괘의 의미는 분명치 않았다. 아무튼, 위나라 제후의 앞날이 어둡다는 것만은 분명히 감지할 수 있었다.

시간이 얼마 남지 않았음을 깨달은 장공은 진나라의 압박과 태자의 전횡에 대해 단호하게 대처하기보다는 암울한 예언이 실현되기 전에 조금이라도 더 많은 쾌락을 탐하는 데에만 급급했다. 대규모 공사가 잇달아 시작되어 과중한 노동이 강제되자 목수와 석공의 원성이 항간에 가득했다. 게다가 장공은 한동안 잊고 지내던 투계 놀이에 또다시 탐닉하게 되었다. 자중하며 때를 기다리던 시절과는 달리, 이제는 마음껏 이 오락에 빠져들

수 있었다. 돈과 권력에 싫증을 느끼고 오로지 닭싸움 놀이만 즐기던 그는 국내는 물론이고 국외에서까지 싸움 잘하는 수탉을 모조리 사들였다. 특히 노(魯)나라의 어느 귀인에게서 구한 싸움닭은 깃털이 금과 같고 며느리발톱은 쇠와 같으며, 크고 멋진 볏과 꼬리를 위로 치켜든 모습이 참으로 일품이었다. 후궁에 들지 않는 날은 있어도 닭들이 털을 세우고 서로 날개를 빼앗는 모습을 지켜보지 않는 날은 없었다.

하루는 장공이 성루에 올라 마을을 내려다보는데 유독 더럽고 허름하여 눈에 띄는 곳이 있었다. 신하에게 물으니 오랑캐 마을이라고 했다. 오랑캐란 서쪽 지역에 사는 자들로 국가의 통치가 미치지 않는 이민족이었다. 장공은 눈에 거슬리니 당장 성문에서 십 리 밖으로 쫓아버리라고 명했다. 천민들이 아이를 업고, 노인을 끌고, 가재도구를 가득 실은 수레를 밀며 잇따라 성문 밖으로 나갔다. 관리들에게 쫓겨 당황해서 어쩔 줄 모르는 모습이 성루에서도 보였다. 장공은 쫓겨나는 사람 중에서 눈에 띄게 머릿결이 아름답고 숱이 많은 여인을 발견했다. 그는 곧바로 사람을 보내 그 여인을 데려오게 했다. 오랑캐 '기(己) 씨'라는 자의 처였다. 얼굴 생김새는 예쁘지 않았지만, 머릿결만큼은 눈부시게 빛났다. 공은 시종에게 명하여 이 여인의 머리채를 뿌리부터 자르게 했다. 총애하는 후궁에게 그것으로 다리[15]를 만들어주려는 심산이었다. 까까머리가 되어 돌아온 아내를 보자 남편 기 씨는 아내에게 장옷[16]을 들씌우고 아직 성루에 서 있는 장공을 노려보았다. 관리에게 채찍을 맞으면서도 물러나려 하지 않았다.

겨울이 되자, 서쪽에서 침입한 진나라군에 호응하여 대부 중에서 석포(石圃)라는 자가 병사를 일으켜 위나라 궁을 습격했다. 위나라 제후가 기(己)를 제거하려는 것을 알고 선수를 친 것이다. 혹은 태자 질과 공모했다는 소문도 있었다.

장공은 성문을 모두 닫고 스스로 성루에 올라 반란군을 불러 화해 조건을 제시했지만, 석포는 완강히 거절했다. 하는 수 없이 적은 수의 수하 병사들이 성을 방어하는 사이에 어느새 밤이 되어버렸다.

장공은 달이 뜨기 전에 어둠을 틈타 어서 달아나야 했다. 그는 몇몇 공자와 시종들을 따라 애지중지하던 수탉을 가슴에 품고 후문을 빠져나왔다. 익숙지 않은 일이라 발을 헛디뎌 그만 가랑이를 세게 부딪치면서 발을 삐었다. 하지만 응급조처를 할

---

15) 여자들이 머리숱이 많은 것처럼 보이게 하려고 덧넣는 딴 머리.
16) 부녀자가 나들이할 때에 얼굴을 가리느라고 머리에서부터 내리 쓰던 옷.

틈도 없었다. 그는 뒤따르는 시종에게 부축받으며 캄캄한 벌판을 가로질러 도망쳤다. 그렇게 날이 밝기 전에 국경을 넘어 송나라로 들어가려고 했다.

한참을 걸었다고 생각했을 때 갑자기 밤하늘이 칠흑 같은 벌판에서 떨어져나가면서 누렇게 떠오르는 것처럼 보였다. 달이 떠오른 것이다. 언젠가 꿈에서 깨어 노대에서 보았던 것과 똑같은 붉은 구릿빛 흐린 달이었다. 뭔가 심상치 않은 낌새를 느낀 순간, 좌우 풀숲에서 검은 그림자가 후다닥 나타나며 길을 가로막았다. 강도인지, 추격자인지 생각할 겨를도 없이 격렬히 맞서 싸워야 했다. 공자와 시종들이 모두 칼에 맞아 쓰러졌으나 장공은 혼자 풀숲으로 기어 달아났다. 발을 삐어 일어설 수 없었기에 오히려 그들 눈에 띄지 않았을 것이다.

장공이 정신을 차리고 보니 여전히 닭을 가슴에 품고 있었다. 조금 전부터 울음소리 한 번 들리지 않았던 것은 이미 죽어 있었기 때문이었다. 장공은 그래도 버릴 생각을 하지 못하고 죽은 닭을 한 손에 들고 바닥을 기어 앞으로 나아갔다.

이상하게도 들판 한구석에 인가 같은 것들이 확연히 눈에 들어왔다. 잠시 후 장공은 그곳에 도착하여 숨이 곧 끊어질 듯한 모습으로 첫 번째 집으로 기어갔다. 사람들의 부축을 받으며 안으로 들어가 물을 한 잔 마셨을 때 "드디어 왔구나!"라고 말하는 굵은 목소리가 들렸다. 놀라 눈을 들어보니 얼굴색이 붉고 앞니가 튀어나온, 이 집의 주인인 듯한 사내가 조용히 이쪽을 바라보고 있었다. 장공은 그를 본 기억이 없었다.

"나를 본 기억이 없나? 그렇겠지. 하지만 이 사람은 기억하고 있을 것이다!"

사내는 방 한구석에 웅크리고 앉아 있던 여인을 불러냈다. 희미한 불빛 아래 드러난 여인의 얼굴을 보자, 장공은 놀라서 안고 있던 닭을 떨어뜨리며 쓰러질 뻔했다. 장옷으로 머리를 가린 그 여인은 얼마 전 자신이 총애하는 후궁에게 다리를 만들어주려고 머리카락을 잘랐던 기 씨의 아내가 틀림없었다.

"용서해라!" 장공이 쉰 목소리로 말했다. "용서해라."

장공은 떨리는 손으로 몸에 차고 있던 구슬을 풀어 기 씨 앞에 내밀었다.

"이것을 줄 테니, 눈감아주면 어떻겠나."

기 씨는 칼집에서 칼을 뽑아 가까이 다가서며 히죽 웃었다.

"너를 죽이면 구슬이 어디로 사라지기라도 한다는 게냐?"

이것이 위나라 제후 괴외의 최후였다.

산월기
山月記

중국 농서[1] 사람 이징(李徵)은 학식이 풍부하고 재능이 뛰어났다. 천보[2] 말년에 젊은 나이로 과거에 급제하여 강남위[3]의 직책을 맡았다. 하지만 성질이 괴팍하고 자부심이 매우 강하여 비천한 지방 관리 자리에 만족하지 못하더니 얼마 못 가서 관직에서 물러났다. 이후 그는 고향 괵략[4]으로 돌아가 사람들과 교류를 끊고 오로지 시 짓는 일에만 몰두했다. 하급 관리로 지내면서 저속한 고관들 앞에 무릎을 꿇느니 시인으로서 후세에 이름을 남기고자 했던 것이다. 그러나 문명(文名)은 쉽게 높아지지 않았고 생활은 날로 궁핍해졌다. 이징은 점점 초조해졌다. 용모도 처참하게 변했다. 몸은 살점 하나 없이 말라 뼈가 튀어나왔고 눈빛만 날카롭게 빛났다. 일찍이 진사 시험에 급제했을 때 볼이 통통했던 미소년의 모습은 어디서도 찾아볼 수 없었다.

---

1) 隴西: 감숙성(甘肅省) 임조부(臨洮府)와 공창부(鞏昌府)의 서쪽에 있었던 진한시대의 군(郡).
2) 天寶: 당(唐)나라 현종(玄宗, 685~762)의 연호.
3) 江南尉: 양자강 이남 강남현(縣)의 경찰 업무를 담당한 관리.
4) 虢略: 섬서성에 속한 지역.

몇 년 후, 빈궁한 생활을 견디다 못한 이징은 아내와 자식을 위해 마침내 절개를 굽히고, 동쪽으로 가서 다시 지방 관리로 봉직하게 되었다. 한편으로는 시 짓는 일에 거의 절망했기 때문이기도 했다. 예전에 그가 바보 멍청이라고 무시했던 사람들은 이미 높은 자리에 있었으니, 그들의 명령을 받들어야 하는 것이 왕년의 수재 이징의 자존심을 얼마나 상하게 했을지는 쉽게 상상할 수 있으리라.

그는 늘 만족하지 못했고 모든 것이 마음에 들지 않았다. 결국, 도의에 어긋난 언행을 조금도 참지 못하는 미친 사람처럼 되었다. 1년 후 공무로 길을 떠나 여수[5] 강변에 묵을 때 급기야 발광하고 말았다. 어느 날 밤 이징은 갑자기 안색이 달라진 채 침상에서 일어나 뭔가 알아들을 수 없는 말을 외치면서 침상 밑으로 내려오더니 어둠 속으로 뛰쳐나갔다. 그러고는 다시 돌아오지 않았다. 사람들이 부근의 산과 들을 모조리 수색했지만, 아무런 단서도 없었다. 그 후 이징이 어떻게 되었는지 아는 사람은 아무도 없었다.

그 이듬해 진군[6]의 원참(袁傪)이라는 자가 감찰어사(監察御

---

5) 汝水: 지금의 여하(汝河). 옛 여주(汝州) 지역이었던 보풍현(宝豐縣)을 흐르는 강.
6) 陳郡: 하남성(河南省) 동쪽에 있던 지역.

史)의 칙명을 받아 영남[7]에 특사로 가는 길에 상어[8] 땅에 묵게
되었다. 다음 날, 날이 밝기 전에 출발하려 했으나 역리(驛吏)가
만류했다. 거기서부터는 길에 사람 잡아먹는 호랑이가 나오니
밝은 대낮이 아니면 여행자가 갈 수 없다고 했다. 날이 밝을 때
까지 기다리는 편이 좋으리라는 얘기였다. 그러나 원참은 역리
의 만류를 뿌리치고 여러 수행원을 믿고 출발했다. 아직 남아
있는 달빛에 의지하여 숲 속의 풀밭을 지나는데 정말로 맹호 한
마리가 풀숲에서 뛰쳐나왔다. 호랑이는 당장 원참에게 달려들
듯했지만 갑자기 몸을 돌려 다시 풀숲으로 사라졌다. 그러더니
인간 목소리로 "큰일 날 뻔했다."며 되풀이해서 중얼거리는 소
리가 들렸다. 원참은 그 목소리가 귀에 익었다. 경황없는 중에
도 순간 마음에 짚이는 데가 있어 크게 소리쳤다.

"그 목소리는 내 친구 이징 자네 아닌가?"

원참은 이징과 같은 해에 진사시에 급제하였고, 친구가 없
던 이징의 가장 친한 벗이었다. 온화한 원참의 성격이 모나고
까칠한 이징의 성정과 충돌하지 않았기 때문이다.

풀숲에서는 아무 응답도 없었다. 단지 숨죽여 울음을 참는
듯한 소리가 가끔 새어 나올 뿐이었다. 그러더니 조금 있다가

---

7) 嶺南: 중국 남부의 오령(五嶺, 남령 산맥) 남쪽 지방. 현재의 광동성(廣東省), 광서성(廣西省) 일대
에 해당하며 부분적으로 화남(華南)과 겹친다.
8) 商於: 섬서성 상현(商顯)과 하남성 내향현(內鄉縣) 일대 지역.

나지막한 소리가 들렸다.

"그래, 농서의 이징이라네."

원참은 두려움도 잊은 채 말에서 내려 풀숲으로 다가가 오랜만에 목소리로나마 만난 옛 친구와 인사를 나누었다. 그리고 왜 풀숲에서 나오지 않느냐고 물었다. 이징의 목소리가 대답했다.

"나는 지금 짐승의 모습이라네. 내 어찌 뻔뻔스럽게 옛 친구 앞에 비참한 모습을 드러낼 수 있겠나. 또 이 몸이 모습을 드러내면 자네가 겁에 질려 당장 달아날 걸세. 그런데 지금 뜻밖에도 옛 친구를 만나게 되어 부끄러움도 잊어버릴 만큼 반갑네. 어떤가, 잠깐이라도 좋으니 내 이 추악한 모습을 탓하지 말고 예전에 자네의 친구 이징이었던 이 몸과 이야기를 나누지 않겠나?"

나중에야 이상하다고 생각했지만, 그때 원참은 초자연의 괴이함을 참으로 순수하게 받아들여 조금도 기이하게 여기지 않았다. 그는 부하에게 명하여 행렬을 멈추고 자신은 풀숲 옆에 서서 보이지 않는 목소리와 대화했다. 젊은 시절 한때 친구였던 두 사람은 장안[9]의 소문이며 옛 친구들 소식, 원참의 현재 지위에 관해 이야기를 나누었다. 이징은 격 없이 축하 인사를 건넸고, 원참은 어떻게 해서 이징이 지금의 신세에 이르렀는지를 물

---

9) 長安: 지금의 서안(西安). 섬서성의 성도(省都)로 주나라 문왕 때부터 한나라, 당나라까지 13개 왕조를 거친 역사적인 도시.

었다. 풀숲에서 들리는 목소리는 이렇게 대답했다.

"지금으로부터 약 1년 전, 길을 떠나 여수 강변에 묵은 날 밤에 한숨 자고 나서 문득 눈을 뜨니 문밖에서 누군가가 내 이름을 부르고 있었네. 밖으로 나갔으나 목소리는 어둠 속에서 계속 나를 불렀다네. 나도 모르게 그만 그 목소리를 좇아 달리기 시작했지. 정신없이 달리다 보니 어느새 깊은 산속에 들어와 있었고 나는 양손으로 땅을 짚으며 달리고 있었네. 뭔가 몸속에 힘이 충만한 듯한 느낌이 들어 바위도 가볍게 뛰어넘었지. 정신이 들고 보니 손끝과 팔꿈치에 털이 나 있는 것 같았어. 사위가 조금 밝아지고 나서 계곡물에 내 모습을 비춰보니 이미 호랑이가 되어 있었네. 처음엔 내 눈을 믿지 않았지. 그리고 이것은 꿈이라고 생각했어. 꿈속에서 이건 꿈이라는 걸 확실히 아는 꿈을 꾼 적이 있거든. 그러나 아무래도 이건 꿈이 아니라는 걸 깨닫게 되었을 때 하늘이 노래지더군. 그리고 두려웠지. 어떤 일이라도 일어날 수 있다고 생각하니 정말 두려웠어. 그런데 왜 이렇게 되었는지 전혀 모르겠네. 나는 도무지 이해할 수가 없어. 이유도 모르고 호랑이가 된 것을 순순히 받아들이고, 이유도 모르는 채 살아가는 것이 우리 생명체의 운명이니까. 나는 죽으려고 했네. 그런데 그때 눈앞에 토끼 한 마리가 뛰어가는 것을 본 순간, 내 안의 인간은 홀연히 자취를 감췄지. 그리고 다시 내 안의 인간이 눈을 떴을 때 내 입은 토끼 피가 잔뜩 묻어 있었고 주위에는 토끼털이 마구 흩어져 있었다네. 이것이 호랑이로서 최초의 경험이었지. 그때부터 지금까지 내가 어떤 짓을 했는지는 차마 내 입으로 말할 수 없네. 단, 하루에 몇 시간은 인간의 마음으로 돌아온다네. 그럴 때에는 옛날처럼 인간의 말도 구사하고, 복잡한 사고도 하고, 경서의 글귀도 암송할 수 있지. 호랑이로서 했던 잔학한 행위를 인간의 마음으로 돌아보고 내 운명을 회고할 때 가장 비참하고 무섭고 부아가 치밀어 오르지. 그러나 인간으로 돌아가는 그 몇 시간도 날이 갈수록 점차 짧아지고 있다네. 지금까지는 왜 호랑이 따위가 되었는지 의심하고 있었는데, 일전에 무심코 정신이 들고 보니 나는 왜 이전에 인간이었는지를 생각하고 있었다네. 그건 참으로 끔찍한 일이지. 조금 지나면 내 안에 있는 인간의 마음은 짐승의 습성에 완전히 묻혀 사라져버릴 테니까. 마치 옛 궁전의 주춧돌이 점점 토사에 파묻히는 것처럼 말일세. 그렇게 되면 결국 나는 과거를 완전히 잊어버리고 한 마리의 호랑이로서 미쳐 날뛰며 오늘처럼 길에서 우연히 자네를 만나도 옛 친구조차 알아보지 못하고 잡아먹고도 아무런 가책도 느끼지 않겠지. 짐승도 인간도 원래는 뭔가 다른 것이었던 게 아닐까. 처음엔 그걸 기억하고 있지만, 점차 잊어버리고 처음부터 지금의 형상이었다고 믿고 있는 건 아닐까. 아니, 그런 건 아무래도 좋아. 내 안에 있는 인간의 마음이 완전히 사라져버리는 쪽이 아마 내게는 더 행복할 수도 있겠지. 그런데 내 안의 인간은 그것을 더없이 두려워하고 있다네. 아! 내가 인간이었던 시절의 기억이 사라진다는 것이 정말 얼마나 무섭고 슬프고 애달픈지 몰라! 이런 마음은 아무도 이해하지 못할 거야. 나 같은 신세가 되어본 자가 아니면 아무도 모르지. 그런데 내가 완전히 인간이 아닌 다른 것으로 되어버리기 전에 한 가지 당부하고 싶은 것이 있네."

원참과 그의 일행은 숨을 죽이고 풀숲의 목소리가 하는 말을 열심히 듣고 있었다. 목소리는 말을 계속했다.

"다름 아니라, 나는 원래 시인으로 이름을 얻을 생각이었다네. 그런데 그 꿈을 아직 이루지 못하고 이런 운명에 놓이게 되었지. 나는 예전에 시를 몇백 편 지었다네. 물론 세상에 널리 알려지지도 않았고, 그 시들의 소재도 알 수 없네만, 그중에서 지금도 암송할 수 있는 것이 몇십 편 있다네. 이것을 받아 적어 후세에 전해주기 바라네. 그렇다고 내가 시인 흉내를 내고 싶어서 이러는 건 절대 아닐세. 또 내 시가 훌륭해서 이러는 건 더더욱 아니라네. 다만, 전 재산을 탕진하고 미쳐서까지 평생 그것에 집착했다는 것을 조금이나마 후대에 전하지 않고는 온전히 죽을 수가 없네."

원참은 부하에게 명하여 붓을 들어 풀숲에서 들리는 말을 받아 적게 했다. 이징의 목소리는 풀숲에서 낭랑하게 울렸다. 대략 30편의 시는 격조가 고아하고 생각이 탁월해서 작자의 재능을 대번에 알아볼 수 있었다. 그러나 원참은 감탄하면서도 막연히 이런 생각이 들었다. '작자의 소질이 과연 일류라는 점은 의심의 여지가 없지만, 이 상태로는 일류 작품이 되기에 뭔가 (매우 미묘한 점에서) 부족하지 않은가.'

예전에 자신이 지은 시를 읊고 난 이징의 목소리는 갑자기 자조 섞인 어조로 바뀌었다.

"부끄러운 일이지만, 이런 비참한 신세로 전락한 지금도 나는 내 시집이 장안 풍류객들의 책상 위에 놓여 있는 장면을 꿈꿀 때가 있다네. 바위굴 속에 누워 꾸는 꿈에 말일세. 비웃게나. 시인이 되지 못하고 호랑이가 된 이 불쌍한 사내를. (원참은 예전에 청년 이징이 늘 자조하던 버릇을 회상하며 애처롭게 듣고 있었다.) 그렇지. 웃음거리가 된 참에 지금의 회포를 당장 시로 읊어볼까. 이 호랑이 안에 오래전의 이징이 아직 살아 있다는 징표로 말일세."

원참은 다시 부하에게 명하여 그의 말을 받아 적게 했다.

뜻하지 않게 광기에 휩쓸려 짐승이 되어버렸네.

재난과 병이 겹쳐 그만 피하지 못하고

이제 내 발톱과 이빨에 대적할 자 없지만
일찍이 자네도 나도 수재라는 명성을 마음껏 날렸지.

하지만 나는 짐승이 되어 풀숲에 있고
자네는 위세 있는 고관으로 마차를 타는 몸일세.

오늘 밤 계곡을 비추는 밝은 달을 보며
나는 시를 읊지 못하고 그저 슬피 울 뿐이네.

때마침 잔월(殘月)이 차갑게 빛나고, 이슬은 땅을 적시며, 나무 사이를 가로지르는 찬바람은 벌써 새벽이 가까웠음을 알리고 있었다. 사람들은 이미 전후 사정은 다 잊어버린 채 숙연한 마음으로 시인의 운명을 한탄했다. 이징의 목소리는 계속 이어졌다.

"조금 전에는 내가 왜 이런 운명이 되었는지 모르겠다고 했지만, 생각해보니 마음에 짚이는 데가 있네. 인간이었을 때 나는 의도적으로 사람들과의 교류를 피했지. 사람들은 내가 거만하다, 건방지다고 했지만, 사실은 수치심 때문에 그런다는 걸 몰랐던 걸세. 물론 예전 고향 사람들이 귀재라 불렀던 내게 자존심이 없었다고는 말하지 않겠네. 그러나 그것은 겁쟁이의 자존심 같은 것이었지. 나는 시를 써서 이름을 얻으려고 했지만, 스스로 스승의 자리에 앉거나 벗을 찾아 어울리며 절차탁마에 힘쓰는 일 따위는 하지 않았네. 또한, 속물들과 어울리는 것도 탐탁지 않게 여겼지. 그 모든 것이 내 겁 많은 자존심과 거만한 수치심 때문이었네. 내게는 구슬이 될 만한 재능이 없다는 것을 알기에 노력해서 갈고닦으려 하지도 않았고, 또 남다른 재능이 있음을 반신반의했기에 빈둥거리며 범인(凡人)들의 무리에 낄 수도 없었네. 나는 점차 세상과 동떨어져 사람들과 멀어졌지. 분노에 몸부림치고 수치심을 참지 못해 화를 내며 점차 내 안의 겁 많은 자존심을 키운 꼴이 되어버렸네. 모든 인간은 맹수 조련사라네. 그 맹수는 바로 각자의 성정이지. 내게는 거만한 수치심이 바로 맹수였네. 호랑이였던 것이지. 이것이 나를 해치고, 아내와 자식을 괴롭히고, 친구에게 상처를 주고, 결국 내 모습을 이렇게 내 속마음과 같은 것으로 바꾸어버린 것일세. 지금 생각해보면 나는 내게 있던 아주 적은 재능마저도 허비해버린 셈이지. 인생은 아무것도 하지 않기에는 너무 길지만, 무엇인가를 하기에는 너무 짧다는 경구를 들먹이면서 사실은 재능이 부족하다는 사실이 드러날지도 모른다는 비겁한 의구심과 뼈를 깎는 노력을 꺼리는 나태함이 내 전부였던 거지. 나보다 재능이 훨씬 부족하지만, 오로지 그것에만 전념하여 연마했기에 당당히 시인이 된 자가 얼마나 많은가. 호랑이가 되어버린 지금, 이제 겨우 그것을 깨달았네. 지금도 그것을 생각하면 애가 타는 듯한 회한을 느낀다네. 나는 이미 인간으로 살아가기는 틀렸네. 지금 내가 머릿속으로 어떤 훌륭한 시를 지었다 한들 어떤 수단으로 발표할 수 있겠나. 하물며 내 머리는 날마다 호랑이에 가까워지고 있네. 어찌하면 좋단 말인가. 내가 허송세월한 과거는? 참을 수가 없네. 그럴 때면 저쪽 산꼭대기에 있는 바위에 올라 빈 골짜기를 향해 포효한다네. 이 가슴을 태우는 슬픔을 누군가에게 호소하고 싶은 것이지. 어제저녁에도 저기서 달을 향해 울부짖었다네. 누군가 이 괴로움을 알아주지 않을까 하고. 그러나 짐승들은 내 울음소리를 듣고 무서워서 넙죽 엎드릴 뿐. 산도 나무도 달도 이슬도 어떤 호랑이가 미친 듯이 격노하여 사납게 울부짖고 있다고밖에 생각하지 않는다네. 하늘에 오르고 땅에 엎드려 한탄해도 누구 한 사람 내 마음을 알아주는 이가 없네. 인간이었던 시절 내 속마음을 아무도 이해해주지 않았던 것이나 마찬가질세. 내 털가죽이 젖은 것은 밤이슬 때문만은 아니었네."

어렴풋이 사방의 어둠이 걷히고 있었다. 나무 사이를 타고 어디선가 새벽 나팔소리가 구슬픈 듯이 울리기 시작했다.

"이제 이별을 고해야겠네. 본래의 내가 아닌 호랑이로 돌아가야 할 때가 다가왔기 때문이지. 하지만 이별을 고하기 전에 마지막 한 가지 부탁이 있네. 내 처자의 일이라네. 그들은 아직 괵략에 있네. 물론 내 운명에 대해서는 알 리가 없지. 자네가 남쪽으로 돌아가면 내가 이미 죽었다고 전해주게나. 오늘 일을 절대로 말하지 말아주게. 염치없는 부탁이지만, 의지할 데 없이 약한 그들을 불쌍히 여겨 장차 길에서 배고파 얼어 죽지 않도록 마음 써준다면 나에게 이보다 더한 은총은 없겠네."

말을 마치자, 풀숲에서 통곡 소리가 들렸다. 원참도 눈물을 글썽이며 기꺼이 이징의 뜻을 따르겠다고 했다. 그런데 이징의 목소리는 또다시 조금 전의 자조적인 어조로 돌아가 있었다.

"사실은 내가 인간이었다면 이쪽 일을 먼저 부탁했을 걸세. 처자가 배고파 얼어 죽을 지경이어도 내 부족한 재능을 더 걱정하던 인간이었기에 이처럼 짐승으로 영락한 것이지. 그리고 한 가지 덧붙일 말이 있네. 원참 자네가 영남에서 돌아오는 길에는 절대 이 길을 지나지 말게. 그때는 내가 제정신이 아니어서 친구를 알아보지 못하고 덤벼들지도 모르니까. 그리고 지금 헤어지고 나서 앞으로 백 걸음쯤 되는 곳에 있는 저 언덕에 오르면 이쪽을 돌아봐 주게. 지금 내 모습을 다시 한 번 보여주고 싶네. 내가 용맹하다고 자랑하려는 게 아니라네. 내 추악한 모습을 보여줘 자네가 다시 이곳을 지나면서 나를 만나겠다는 마음이 들지 않게 하려는 걸세."

원참은 풀숲을 향하여 정중히 이별을 고하고 말에 올랐다. 풀숲에서는 슬픔을 참지 못한 울음소리가 새어 나왔다. 원참도 몇 번인가 풀숲을 돌아보며 눈물을 흘리며 출발했다.

일행은 언덕에 도착하자 이징이 말한 대로 돌아서서 조금 전의 숲 속 풀밭을 바라보았다. 갑자기 풀숲에서 길 쪽으로 뛰쳐나오는 호랑이 한 마리를 보았다. 호랑이는 이미 허옇게 빛을 잃은 달을 보며 두세 번 포효하는가 싶더니 다시 풀숲으로 뛰어들어가 다시는 모습을 보이지 않았다.

여우에 홀리다

狐憑*

*호빙 : 여우에 홀려서 들린다는 정신병 혹은 그 병자.

네우리 마을[1]의 샤크가 귀신 들렸다는 소문이 자자했다. 잡귀들이 이 남자에게 달라붙었다고 한다. 매의 혼령이라는 둥 이리의 혼령이라는 둥, 심지어는 수달의 혼령이 가엽게도 샤크에게 달라붙어 이상한 말을 내뱉게 한다고 했다.

　그리스인이 나중에 스키타이인[2]이라고 부른 미개 종족 가운데서도 그들은 좀 특이한 데가 있었다. 야수의 습격을 피하고자 호수 위에 집을 짓고 살았던 그들은 수천 개의 통나무를 호수 얕은 곳에 박아놓고, 그 위에 판자를 얹고 집을 지었다. 또 그들은 바닥 곳곳에 문을 만들어 그 구멍으로 그물을 드리우고 물고기를 잡았으며, 카누를 타고 다니며 비버와 수달도 잡았다. 삼베를 짤 줄도 알아서 짐승의 가죽과 함께 이것을 몸에 걸쳤다. 말고기, 소고기, 나무딸기, 마름 열매 등을 먹고, 마유와 마

1) 헤로도토스의 『역사』 제4권 17장에 이 부족에 관한 기록이 나와 있다.

2) Scythian: 기원전 8세기경부터 수세기에 걸쳐 흑해 북부 연안 초원지대에서 활약한 유목 민족. 기원전 6~3세기경부터 그리스인들과 교류했다. 스키타이 미술은 동적인 동물의장이 많이 들어가 있는 것이 특징이다.

유주를 즐겼다. 암말의 배에 짐승 뼈로 만든 관을 삽입하여 노예가 이것을 통해 입김을 불어 넣으면 젖이 뚝뚝 떨어지게 하는 옛날 방식이 그대로 전해 내려오고 있었다.

네우리 마을의 샤크는 이런 평범한 수상(水上) 부족의 한 사람이었다.

샤크가 이상해진 것은 작년 봄, 동생 데크가 죽고 나서부터였다. 그때 북쪽에서 날렵하고 사나운 유목민 우구리족 한 떼가 말을 타고 언월도를 휘두르며 질풍처럼 이 마을을 습격했다. 호수 위에서 생활하는 이들은 필사적으로 방어했다. 처음에는 호숫가로 나와 침략자를 공격했으나, 결국 소문난 북방 초원의 기마병을 대적하지 못하고 호수 위 집으로 후퇴하고 말았다. 호숫가와 연결된 도리[3]를 철거하고 집의 창문을 총안(銃眼)으로 삼아 투석기와 활로 대항했다. 카누를 조종하는 데 익숙지 않은 유목민은 수상 마을의 섬멸을 단념하고 호숫가에 있던 가축을 약탈하여 질풍처럼 북쪽으로 돌아갔다.

피로 물든 호숫가에는 침략자들이 머리와 오른손을 잘라 가져가 버린 시체 몇 구가 남아 있었다. 그들은 두개골 표면을 도금해서 해골 잔으로 만들고, 오른손 가죽을 손톱이 붙은 채로 벗겨내 장갑으로 썼다. 샤크의 동생 데크의 시체도 그런 굴욕을

---

3) 기둥과 기둥 위에 건너 얹어 그 위에 서까래를 놓는 나무.

당하고 버려져 있었다. 얼굴이 없어서 복장과 소지품으로 분간할 수밖에 없지만, 가죽 허리띠의 표식과 큰 도끼에 새긴 장식으로 보아 틀림없이 동생의 시체임을 알 수 있었다. 샤크는 잠시 멍하게 그 비참한 모습을 바라보고 있었다. 그로부터 한참 뒤에 샤크의 그런 모습이 반드시 동생의 죽음을 애도하는 것만은 아니었던 것 같다고 말하는 사람도 있었다.

그리고 얼마 후에 샤크는 이상한 헛소리를 하기 시작했다. 무엇이 그에게 그런 괴이한 말을 지껄이게 하는지, 처음에는 주위 사람들도 알지 못했다. 소리의 특징으로 보아 그것은 산 채로 가죽이 벗겨진 야수의 혼령인지도 몰랐다. 모두 고민 끝에 그것은 야만인에게 목이 잘린 데크의 오른손이 하는 말이라는 결론을 내렸다. 사흘, 닷새가 지나자, 샤크는 또 다른 혼령의 말을 쏟아내기 시작했다. 이번에는 그것이 무엇의 혼령인지, 마을 사람들은 금세 알 수 있었다. 무운(武運)이 나빠 전쟁터에서 죽은 경위로 미루어보건대, 그가 사후에 허공의 대령(大靈)에게 목덜미를 잡혀 무한 암흑 속으로 내던져지는 경위를 구슬프게 이야기하는 혼령은 분명히 데크, 그 사람이라는 의견에 모두 동의했다. 샤크가 동생 시체 곁에 망연히 서 있었을 때 아무도 모르게 데크의 혼령이 형의 몸 안에 숨어들었다고 믿었던 것이다.

그런데 그때까지는 샤크가 데크의 가장 가까운 육친이니 그의 오른손이 샤크에게 달라붙어도 이상할 것이 없다고 생각했지만, 그 후 잠시 평정을 되찾은 샤크가 다시 헛소리를 하기 시작했을 때 사람들은 경악을 금치 못했다. 이번에는 샤크가 자신과 아무 상관 없는 동물이나 인간의 말을 내뱉었기 때문이었다.

물론 그때까지 귀신 들린 남자나 여자가 없었던 것은 아니지만, 이렇게 잡다한 것들이 한 인간에게 달라붙은 적은 없었다. 어떤 때에는 마을 아래 호수에 떠다니는 잉어가 샤크의 입을 빌려 비늘 달린 물고기들 삶의 애환을 들려주기도 했고, 또 어떤 때에는 토라스 산의 매가 호수와 초원과 산맥, 그리고 그 반대편에 있는 거울 같은 호수로 이어지는 웅대한 경관을 묘사하기도 했다. 초원의 암늑대가 퇴색한 겨울 달빛 아래서 굶주림을 참아가며 밤새 얼어붙은 땅 위를 어슬렁거려야 하는 아픔을 하소연할 때도 있었다.

사람들은 신기해하며 샤크의 이야기를 들으러 왔다. 그런데 이상한 점은 샤크 쪽에서도(혹은 샤크 안에 사는 혼령들도) 여러 명의 청중을 기대하게 되었다는 사실이다. 샤크의 청중은 점차 늘어갔으나 어느 날 그중 한 사람이 이런 말을 했다.

"샤크가 하는 말은 귀신의 말이 아니야, 그건 샤크가 지어낸 말일 수도 있어."

정말 그러고 보면 흔히 귀신 들린 사람은 좀 더 황홀한 망아

(忘我)의 상태에서 발설하는데, 샤크의 태도에는 별로 광기 어린 구석도 없었고, 그의 이야기에는 지나치게 조리가 있었다. 청중 사이에서는 '뭔가 좀 이상한데…'라고 생각하는 사람이 점차 늘어났다.

샤크도 요즘 자기가 하는 짓의 의미를 알 수 없었다. 물론 자신의 상태가 흔히 말하는 귀신 들린 것과는 다르다는 것은 샤크도 알고 있었다. 하지만 이런 기묘한 짓을 몇 달씩이나 계속하는데 왜 지치지도 않는지 본인도 알 수 없었기에 이것은 역시 귀신의 조화라고 생각했을 뿐이다.

처음에는 동생의 죽음을 슬퍼했고, 그의 목과 손이 잘린 것이 원통해서 화를 참지 못하고 있었다. 그리고 그것을 마음속으로 되뇌던 중에 자기도 모르게 그만 헛소리를 하고 말았던 것이다. 거기에는 어떤 고의성도 없었다고 자신 있게 말할 수 있다. 그러나 샤크의 이런 변화는 원래 공상을 즐기는 기질이 있는 그에게 새로운 재미를 느끼게 해주었다. 상상 속에서는 자신이 다른 무엇이든지 될 수 있다는 사실이 재미있었던 것이다. 점점 청중이 늘어나면서 그는 사람들이 자기 이야기에 따라서 마음을 놓기도 하고, 또 긴장된 내목에서는 겁에 질려 떨기도 하는 모습을 보는 재미에 푹 빠졌다. 그가 지어낸 공상적인 이야기의 구성은 날로 교묘해졌고, 그의 상상력이 그려낸 정경 묘사는 점점 실감을 더해갔다. 샤크 자신도 놀랄 정도로 여러 장면이 선명하고 세밀하게 상상 속에서 떠올랐다. 그는 놀라면서도 자신이 뭔가에 홀렸다고 생각하지 않을 수 없었다. 하지만 그는 이유도 모르게 터져 나오는 말을 후세에 전할 수 있는 '문자'라는 도구가 있으면 좋겠다는 생각은 아직 하지 못하고 있었다. 지금 자신의 역할이 후세에 어떤 이름으로 불릴지도, 물론 알 리가 없었다.

청중은 샤크의 이야기가 어쩌면 꾸며낸 것인지도 모른다고 의심하면서도 그의 이야기에서 헤어나지 못했다. 오히려 그에게 새로운 이야기를 더 들려달라고 졸랐다. 그들은 샤크가 설령 이야기를 지어낸다 하더라도 소질이 평범한 그가 그렇게 근사한 이야기를 만들어낸다면, 뭔가에 홀렸음이 틀림없다고 생각했다. 뭔가에 홀리지 않은 그들이 생각할 때 실제로 보지도 않은 일을 그토록 상세하게 이야기한다는 것은 상상조차 할 수 없는 일이기 때문이었다. 호숫가 바위 뒤쪽이나 근처 숲 속 전나무 아래, 혹은 염소 가죽을 걸어놓은 샤크의 집 앞에서 그들은 샤크를 반원 형태로 에워싸고 앉아 그의 이야기를 듣느라 시간 가는 줄 몰랐다. 샤크는 북방 산악 지대에 사는 삼십 명의 비적 이야기라든가, 한밤중 숲에 나타나는 괴물 이야기, 초원의 어린 황소 이야기 같은 것들을 들려주었다.

샤크의 이야기에 빠져 일을 게을리하는 젊은이들을 보고 마을 장로들은 몹시 언짢은 표정을 지었다. 그들은 샤크 같은 사내가 나타난 것을 불길한 징조로 보았다. 그들은 지금까지 누군가가 귀신 들렸다는 말을 한 번도 들어본 적이 없었고, 설령 샤크가 귀신 들린 것이 아니라 해도 아무 근거 없는 이야기를 계속 지어내는 것은 그의 정신이 이상해졌기 때문이라고 판단했다. 아무튼, 그들은 이런 자가 갑자기 튀어나온 것이 뭔가 자연의 이치에 어긋나는 불길한 일이라고 믿고 있었다. 마침내 그들은 샤크를 마을에서 쫓아내기로 했다.

샤크는 이야기의 소재를 인간 사회에서 찾게 되었다. 매나 황소 이야기로는 언제까지나 청중을 만족하게 할 수 없었기 때문이다. 샤크는 젊고 아름다운 남녀 이야기라든가, 인색하고 질투심 많은 할망구 이야기, 남들에게는 으스대면서 늙은 마누라에게는 고개도 못 드는 추장 이야기 같은 것들을 들려주었다. 대머리 독수리처럼 머리가 벗어진 주제에 아름다운 아가씨를 두고 젊은 사람과 다투다가 비참하게 패배한 늙은이 이야기를 들려주었을 때 청중은 와! 하고 웃음을 터뜨렸다. 정말 크게 웃기에 그 이유를 물었더니 샤크를 쫓아내자는 모의를 주도했던 장로에게 얼마 전 똑같은 일이 있었다는 소문이 자자하기 때문이라고 했다.

하지만 장로는 화가 머리끝까지 치밀었다. 그는 백사처럼 간사한 꾀를 부려 계략을 꾸몄다. 그의 계략에는 최근에 아내를 빼앗긴 한 남자도 가담했다. 그도 샤크가 자기를 빗대어 조롱하는 이야기를 했다고 믿었기 때문이다. 두 사람은 백방으로 손을 써서 샤크가 마을 주민으로서의 의무를 소홀히 한다는 사실을 떠벌려 사람들의 주의를 끌고자 했다. 그는 '샤크는 낚시를 하지 않는다. 샤크는 말을 돌보지 않는다. 샤크는 숲에서 나무를 베어 오지 않는다. 샤크는 수달의 가죽을 벗기지 않는다.'고 샤크의 행적을 일일이 나열하면서 북쪽 산맥에서 매서운 바람이 거위 털 같은 눈가루를 싣고 왔을 때부터 샤크가 마을 일을 하는 모습을 본 사람이 아무도 없다고 주장했다.

사람들은 정말 그렇다고 생각했다. 실제로 샤크는 아무것도 하지 않았다. 겨울을 나는 데 필요한 물품을 서로 나눌 때가 되면 사람들은 특히 그런 사실을 분명하게 의식했다. 샤크의 이야기를 가장 열심히 듣던 청중마저도 그렇게 생각했다. 그럼에도 사람들은 샤크의 이야기가 정말 재미있었기에 일하지 않는 샤크에게도 겨울에 먹을 음식을 나누어주었다.

사람들은 두꺼운 모피 덕분에 북풍을 피하고, 짐승의 똥이나 고목을 태우는 돌 화로 주변에 둘러앉아 마유주를 홀짝거리며 겨울을 넘겼다. 호숫가에서 갈대가 움트기 시작하면 그들은 다시 밖으로 나가 일을 시작했다.

샤크도 들에 나갔지만, 눈빛도 흐리멍덩하고 왠지 바보처럼 보였다. 사람들은 이제 그가 더는 이야기를 하지 않는다는 사실을 깨달았다. 어지로 이야기를 시켜도 전에 했던 이야기를 반복할 뿐이었다. 아니, 그런 이야기조차도 이전만큼 흡족하게 들려주지 못했다. 그의 말투에서도 생기가 완전히 사라져버렸다. 사람들은 샤크에게 씌었던 귀신이 떨어져나갔다고 수군거렸다. 샤크에게 그 많은 이야기를 하게 했던 악령이 이제 깨끗이 사라진 것이다.

귀신은 나갔어도 이전에 부지런했던 샤크의 모습은 돌아오지 않았다. 샤크는 일도 하지 않고, 이야기도 하지 않고, 매일 멍하니 호수만 바라보고 있었다. 전에 샤크의 이야기를 듣던 청중은 그런 모습을 볼 때마다 이 얼빠진 게으름뱅이에게 자신의 귀중한 겨울 식량을 나누어줬던 일을 생각하면 화가 치밀었다. 샤크를 쫓아내려고 했던 장로들은 득의에 찬 미소를 지었다. 마을에 백해무익하다고 판단한 자를 이제 드디어 처리할 수 있게 되었다.

저마다 비췻빛 목걸이를 걸고 있는 털북숭이 유력자들이 모여 이야기를 나누었다. 가족이 없는 샤크를 위해 변호하려고 나서는 사람은 아무도 없었다.

마침 소나기 철이 찾아왔다. 마을 사람들은 천둥소리를 가장 두려워했다. 그것은 '하늘'이라는 외눈박이 거인이 격노해서 내는 저주의 소리였기 때문이다. 한번 이 소리가 천지를 진동하면, 사람들은 곧바로 하던 일을 멈추고 집에 틀어박혀 근신하면서 신에게 나쁜 기운이 사라지게 해달라고 빌었다. 간교한 노장로는 점쟁이를 쇠뿔 잔 두 개로 매수하여 사람들이 불길한 샤크의 존재와 최근 빈번한 천둥소리 사이에 관계가 있다고 믿게 하는 데 성공했다. 사람들은 태양이 호수 한가운데를 지나 서쪽의 커다란 너도밤나무 가지에 걸릴 때까지 세 번 이상 천둥소리가 나면, 다음 날 샤크를 조상 대대로 내려오는 관습에 따라 처리하기로 했다.

그날 오후, 어떤 이는 천둥소리를 네 번 들었다 했고, 또 어떤 이는 다섯 번 들었다고도 했다. 다음 날 저녁 무렵 호숫가에 피워놓은 모닥불을 에워싸고 성대한 향연이 벌어졌다. 큰 솥에는 양고기, 말고기에 섞여 가여운 샤크의 사체도 부글부글 끓고 있었다. 먹을 것이 별로 풍부하지 않은 이 지역 주민에게 병으로 쓰러진 자를 제외한 모든 시체는 당연히 식용으로 제공되었다. 샤크의 이야기를 가장 열심히 들었던 곱슬머리 청년은 모닥

불의 열기로 얼굴이 벌겋게 달아오른 채 샤크의 어깨 살을 볼이 미어터지도록 입에 쑤셔 넣고 있었다. 이 일을 계획했던 장로 역시 눈엣가시였던 원수의 넓적다리뼈를 손에 들고 뼈에 붙은 살점을 음미하듯 핥고 있었다. 그러고는 뼈를 멀리 던져버리자 첨빙! 하며 호수 밑으로 가라앉았다.

호메로스라 불렸던 맹인 마에오니데스가 그 아름다운 노래를 부르기 훨씬 전에 이렇게 한 시인이 잡아먹힌 사실은 아무에게도 알려지지 않았다.

문자화

文字禍

문자에는 영혼이 있을까, 없을까.

아시리아[1]인은 무수히 많은 정령을 알고 있었다. 어두운 밤에 날뛰는 릴과 그 암컷인 릴리스, 역병을 퍼뜨리는 남타르, 망자의 영혼 에팀무, 유괴자 라바스 등 수많은 악령이 아시리아의 하늘을 가득 메우고 있었다. 그러나 문자의 정령에 대해서는 아무도 들은 바가 없었다.

아슈르바니팔 대왕[2]이 즉위한 지 이십 년쯤 되었을 때 수도 니네베의 궁정에 이상한 소문이 돌았다. 매일 밤 캄캄한 도서관에서 소곤소곤 속삭이는 수상한 이야기 소리가 들린다는 것이다. 왕의 이복형 샤마시 슘 우킨[3]의 역모로 바빌론이 함락되

---

1) Assyria: 북부 메소포타미아 티그리스 강 상류에서 히타이트를 무너뜨리고 세운 고대 통일국가.

2) Ashurbanipal(BC 685~627): 아시리아 제국 말기의 왕으로 학문을 사랑하여 수도 니네베에 세계 최고(最古)의 도서관을 세웠다. 19세기 영국의 고고학자 A. H. 레이어드가 발굴한 이 도서관에서는 신화, 언어, 역사 등에 관한 20만 장이 넘는 점토판이 발견되어 아시리아학의 기초 자료가 되었다.

3) Shamash shum ukin: 아시리아가 메소포타미아를 정복할 때 폐허가 되었던 바빌론을 재건한 에사르하돈은 아들 아슈르바니팔을 아시리아의 왕세자로 삼고, 그의 이복형인 샤마시 슘 우킨을 바빌론의 왕세자로 삼았다. 에사르하돈이 사망하자 아슈르바니팔이 왕위에 올랐고, 샤마시 슘 우킨은 이집트, 페니키아, 유다, 엘람, 리디아 등과 연합하여 기원전 652년 아슈르바니팔을 상대로 '형제 전쟁'이라 불리는 반란을 일으켜 전쟁이 3년간이나 지속했으나 결국 진압되었다.

고 반란이 진압된 지 얼마 되지 않은 시점이어서 반도들의 음모를 의심하며 샅샅이 수색했지만, 이렇다 할 단서는 찾지 못했다. 그 소리는 아무래도 어느 정령들의 대화인 듯싶었다. 최근 왕 앞에 끌려 나와 처형된 바빌론 포로들의 혼령이 내는 소리라고 말하는 사람도 있었지만, 그것이 터무니없는 주장이라는 것은 누구나 알고 있었다. 천 명이 넘는 바빌론 포로가 모두 혀를 뽑힌 채 처형당해 그 혀를 모았더니 작은 산이 되었다는 사실을 모르는 사람은 없었다. 혀가 없는 죽은 영혼이 뭔가를 떠들어댈 리 없었다. 점성술이나 양의 간으로 점을 쳐봤지만, 별로 소용이 없자 이는 아무래도 책이나 혹은 문자들이 서로 이야기하는 소리라고 생각할 수밖에 없었다. 하지만 문자의 영혼에 과연 어떤 성질이 있는지는 아무도 알 수 없었다. 아슈르바니팔 대왕은 눈이 크고 머리가 곱슬곱슬한 노학자 나브 아헤 에리바를 불러 그 미지의 정령에 대해 연구하라고 명령했다.

그날 이후 나브 아헤 에리바 박사는 날마다 문제의 도서관(그로부터 200년 뒤 지하에 매몰되었다가 2,300년 만에 우연히 발굴되는 운명을 맞이하게 되지만)에 가서 수많은 책을 읽고 연구에 몰두했다. 메소포타미아에서는 이집트와 달리 파피루스를 만들지 않았다. 사람들은 연필로 점토판에 복잡한 쐐기 모양의 기호를 새겨 넣었다. 글자를 새겨 넣은 기왓장이 가득한 도서관은 도자기 가게의 창고와 비슷했다. 노학자의 책상(책상다리는 발톱도 붙어 있는 진짜 사자 다리를 사용했다) 위에는 기왓장이 산더미처럼 쌓여갔다. 그처럼 세월의 무게가 쌓인 지식을 바탕으로 그는 문자의 정령에 관한 이론을 찾아내려고 했지만 소용없는 일이었다. 문자는 보르시파[4]의 나부 신[5]이 관장한다는 것밖에는 아무것도 기록되어 있지 않았다. 문자에 영혼이 있든 없든, 그는 혼자 힘으로 문제를 해결해야 했다. 박사는 그 많은 기와 중에서 오직 하나만을 앞에 두고 온종일 그것과 눈싸움하며 지냈다. 점술가는 양의 간을 응시하여 사상(事象)을 직관한다. 그도 점술가를 흉내 내어 기왓장을 응시하고 관찰함으로써 진실을 찾으려 했던 것이다.

그러던 중에 이상한 일이 일어났다. 한 문자를 오래 응시하다 보니 어느새 그 문자가 해체되고, 의미 없는 선들이 서로 달라붙은 형태로 보이기 시작한 것이다. 단순한 선의 집합이 왜 어떤 소리를 내게 하고, 어떤 의미를 전달할 수 있다는 것인지, 그는 도무지 이해할 수 없었다. 학식이 뛰어난 노학자 나브 아헤 에리바는 난생처음 이 불가사의한 사실을 발견하고 무척 놀

---

4) Borsippa: 오늘날 이름은 비르스 니므루드(Birs Nimrud). 이라크 바빌론 남쪽으로 약 20킬로미터 떨어진 곳에 있는 유적지. 17~19세기 유럽인들은 자주 바벨탑과 혼동했다. 신바빌로니아 시대(BC 1세기 전반)의 나부 신에게 봉헌되었던 지구라트와 에지다 신전, 궁전 등의 유적이 발굴되었다.

5) Nabu: 메소포타미아의 보르시파를 근거지로 문자·지혜·인간의 운명을 관장하는 신. 아버지는 바빌론의 주신(主神) 마르두크다.

랐다. 지난 칠십 년간 너무도 당연하게 여겼던 일이 이제 보니 전혀 당연한 것도, 필연적인 것도 아니었다. 그는 여태 몰랐던 사실을 갑자기 알게 된 듯한 느낌이 들었다. 제각각으로 흩어진 선에 일정한 소리와 일정한 의미를 부여하는 것은 과연 무엇인 가. 생각이 여기에 미쳤을 때 노학자는 주저 없이 문자에 깃든 영혼의 존재를 인정했다. 영혼이 총괄하지 않는 손·다리·머리· 발톱·배 등을 인간이라고 부를 수 없는 것과 마찬가지로 만약 어떤 영혼이 총괄하지 않는다면 어떻게 단순한 선의 집합에 소리와 의미가 존재할 수 있겠는가.

노학자는 이 발견을 시작으로 지금까지 알려지지 않았던 문자 영혼의 성질을 조금씩 알아가게 되었다. 문자 정령의 수는 지상에 있는 사물의 수만큼이나 많았고, 게다가 기하급수적으로 늘어나고 있었다.

나브 아헤 에리바는 니네베의 거리를 돌아다니며 최근에 문자를 배운 사람들을 붙잡고 문자를 알기 전과 비교할 때 과연 무엇이 달라졌는지를 일일이 물어보았다. 이렇게 문자 영혼이 인간에게 어떤 식으로 작용하는지를 명백히 밝히고 싶었던 것이다. 그런데 이상한 통계 결과가 나왔다. 문자를 배우고 나서 갑자기 이 잡는 솜씨가 서툴러진 사람, 눈에 먼지가 더 많이 들어가는 사람, 하늘을 나는 독수리가 이전에는 잘 보였지만 이제는 그렇지 않게 된 사람, 하늘빛이 이전만큼 파랗게 보이지 않는 사람 등 시력에 문제가 생긴 사람이 압도적으로 많았다. 나브 아헤 에리바는 "문자의 정령이 인간의 눈을 해친다. 벌레가 딱딱한 호두 껍데기에 구멍을 뚫고 들어가 호두 알맹이를 능란하게 먹어치우는 것과 같다."고 새 점토판에 기록해두었다.

문자를 배우고 나자 기침을 하게 되었다는 사람, 재채기가 나서 곤란하다는 사람, 자주 딸꾹질을 한다는 사람, 설사한다는 사람 등도 상당수에 이르렀다. 노학자는 "문자의 정령은 인간의 코, 목구멍, 배 등에도 침투하는 것 같다."고 기록했다. 문자를 배우고 나서 갑자기 머리카락이 빠진 사람도 있었다. 다리가 약해진 사람, 손발이 떨리는 사람, 턱이 자주 빠지는 사람도 있었다.

그러나 나브 아헤 에리바는 마지막에 이렇게 기록할 수밖에 없었다.

"문자 영혼은 인간의 두뇌에 침범하여 정신을 마비시키고, 결국 그 해악이 극에 달했다."

장인은 문자를 배우기 전보다 손놀림이 무뎌졌고, 전사는 겁쟁이가 되었으며, 사냥꾼은 무기로 사자를 명중시키지 못할 때가 잦아졌다. 이것은 통계상으로 분명하게 드러난 사실이었다. 문자와 친해지고 나니 여자를 안아도 전혀 즐겁지 않다는 호소도 있었다. 이렇게 호소한 사람은 칠순이 넘은 노인이므로 이것을 반드시 문자 탓으로 돌릴 수는 없을지도 모른다. 나브 아헤 에리바는 이렇게 생각했다.

'이집트인들은 사물의 그림자를 그 사물에 깃든 영혼의 일부로 여기는데, 문자가 바로 그런 그림자와 같은 것이 아닐까? '사자'라는 글자는 진짜 사자의 그림자가 아닐까? 그래서 '사자'라는 글자를 배운 사냥꾼은 진짜 사자 대신에 사자의 그림자를 겨냥하고, '여자'라는 글자를 배운 남자는 진짜 여자 대신에 여자의 그림자를 안게 되는 것은 아닐까? 문자가 없던 옛날, 우트나피슈팀의 홍수[6] 이전에는 환희도 지혜도 모두 인간 속으로 직접 들어왔다. 그러나 지금 우리는 문자의 베일을 쓴 기쁨의 그림자와 지혜의 그림자밖에 모른다. 최근 사람들의 기억력이 나빠진 것도 문자 정령의 못된 장난 탓이다. 사람들은 이제 문자로 기록해놓지 않으면 아무것도 기억할 수 없게 되었다. 옷을 입으면서부터 피부가 약하고 보기 흉해졌다. 탈것이 발명되면서 다리가 약해지고 보기 흉해졌다. 문자가 보급되자 사람들은 머리를 잘 쓰지 않게 된 것이다…'

---

6) 고대 바빌로니아 영웅서사시 「길가메시 서사시」에 기록된 바빌로니아의 홍수 전설. 구약성서 '노아의 방주' 이야기의 원형이 된다.

나브 아헤 에리바는 어느 독서광 노인을 알고 있었다. 그 노인은 이 박식한 노학자보다도 더욱 박식했다. 그는 수메르어나 아르메니아어뿐 아니라 파피루스나 양피지에 적힌 이집트 문자도 술술 읽었다. 고대 문서치고 그가 모르는 것은 없었다. 그는 투쿨티 니누르타 왕[7]이 즉위한 날짜와 그날의 날씨까지도 알고 있었다. 그러나 오늘 날씨가 맑은지 흐린지는 아무 관심도 없었다. 그는 여신 사비투[8]가 길가메시[9]를 위로한 말도 암송하고 있다. 그러나 아들을 잃은 이웃을 어떤 말로 위로해야 좋을지는 모른다. 그는 아다드 니라리 왕[10]의 부인 상무라맛트가 어떤 옷을 좋아했는지도 알고 있다. 그러나 그 자신이 지금 어떤 옷을 입고 있는지는 전혀 개의치 않는다. 그는 얼마나 문자와 책을 사랑했던가! 글을 읽고 암송하고 늘 가슴에 품고 있는 것만으로는 성이 차지 않아서 길가메시 이야기를 기록한 점토판

7) Tukulti-Ninurta I(재위 BC 1244~1208): 아시리아의 왕. 신도시 카르투쿨티니누르타를 건설했다.

8) Siduri Sabitu: 길가메시가 불로장생의 약초를 찾아 나섰다가 만난 여인. 그는 꽃과 과실과 보석이 지천으로 깔린 천국의 동산을 지나 어느 바닷가에 이르러 시두리 사비투라는 여인을 만난다. 그가 여행의 목적을 말하자 그녀는 다음과 같이 길가메시를 설득한다.
"길가메시여, 그대는 어찌하여 방황하는가? / 그대가 찾는 것은 나타나지 않을 터이니 / 신들이 인간을 만들 때 인간에게 죽을 운명을 매기고 / 그 생명을 신들의 손에 붙들어 매었으니 / 그대여, 산해진미를 배불리 먹고 / 주야로 그대 일신을 즐기며 / 나날을 흥거운 잔치로 보내고 / 주야로 희롱하고 즐거워하라. / 머리 감고 몸을 씻고 / 기름진 음식과 고귀한 옷을 탐하라."

9) Gilgamesh(재위 BC 2600년경): 고대 메소포타미아 수메르 왕조 초기 시대인 우르 제1왕조의 전설적인 왕으로 수많은 신화와 서사시에 등장하는 영웅이다. 실존했던 인물이었을 가능성이 있다. 그의 무훈담을 기록한 「길가메시 서사시」는 기원전 2000년대에 점토판에 기록되었다.

10) Adad-Nirari I(재위 BC 1307~1275): 연대기가 자세하게 남아 있는 최초의 아시리아 왕.

을 씹어 물과 함께 삼킨 적도 있었다. 문자의 정령은 그의 눈을 가차 없이 공격해서 그는 심한 근시가 되었다. 글을 너무 가까이에서 읽다 보니 매부리코 끝이 점토판에 자주 부딪혀 단단한 굳은살마저 생겼다. 문자의 정령은 또한 그의 척추도 해쳐서 그는 배꼽에 턱이 달라붙을 정도로 등뼈가 휘었다. 그러나 그는 자신이 꼽추가 되었다는 사실조차도 모를 것이다. '꼽추'라는 글자를 다섯 나라 언어로 쓸 수 있는 박학다식한 독서광이지만. 나브 아헤 에리바 박사는 이 노인을 문자 정령의 첫 번째 희생자로 기록했다. 그러나 이런 처참한 외모도 아랑곳하지 않고 노인은 정말 부러울 만큼 행복해 보였다. 이런 이상한 현상 역시 노학자는 문자 영혼의 미약(媚藥) 같은 교활한 마력 탓으로 간주했다.

그러던 중 아슈르바니팔 대왕이 병에 걸렸다. 주치의 아라드-나나는 이 병이 가볍지 않다고 판단하여 대왕의 옷을 입고 아시리아의 왕으로 변장했다. 이렇게 해서 죽음의 여신 에레슈키갈[11]의 눈을 속여 대왕의 병을 자기 몸으로 옮기고자 했던 것이다. 그러나 이런 구닥다리 치료법에 청년들은 불신의 시선을 보냈다. 그들은 의사의 치료법이 불합리하며, 에레슈키갈 같은 여신이 그따위 뻔한 속임수에 넘어갈 리 없다고 말했다. 그러나

11) Ereshkigal: 고대 바빌로니아 죽음의 여신으로 저승의 신 네르갈의 부인이다.

석학 나브 아헤 에리바는 이 말을 듣고 불쾌감을 드러냈다. 청년들이 말하듯 무엇이든 앞뒤가 맞아야 한다는 생각에는 반드시 한계가 있다는 것이다. 사람들에게는 온몸이 때투성이면서도 예를 들어 발톱만 지나치게 아름답게 치장하는 식의 이상한 면이 있다. 그들은 신비스러운 구름 속에 있는 인간 존재의 위치를 분별하지 못한다. 노학자는 천박한 합리주의를 일종의 병으로 보았다. 그리고 그 병을 유행시킨 것은 다름 아닌 문자의 정령이라고 생각했다.

어느 날 젊은 역사가이자 궁정의 사관인 이슈디 나브가 찾아와 노학자에게 물었다.

"역사란 무엇입니까?"

노학자의 얼굴에서 어처구니없다는 표정을 읽은 젊은 역사가는 설명을 덧붙였다.

"지난번 서거한 바빌론의 샤마시 슘 우킨 왕의 최후에 관해서 다양한 설이 있습니다. 스스로 불에 뛰어든 것만은 확실하지만, 죽기 한 달 전에 너무 절망한 나머지 이루 말로 표현할 수 없이 음탕하게 보냈다고 말하는 자도 있습니다. 또한, 매일 목욕재계하고 샤마시 신[12]에게 계속 기도를 올렸다는 자도 있습니

---

12) Shamash: 샤마시는 '태양'이라는 뜻이며, 법과 정의를 주관하는 신이다. 고대 메소포타미아의

다. 첫째 왕비와 단둘이 불에 뛰어들었다고 하는 설도 있지만, 수백 명의 시녀와 첩을 장작불에 던지고 나서 자신도 불 속으로 뛰어들었다는 설도 있습니다. 어쨌든, 문자 그대로 다 타고 없어져서 어떤 주장이 옳은지 전혀 짐작할 수 없습니다. 대왕은 제게 그중 하나를 골라 기록하라고 명하셨습니다. 이것은 하나의 예에 불과하지만, 역사를 이렇게 기록해도 괜찮은 겁니까?"

현명한 노학자가 현명하게 침묵을 지키고 있는 모습을 보고 젊은 역사가는 질문의 형식을 바꾸어 다시 물었다.

"역사란 예전에 있었던 사실을 말하는 겁니까? 아니면 점토판의 문자를 말하는 겁니까?"

이 질문에는 사자를 직접 사냥하는 것과 그것을 부조로 만드는 것을 혼동하는 것과 같은 점이 포함되어 있었다. 박사는 그 점을 포착했지만 입 밖으로 분명히 발설할 수 없었기에 이렇게 대답했다.

"역사는 예전에 있었던 일인 동시에 점토판에 기록된 것이지. 이 둘은 같은 것이 아닐까?"

"빠뜨리고 기록하지 못한 것은 어떻게 되죠?" 역사가가 물었다.

관념에 따르면 하루는 밤에 시작되고 낮은 그 뒤에 이어지므로 샤마시도 월신(月神)의 아들로 여겨졌다.

"빠뜨린 것? 농담하지 말게. 빠뜨린 것은 없어. 싹이 나오지 않은 씨앗은 결국 처음부터 없었던 것이지. 역사란 이 점토판과 같은 것일세."

젊은 역사가는 한심스럽다는 표정으로 그가 손가락으로 가리킨 기와를 바라보았다. 그것은 이 나라 최고의 역사가 나브 샤림 슈누가 기록한 사르곤 왕[13]의 하르디아 정벌에 관한 대목이었다. 이야기하면서 박사가 뱉어낸 석류 씨가 점토판 표면에 지저분하게 들러붙어 있었다.

"이슈디 나브! 보르시파의 지혜의 신 나부가 거느리는 문자 정령들의 무서운 힘을 자네는 아직 모르는 것 같구먼. 문자 정령들이 한번 어떤 사실을 파악하고 그것을 자네의 모습과 같은 형태로 나타내면, 그 사실은 이미 불멸의 생명을 얻은 셈이야. 그와 반대로 힘 있는 문자 정령의 손이 닿지 않은 것은 무엇이든 그 존재를 상실하게 되지. 태고 이래 아누[14]·엔릴[15]의 책에 기록되지 않은 별은 왜 존재할 수 없을까? 그것은 그들이 아누·엔릴의 책에 문자로 기록되지 않았기 때문일세. 마르두크(목성)

---

13) Sargon I(재위 BC 2350~2294): 아카드(Akkad) 왕조의 시조. 메소포타미아에 최초의 통일국가를 건설했다.

14) Anu: 수메르인의 천신 안을 셈족이 계승한 신으로 천공(天空)의 세계 안샤르와 지상(地上)의 세계 키샤르 사이에서 태어났다. 배우자인 여신 안투의 도움을 받아 우주를 주관한다.

15) Enlil: 고대 바빌로니아의 천신(天神) 아누와 지신(地神) 혹은 수신(水神) 엔키에 버금가는 신으로 하늘·바람·폭풍우를 지배하고 인간의 운명을 다스린다.

가 천계의 목양자(오리온) 경계를 침범하면 신들의 노여움을 산다는 것, 달의 월식이 나타나면 아모르인[16]에게 재앙이 내린다는 것은 모두 고서에 문자로 기록되었기 때문에 실제로 그렇게 실현된다는 걸세. 고대 수메르인이 '말(馬)'이라는 짐승을 몰랐던 것도 그들 사이에 '말'이라는 글자가 없었기 때문이지. 문자 정령의 권능만큼 무서운 것은 없네. 우리가 문자를 사용해서 글을 쓰고 있다고 생각한다면 그건 큰 착각일세. 우리야말로 그들 문자 정령에게 혹사당하는 하인에 불과해. 그리고 그 정령들 때문에 입는 피해도 매우 심각하다네. 나는 이 문제를 연구하는 중이네만, 자네가 지금 역사를 기록한 문자에 의심을 품게 된 것도 결국은 자네가 문자를 지나치게 가까이해서 그 영혼의 독기에 중독되었기 때문일세."

젊은 역사가는 묘한 얼굴을 하고 돌아갔다. 노학자는 문자 정령이 저 유능한 청년도 해치려 한다는 사실을 알고 나자 한동안 슬퍼했다. 문자를 지나치게 가까이하다가 오히려 문자에 의심을 품는다는 것은 결코 모순이 아니다. 얼마 전 박사는 타고난 먹성으로 양고기 구이로 양 한 마리를 거의 다 먹어치웠는

---

16) Amorite: 셈족의 일파. 원래 시리아의 가나안 주변에서 유목 생활을 하다가 기원전 3세기부터 메소포타미아로 이주하여 유프라테스 강 중류 지역에 정착하고 수메르 문화를 받아들여 발전했다. 기원전 2100년 수무아붐이 바빌론을 수도로 하여 아모리 왕조를 세우고 바빌론 제1왕조가 되었다.

데, 그 뒤로 한동안 살아 있는 양의 머리를 보는 것조차 싫어한 적이 있었다.

젊은 역사가가 돌아가고 나서 나브 아헤 에리바는 몇 올 안 되는 곱슬머리를 손바닥으로 누르며 한동안 생각에 잠겼다.

'오늘 나는 결국 그 청년에게 문자 영혼의 위력을 찬미한 셈이 되지 않았나? 나마저 문자 영혼에 홀리다니!'

그는 분개하여 혀를 끌끌 찼다.

사실 이미 오래전부터 문자 영혼은 노학자에게 무서운 병을 가져다주었다. 그것은 그가 문자 영혼의 존재를 확인하려고 한 글자를 며칠 동안이나 뚫어지게 바라보며 지내던 시기에 벌어진 일이었다. 이제까지 일정한 의미와 소리가 있던 글자들이 홀연히 분해되어 단순한 선들의 집합이 되어버렸던 일은 이미 전에 말한 그대로지만, 그 뒤에도 그와 똑같은 현상이 문자 이외의 다른 모든 것에서도 일어났다. 예를 들어 그가 어떤 집을 가만히 바라보는 사이에 그 집은 그의 눈과 머릿속에서 아무 의미 없는 나무와 돌과 벽돌과 회반죽의 집합으로 변해버렸다. 그는 '집'이라고 부르는 이것이 왜 인간이 사는 곳이어야 하는지 이해할 수 없었다. 인간의 몸도 마찬가지였다. 의미 없는 기괴한 형태의 부분들로 분해되어버렸다. 이런 모양을 한 것이 왜 '인간'으로 통하는지 전혀 이해할 수 없었다. 눈에 보이는 것만이 아니었다. 일상생활과 통상적인 습관도 이 해괴한 분석 증세 때문에 이제까지 알고 있던 모든 의미를 상실해버렸다. 이제 인간 생활의 모든 근거가 의심스러웠다. 나브 아헤 에리바 박사는 미쳐버릴 것만 같았다. 문자 영혼의 연구를 더 계속한다면, 결국 그 영혼 때문에 생명을 잃으리라는 생각마저 들었다.

그는 두려움을 느끼고 서둘러 연구 보고를 마무리하여 아슈르바니팔 대왕에게 바쳤다. 물론, 그는 그 보고에 약간의 정치적 견해를 덧붙였다. 무(武)의 나라 아시리아는 바야흐로 보이지 않는 문자 정령 때문에 완전히 병들어버렸다. 게다가 이런 사실을 알고 있는 사람은 거의 없었다. 노학자는 문자에 대한 맹목적인 숭배를 서둘러 폐기하지 않으면, 나중에 몹시 후회하게 되리라고 판단했다.

그러나 문자의 영혼이 이 비방자를 그대로 둘 리 없었다. 나브 아헤 에리바의 보고는 대왕의 심기를 건드렸다. 나부 신의 열렬한 찬양자로 당대 일류 문화인이었던 대왕으로서는 당연한 반응을 보인 셈이었다. 노학자는 그날로 근신을 명령받았다. 그가 대왕의 어릴 적 사부가 아니었다면, 아마도 그는 산 채로 가죽을 벗기는 형벌을 받았을 것이다. 예상치 못했던 왕의 역정에 아연실색한 박사는 이것이 간교한 문자 영혼의 복수라는 사실을 즉각 깨달았다.

그러나 이것만이 아니었다. 며칠 후 니네베 알 베라[17] 지방을 휩쓴 대지진 때 박사는 자기 집 서고에 있었다. 그의 집은 몹시 낡아 지진을 이기지 못하여 벽이 무너지고 서가가 쓰러지면서 그 많은 책이, 다시 말해 수백 장이나 되는 묵직한 점토판이 문자들의 무시무시한 저주와 함께 이 비방자 위로 무너져 내려 그는 무참하게 압사했다.

---

17) 니네베와 함께 번영했던 아시리아의 도시. 오늘날의 알비르.

미라
木乃伊

키루스[1]와 카산다네 사이에서 태어난 페르시아의 왕 캄비세스[2]가 이집트를 침공했을 때의 일이다. 휘하에 파리스카스라는 자가 있었는데, 그의 조상은 동방의 박트리아[3]근방에서 왔다고 했다. 좀처럼 도시 생활이 몸에 배지 않는 타고난 촌사람이었다. 그는 중요한 자리에 있으면서도 어딘지 몽상적인 구석이 있어 늘 사람들의 웃음을 샀다.

페르시아군이 아라비아를 지나 마침내 이집트 땅에 들어갔을 때부터 그가 보여준 이상한 행동은 동료와 부하 사이에서 관심의 대상이 되었다. 파리스카스는 주변의 낯선 풍물을 신기하다는 듯 바라보고, 심상치 않은 표정으로 생각에 잠기곤 했다.

---

1) Cyrus II(BC 585~529): 페르시아제국의 건설자. 메디아를 멸망시키고 엑바타나를 수도로 하였으며 박트리아, 칼데아 등을 합락하여 이집트를 제외한 오리엔트를 지배하에 두었다.

2) Cambyses II(재위 BC 530~522): 아케메네스 왕조 페르시아의 제7대 왕. 아버지 키루스 2세가 완수하지 못한 이집트 정복을 실행했으나 이후 카르타고, 에티오피아 원정에 실패했다. 그가 이전에 살해한 아우 바르디아를 가장한 승려 가우마타에게 왕위를 빼앗기고 실의에 빠져 세월을 보내던 중 시리아에서 자살했다.

3) Bactria: 힌두쿠시 산맥과 아무다리야 강 사이에 있는 지역. 현재의 아프가니스탄 북부와 투르키스탄 남부. 페르시아제국 시대의 속주(屬州)였다.

뭔가를 생각해내려고 하는데 생각이 나지 않아 답답해하고 있는 것이 역력했다. 그는 이집트군 포로들이 끌려왔을 때 그중 하나가 하는 말을 묘한 표정으로 주의 깊게 듣더니 그 말의 의미를 알 수 있을 것 같다고 했다. 그들의 말을 할 수는 없지만, 그들이 하는 말의 내용을 이해할 수 있을 것 같다는 얘기였다. 파리스카스는 부하에게 지시하여 그 포로가 이집트인인지 물어보게 했다. 이집트 병사는 대부분 그리스나 다른 지역 출신의 용병이었기 때문이다. 부하는 그가 분명히 이집트인임을 확인했다. 파리스카스는 다시금 불안한 표정으로 생각에 잠겼다. 그는 그때까지 한 번도 이집트에 발을 들여놓은 적도 없었고, 이집트인과 교류한 적도 없었다. 전쟁이 한창 치열한 가운데서도 그는 멍하니 생각에 잠겨 있었다.

그들의 군대가 이집트군 포로들을 앞세우고 온통 흰 벽으로 둘러싸인 멤피스[4]에 입성했을 때 파리스카스는 더욱 격하게 흥분하고 불안해했다. 그는 마치 발작하기 직전의 간질 환자 같았다. 전에는 그의 행동을 가볍게 웃어넘기던 동료도 이제는 심기가 불편해졌다. 멤피스 외곽에 서 있는 오벨리스크[5] 앞에서 그

---

4) Memphis: 고대 이집트 초기왕조 시대(BC 3100~2686) 및 고왕국 시대(BC 2686~2181)의 왕도로, 유적은 카이로 남쪽 나일 강 서안의 미트 라히나에 있다.

5) Obelisk: 고대 이집트의 방주형 기념비로서 태양 신앙의 상징물이다. 보통 한 쌍을 이루며 신전이나 왕릉의 제전 앞에 세워졌다.

는 이 기념물 정면에 새겨진 그림 같은 글자를 낮은 소리로 읽어 내려갔다. 그리고 동료에게 이 비석을 세운 왕의 이름과 그의 공적을 들려주었다. 동료 장수들은 의아해하며 서로 얼굴을 마주 보았다. 파리스카스 자신도 의아한 표정을 짓고 있었다. 그를 포함하여 아무도 그가 이집트 역사를 훤히 알고 있다거나 이집트 문자를 읽을 수 있다고 상상하지 못했기 때문이었다.

이 무렵부터 파리스카스의 주군 캄비세스 왕도 점차 난폭한 발작 증세를 보이기 시작했다. 그는 이집트 왕 프삼티크[6]에게 소의 피를 마시게 하여 그를 살해했다. 그것으로도 부족하여 이번에는 여섯 달 전에 승하한 선왕 아모세[7]의 시신을 욕되게 하기로 작정했다. 마음속에 품은 바가 있었기 때문이었다. 그는 직접 군사를 이끌고 아모세 왕의 무덤이 있는 사이스로 향했다. 목적지에 도착하자, 그는 군사들에게 아모세 왕의 무덤을 찾아 그의 시신을 파내어 가져오라고 명령했다.

그런데 이런 일이 있으리라고 미리 알아차리기라도 한 것처럼 왕의 무덤은 소재가 묘연했다. 페르시아 장수들은 사이스 안

---

6) Psamtik III(BC 526~525): 아모세의 아들로서 사이스 왕조 최후의 왕이다. 즉위 반년 만에 페르시아의 공격을 받아 정복당하자, 모반을 꾀하다가 발각되어 정복자 캄비세스의 명령으로 소의 생혈(生血)을 마시고 자결했다고 전해진다.

7) Ahmose II(BC 570~526): 아마시스라고도 부른다. 이집트 26왕조의 왕으로 전왕 아프리에스에 반대하는 애국주의자들에 의해 왕이 되었다. 평화와 번영을 유지하여 이집트는 최고의 융성기를 맞았으나 그의 사후에 페르시아의 침략으로 멸망했다.

곳의 수많은 묘지를 하나하나 파헤쳐 시신을 확인해야 했다. 파리스카스도 이 무덤 수색 작업에 투입되어 있었다. 또 다른 대원들은 이집트 귀족의 미라와 함께 무덤에 부장(副葬)한 수많은 보석과 장신구, 세간을 약탈하기에 여념이 없었다. 하지만 파리스카스만은 그런 물건에 눈길 한 번 주지 않고 여전히 침울한 표정으로 무덤 주위를 배회하고 있었다. 구름 사이로 보이는 엷은 햇살처럼 어두운 표정 뒤로 가끔 밝은 기색이 보일 때도 있었지만, 그것도 잠시일 뿐 다시 원래 모습으로 돌아갔다. 뭔가 풀릴 듯 풀릴 듯 풀리지 않는 것이 마음속에 눌어붙어 있는 듯했다.

수색을 시작한 지 며칠이 지난 어느 날 오후, 파리스카스는 매우 고풍스러운 어느 지하 묘실 안에 홀로 서 있었다. 동료나 부하들과 언제 떨어졌는지, 이 무덤이 사이스 어디쯤 있는지도 알 수 없었다. 아무튼, 늘 빠져 있던 몽상에서 깨어나 문득 정신을 차리고 보니 혼자 어둑어둑한 무덤 안에 있었던 것이다.

조금 시간이 지나자 어둠 속에 흩어져 있는 조각상, 기구, 부조, 벽화 등이 희미하게 시야에 들어왔다. 관은 뚜껑이 열린 채 팽개쳐져 있었고 그 옆으로 작은 인형[8]의 머리가 두세 개 굴러

---

8) 고대 이집트에서 사자(死者)와 함께 매장되는 미라 형태의 작은 인형으로 '우샤브티'라고 한다. 인형에는 '반드시 나는 거기에 있습니다.'라는 글귀가 새겨져 있다.

다니고 있었다. 어느 페르시아 병사가 이곳을 이미 약탈하고 지나갔다는 것을 한눈에 알 수 있었다. 쾨쾨한 냄새가 차갑게 코를 찔렀다. 어둠 속에서 커다란 매 머리 신상[9]이 굳은 표정으로 그를 내려다보고 있었다. 주위의 벽화를 둘러보니 승냥이와 악어, 왜가리 같은 기이한 동물의 머리가 달린 신들이 음산하게 늘어서 있었다.[10] 그들은 얼굴도 몸통도 없이 오로지 커다란 눈에 가느다란 사지가 달려 있었다.

파리스카스는 거의 의식이 없는 상태에서 서서히 안으로 들어갔다. 그러나 대여섯 걸음을 채 옮기기도 전에 쓰러졌다. 발밑에 미라가 뒹굴고 있었다. 그는 무의식중에 그 미라를 안아 일으켜 신상들 옆에 세워놓았다. 며칠 전부터 질리도록 보아온 평범한 미라였다. 지나치면서 그 미라의 얼굴을 흘낏 본 순간, 그는 온몸이 얼어붙는 것 같았다. 미라의 얼굴에 꽂힌 그의 시선은 마치 자석처럼 달라붙어 그는 꼼짝도 하지 못하고 미라의 텅 빈 눈 속으로 빨려들어 갔다.

얼마나 오랫동안 그런 자세로 서 있었을까. 그사이에 그의 내면에서 커다란 변화가 일어난 듯한 느낌이 들었다. 그의 육신

---

9) 매두신상(鷹頭神像) : 고대 이집트의 신 몽투, 무투 등을 가리킨다.
10) 승냥이는 세트 신, 악어는 소벡 신, 왜가리는 이비스 신을 가리킨다.

을 구성하는 모든 원소가 피부 아래서 마치 시험관 속의 화학물 질처럼 얼마나 요동치고 들끓었을까. 그렇게 치열하게 끓어오르고 나서 가라앉았다면, 이전과는 완전히 다른 성질로 변해버린 것은 아닐까.

그러나 그의 상태는 매우 평온했다. 정신이 들자, 이집트 입성 이후 계속 신경이 쓰였던 일, 비유해서 말하자면 아침에 기억해내려고 애쓰는 지난밤 꿈처럼 알 듯 말 듯 하면서도 도저히 생각나지 않았던 일이 지금 이 순간, 확실히 떠올랐다.

"내가 고민했던 이유가 바로 이것 때문이었나?" 그는 자기도 모르게 소리를 내어 말하고 있었다. "나는 원래 이 미라였던 것이 분명해."

파리스카스가 이 말을 중얼거린 순간, 미라의 입술이 조금 움직인 것 같았다. 어디선가 들어온 빛이 미라의 얼굴을 비춰 분명히 알아볼 수 있었다.

어둠을 때리는 번개 같은 섬광 속에서 전생에 대한 기억이 되살아났다. 그리고 그의 영혼이 이 미라의 육신 안에 깃들어 살던 시절에 일어났던 모든 일이 한꺼번에 떠올랐다. 작열하던 사막의 따가운 햇볕, 나무 그늘에 불어오던 산들바람, 범람하는 강에서 풍기던 흙탕물 냄새, 흰옷을 입고 번화한 거리를 오가던 사람들의 모습, 갓 목욕을 마치고 나온 몸에서 풍기던 향유 향기, 어슴푸레한 신전에서 무릎을 꿇고 기도할 때 느꼈던 차가운 돌의 감촉…. 이런 생생한 감각들의 기억이 망각의 늪에서 살아나 그에게 밀려들었다.

그 시절 그는 푸타 신전[11]의 사제라도 되었던 것일까. 그가 그렇게 자문한 이유는 예전에 보고, 만지고, 경험한 사물이 기억날 뿐, 자신의 모습은 전혀 떠오르지 않았기 때문이다.

문득 자신이 신전에 제물로 바쳤던 황소의 구슬픈 눈이 떠올랐다. 그 눈은 누군가 자신이 잘 아는 사람의 눈을 닮은 것 같았다. 그렇다. 분명히 그 여인이다. 갑자기 한 여인의 눈과 공작석(孔雀石) 가루를 엷게 칠한 얼굴, 호리호리한 몸매와 그에게 익숙한 몸짓과 함께 그리운 체취까지 떠올랐다. 그는 자신도 모르게 탄식했다.

"아! 반갑다."

저녁 호숫가를 서성이던 홍학처럼 슬픈 여인. 그녀는 의심할 여지 없이 그 시절 아내였던 여인이었다. 그런데 이상하게도 이름이 기억나지 않았다. 사람도, 장소도, 물건도 이름을 기억할 수 없었다. 공간과 시간 개념이 무너진 이상한 정적 속에서 이름이 없는 형태와 색깔과 냄새와 동작만이 그 앞에 홀연히 나

11) Ptah: 고대 이집트의 신, 멤피스의 삼주신(三柱神)의 주신으로 세크메트의 남편. 미라처럼 천으로 몸을 단단히 싼 남자의 모습으로 표현된다. 그는 천지창조 신이며, 그의 심장(사고)과 혀(언어)로 세계가 형성되었다고 한다.

타났다가 사라졌다.

　그는 이제 미라를 보지 않았다. 그의 영혼이 육신을 빠져나가 미라로 들어가 버린 것일까. 또다시 하나의 정경이 떠올랐다. 그는 고열로 시달리며 바닥에 누워 있고 옆에서 아내가 근심스러운 얼굴로 지켜보고 있다. 아내 뒤에는 노인과 어린아이가 앉아 있다. 그가 심하게 갈증을 느껴 손짓하자, 아내가 곧바로 물을 마시게 해준다. 그리고 잠시 잠들었다가 눈을 뜨자 열이 내린 듯하다. 실눈을 뜨고 보니 옆에서 아내가 울고 있다. 뒤에서 노인도 울고 있다. 순식간에 비구름이 호수 위를 어둠으로 물들이듯 거대한 저승 세계가 그를 덮친다. 까마득한 심연으로 떨어지는 듯이 눈앞이 캄캄해져 눈을 감는다.

　그곳에서 전생의 기억은 갑자기 중단되었다. 그리고 이후 몇백 년 동안 의식은 어둠 속에 있었는지, 다시 정신이 들었을 때에는 페르시아의 군인이 되어 전생에 자신의 육체였던 미라 앞에 서 있었다.

　파리스카스는 이 기이한 신비를 두 눈으로 똑똑히 확인하고 공포에 떨었다. 그의 영혼은 추운 북쪽 지방의 겨울 호수처럼 맑고 투명하게 얼어붙어 있었다. 그는 전생의 기억이 매몰되었던 심연을 뚫어지게 응시했다. 그곳에는 깊은 바다 어둠 속에서 스스로 빛을 발산하는 눈먼 물고기처럼 그가 전생에 경험했던 것들이 소리 없이 잠들어 있었다.

그때 그의 영혼의 눈은 심연의 어둠 속에서 전생의 기이한 자기 모습을 보았다.

빛이 들지 않는 작은 방에서 전생의 자신은 어느 미라와 서로 마주 보고 서 있었다. 전생의 자신은 와들와들 떨면서 그 미라가 전전생의 자기 육신이라는 사실을 확인하고 있었다. 지금과 똑같이 어슴푸레하고, 으스스하고, 쾨쾨한 냄새가 나는 무덤 속에서 전생의 자신은 전전생의 자기 삶을 떠올리고 있었다.

온몸에 소름이 끼쳤다. 어찌하여 이런 가공할 반복이 일어나고 있단 말인가. 두려움을 참고 좀 더 자세히 들여다보면, 전생이 기억하는 전전생의 기억 속에서 전전전생의 자기 모습을 보게 되지 않을까. 앞뒤에 거울을 두고 자신을 비춰보면 똑같은 모습이 무한히 생성되면서 아찔하게 거울의 심연 속으로 들어가는 그 섬뜩한 기억이 지금 이 순간과 이어져 있는 것은 아닐까.

파리스카스는 온몸에 소름이 돋았다. 도망치려고 했다. 그러나 두 발이 꼼짝도 하지 않았다. 그는 미라의 얼굴에서 여전히 눈을 뗄 수 없었다. 얼어붙은 자세로 그는 번뜩이는 호박색 몸체를 마주하고 서 있었다.

다음 날, 다른 부대의 페르시아 병사가 파리스카스를 발견했을 때 그는 미라를 꼭 끌어안은 채 고분 지하실에 쓰러져 있었다. 응급처치로 겨우 숨이 돌아오기는 했으나 이미 광기의 징후를 보이고 엉뚱한 헛소리를 하기 시작했다. 그 말도 페르시아어가 아니라 이집트어였다.

오정의 출가

悟淨出世

낙엽 진 버드나무에 쓰르라미 울고 대화[1]가 서쪽으로 흐르는 가을이 시작되자, 삼장은 마음 졸이며 두 제자를 데리고 험난함을 무릅쓰고 갈 길을 서두르는데, 갑자기 앞에 한 줄기 큰 강이 나타났다. 큰 물결 솟구치고 저 멀리 강 끝이 보이지 않았다. 연안에 오르니 한쪽에 돌로 된 비석이 하나 서 있었다. 거기 '유사하'[2]라는 세 글자와 함께 해서체 작은 글씨로 4행이 이렇게 새겨져 있었다.

　　八百流沙界(팔백유사계)

　　三千弱水深(삼천약수심)

　　鵝毛飄不起(아모표불기)

　　蘆花定底沈(노화정저침)

---

1. 大火: 28수의 심수(心宿: 전갈자리의 안타레스를 중심으로 하는 세 별)를 가리키며, 이것이 서쪽으로 기우는 것은 가을이 왔음을 알리는 징후다.

2) 流沙河: 여기서 『서유기』의 주인공인 삼장법사와 그의 제자인 손오공, 저팔계는 처음으로 사오정을 만난다. 유사는 원래 중국 북서부의 사막지대(또는 그 일부)를 가리키는 말이었다.

강폭 팔백 리의 유사하

길이 삼천 리의 약수는 깊구나

거위 깃조차도 물 위에 띄우지 못하고

갈대꽃도 강 밑에 가라앉았네

_『서유기』

1.

그 무렵 유사하 강바닥에 살고 있던 요괴의 수는 대략 1만 3천, 그중에 그[果]만큼 심약한 놈은 없었다. 그의 말에 의하면 자신은 지금까지 승려 아홉 명을 잡아먹은 죄[3]로 해골 아홉 개가 목 주위에 붙어 떨어지지 않는다고 하지만, 다른 요괴들에게는 그런 해골은 보이지 않았다. "보이지 않아. 그건 네가 잘못 본 거야."라고 말하자 그는 믿지 못하겠다는 눈빛으로 일동을 돌아보고, 그럼 왜 자기만 이렇게 다르게 생겼을까 하고 침울한 표정을 지었다. 다른 요괴들은 서로 이렇게 이야기했다. "저놈

---

3) 『서유기』 8회에 의하면, '사오정은 셀 수 없을 만큼 인간을 잡아먹고 그 해골을 유사하의 강바닥에 가라앉혀 왔지만, 불경을 가지러 가는 아홉 승려의 해골만은 도저히 가라앉지 않기 때문에 목에 걸어두기로 했다.'고 되어 있다. 또 명대(明代)의 희곡에는 삼장법사가 아홉 번 다시 태어날 때마다 사오정이 잡아먹어 그 해골이 바로 삼장법사라는 대사가 있다고 한다.

은 중은커녕 보통 사람도 변변히 잡아먹은 적이 없을 거야. 아무도 그런 걸 본 적이 없으니까. 붕어나 잡어를 잡아먹었다면 또 몰라도." 또 그들은 그에게 별명을 붙여 '혼잣말 오정'이라 불렀다. 항상 불안을 느끼고 몸을 깎는 회한에 시달리며 마음속으로 반추하는 그 애달픈 자책이 자신도 모르게 혼잣말로 새어 나오기 때문이었다. 멀리서 보면 입에서 거품이 조금 흘러나올 뿐이지만, 사실 그는 희미한 목소리로 이렇게 중얼거리고 있었다.

'나는 바보야.', '나는 왜 이렇게 생겼을까?', '이제 나는 안 돼.' 혹은 '나는 타락천사야.'.

당시에는 요괴뿐 아니라 모든 생물이 무엇인가가 다시 환생한 존재라고 믿고 있었다. 오정이 일찍이 천상계에서 영초전(靈霄殿)의 권렴(捲簾)[4] 대장이었다는 것은 이 강바닥에서 모르는 이가 없다. 그래서 무척이나 회의적이었던 오정 자신도 결국에는 그런 주장을 믿는 척이라도 하는 수밖에 없었다. 사실, 모든 요괴 중에서 유독 그만은 남몰래 환생설에 의문을 품고 있었다. '천상계에서 오백 년 전에 권렴 대장을 했던 자가 지금의 내가 되었다면 그 옛날의 권렴 대장과 지금의 내가 같은 존재라는 말인가. 첫째, 나는 옛날 천상계의 일을 하나도 기억하지 못한다.

---

4) 사오정은 전생에는 천상계의 최고신인 옥황상제의 어전에서 수레의 수렴(垂簾)을 올리고 내리는 일을 하고 있었다. 그런데 서왕모(西王母)가 개최한 반도회(蟠桃會)에서 수정 잔을 깼기에 벌을 받아 하계로 쫓겨났다고 한다. 그리고 유사하에서 삼장법사의 세 번째 제자가 되었다.

내 기억 이전의 권렴 대장과 내가 어디가 같다는 것인가. 육체가 같다는 것인가, 아니면 영혼이 같다는 것인가? 그런데 대체 영혼이란 무엇인가?' 그가 이런 의문들을 입 밖에 내면 요괴들은 "저놈, 또 시작했군." 하며 비웃었다. 어떤 자는 조롱하듯이, 또 어떤 자는 불쌍하다는 듯이 "저건 병이야, 나쁜 병이야."라고 말했다.

실제로 그는 병을 앓고 있었다.

오정은 언제부터 무슨 이유로 그렇게 되었는지 모른다. 다만, 정신을 차리고 보니 꺼림칙한 일들이 주위를 무겁게 짓누르고 있음을 느꼈다. 그는 아무것도 하기 싫었고 보는 것 듣는 것이 모두 그의 마음을 더욱 침울하게 하여 모든 일이 귀찮았고 또 자신을 믿지 못하게 되었다. 그는 며칠 동안 동굴에 틀어박혀 식음을 전폐하고 눈만 부릅뜬 채 생각에 잠겼다. 그러다가도 갑자기 일어서서 주위를 돌며 혼자 중얼거리다가는 다시 주저앉았다. 그는 그런 동작 하나하나를 의식하지 못했다. 어떤 점을 분명히 밝히면 이런 불안이 사라질까. 그것조차도 알 수 없었다. 단지, 지금까지 당연하다고 믿었던 모든 것이 이해할 수 없는 이상한 것으로 보였다. 지금까지 하나의 덩어리라고 생각했던 것이 산산이 해체된 모습으로 보이고, 각각의 부분에 대해 생각하는 사이에 전체의 의미를 파악할 수 없게 되었다.

의사요 점성술사요 기도사인 어느 늙은 괴물이 하루는 오정을 보고 이렇게 말했다.

"이봐, 자네 참 딱하군. 결과가 이롭지 못하다는 것을 알면서도 그것을 하지 않고는 못 배기는 병에 걸렸어. 이 병에 걸리면 백에 아흔아홉은 비참한 일생을 보내게 되지. 원래 우리 중에는 없던 병인데, 우리가 인간을 잡아먹기 시작하면서부터 우리 사이에도 극소수가 이 병에 걸렸다네. 이 병에 걸린 자는 모든 것을 순수하게 받아들일 수가 없어. 무엇을 보든, 무엇을 만나든, 곧바로 '왜?'라고 질문을 던지지. 궁극적이고 절대적인 신만이 알 수 있는 '왜?'를 생각해내려고 애쓰는 병이라네. 생명이 있는 존재라면 늘 그런 것을 생각하면서 살아갈 수는 없어. 그런 것을 생각하지 않는다는 것이 이 세상에 존재하는 모든 생물의 약속 아닌가. 특히 골치 아픈 것은 이 환자가 '나'라는 것에 의문을 품는다는 점일세. '왜 나는 나를 나라고 생각하는가? 다른 사람을 나라고 생각해도 무방할 텐데. 나란 대체 무엇인가?' 이렇게 생각하기 시작하는 것이 이 병의 가장 나쁜 징후지. 그렇지만 이미 병에 걸린 걸 어쩌겠나. 더욱 안타까운 점은 이 병에는 약도, 의사도 없다는 걸세. 스스로 치유하는 수밖에 없지. 부처님의 교화를 받지 않는다면 자네 안색이 밝아지는 날은 없을 걸세."

2.

문자의 발명은 일찍이 인간세계에서 전해져 요괴 세계에도 알려졌지만, 그들은 대부분 습관적으로 문자를 경멸했다. 살아 있는 지혜가 죽은 문자로 쓰였을 리 없다고 생각했다(그림이라면 그릴 수 있겠지만). 그것은 날아가는 연기를 그 형태 그대로 손으로 잡으려는 것과도 같은 어리석은 짓이라고 믿었다. 따라서 문자를 해독하는 것은 도리어 생명력을 쇠퇴시키는 징후로서 배척되었다. 요괴들은 근자에 오정이 우울한 것도 결국 그가 문자를 해독하기 때문이라고 생각했다.

문자는 존중되지 않았으나 사상이 경시되었던 것은 아니었다. 1만 3천 괴물 중에는 철학자도 적지 않았다. 다만, 그들의 어휘는 매우 빈약했기에 가장 어렵고 큰 문제를 가장 천진난만한 언어를 통해 사고하고 있었다. 그들은 유사하의 강바닥에 각각 생각하는 가게를 벌여놓았기에 일맥의 철학적 우울이 표류하고 있을 정도였다. 어느 현명한 늙은 물고기는 아름다운 정원을 꾸미고 밝은 창 아래서 영원히 후회 없는 행복에 대해 명상했다. 또 어떤 고귀한 어족은 아름다운 줄무늬가 있는 초록 해초 뒤에서 하프를 연주하면서 우주의 음악적 조화를 찬미했다. 못생기고, 둔하고, 지나치게 고지식한, 그래서 자신의 어리석은 고뇌를 숨기려고도 하지 않는 오정은 이런 지적인 요괴 사이에서 좋은 놀림감이 되었다. 총명해 보이는 한 괴물이 오정에게 진지하게 물었다.

"진리란 무엇인가?"

그러고는 그의 대답도 기다리지 않고 입가에 조소를 띠며 성큼성큼 걸어서 사라졌다. 또 한 요괴―복어 요괴였다―는 오정이 병에 걸렸다는 소식을 듣고 일부러 찾아왔다. 병의 원인이 죽음에 대한 공포라고 짐작하고 비웃어주고자 찾아왔던 것이다. '목숨 있는 동안은 죽음이 없다. 죽음에 이르면 이미 나는 없다. 아무것도 두렵지 않다.'라는 것이 그가 주장하는 논리였다. 오정은 이 논리의 정당함을 순순히 인정했다. 그는 죽음을 두려워하지도 않았고, 병의 원인이 거기에 있지도 않았다. 비웃어주려고 찾아온 복어 요괴는 실망하고 돌아갔다.

인간세계와는 달리 요괴 세계에서는 몸과 마음이 분명히 구분되어 있지 않았기에 마음의 병은 곧 격심한 육체의 고통이 되어 오정을 괴롭혔다. 증세가 견디기 어려울 만큼 심각해지자, 그는 마침내 결심했다. '아무리 힘들어도, 가는 곳마다 조롱당하고 비웃음당해도, 이 강바닥에 사는 모든 현자, 모든 의사, 모든 점성술사와 만나 스스로 이해할 수 있을 때까지 가르침을 얻어야겠어.'

그는 허름한 지키도쓰[5]를 걸치고 출발했다.

왜 요괴는 요괴이고 인간과 무엇이 다른가? 요괴들은 자신의 한 가지 속성만을 극대화하여 다른 것들과의 균형을 무시한 채 끔찍하고 극단적으로 발달시킨 존재다. 어떤 요괴는 지극히 식탐이 강해서 입과 배가 턱없이 크고, 어떤 요괴는 지극히 음탕해서 생식기관이 현저하게 발달하고, 또 어떤 요괴는 지극히 순결해서 머리를 제외한 모든 부분이 완전히 퇴화한 상태였다. 그들은 각기 자신의 성향이나 세계관만을 고집할 뿐, 타자와 토론하여 더 나은 결론에 도달한다는 것이 어떤 것인지를 알지 못했다. 타자의 생각을 듣고 이해하기에는 자신의 특징이 너무 뚜렷하게 발달했기 때문이었다. 따라서 유사하의 물 밑에서는 몇백 개의 세계관과 형이상학이 절대로 타자와 융합하는 일 없이 어떤 것은 온화한 절망의 환희로서, 또 어떤 것은 지나치게 낙천적인 밝음으로서, 또 어떤 것은 소원은 있으나 희망 없는 탄식으로서 수많은 해초처럼 하늘하늘 흔들리고 있었다.

5) 直綴: 상의에 치마를 부착하여 착용을 간편하게 한 약식의 승복.

3.

맨 처음에 오정이 찾아간 흑란도인[6]은 그 무렵 가장 유명한 환술의 대가였다. 그는 별로 깊지 않은 물 밑에 겹겹이 암석을 쌓아 동굴을 만들고 입구에는 '사월삼성동'[7]이라는 액자를 걸어놓았다. 암자의 주인은 어면인신(魚面人身), 환술에 능하고 존망자재(存亡自在), 겨울에 벼락을 일으키고 여름에 얼음을 만들며 날짐승을 달리게 하고 들짐승을 날게 한다는 소문이 파다했다. 오정은 이 도인에게 석 달간 사사했다. 환술 따위는 어찌 되어도 좋았지만, 환술에 능하다면 득도한 사람일 것이고, 그렇다면 우주의 대도를 터득했을 터이니 그의 병을 고칠 지혜를 알고 있으리라 생각했기 때문이었다. 하지만 오정은 실망하지 않을 수 없었다. 동굴 안에서 거대한 자라 등에 앉은 흑란도인도 그를 에워싼 수십 제자도 굳이 말로 표현하자면 모두 인간으로서는 헤아릴 수 없는 불가사의한 요술을 부릴 뿐이었다. 그리고 그 요술을 이용하여 적을 속이겠다느니, 어디에 숨겨진 보물을 손에 넣겠다느니 하며 잇속 차리는 이야기만 할 뿐, 오정이 찾는 사색의 상대가 되어줄 자는 없었다. 결국, 오정은 바보처럼

---

6) 黑卵道人: 『열자(列子)』 「탕문(湯問)」편에 나오는 위(魏)나라의 괴력을 가진 인물의 이름으로 보이지만, 의미상 연관은 별로 없다.
7) 斜月三星洞: 손오공이 방술을 배운 수보리 조사(須菩提祖師)가 있던 장소로, 영태방촌산(靈台方寸山)에 있었다.

웃음거리가 되어 삼성굴에서 쫓겨났다.

그다음에 오정은 사홍[8] 은사를 찾아갔다. 사홍은 연로한 새우 요괴로 이미 허리가 활처럼 굽어서 반쯤은 강바닥 모래에 파묻혀 살고 있었다. 오정은 또 석 달 동안 이 노은사를 모시고 여러모로 애쓰면서 그의 심오한 철학을 접할 수 있었다. 노쇠한 새우 요괴는 오정에게 굽은 허리를 손으로 펴달라고 하고는 심각한 표정으로 이렇게 말했다.

"온 세상이 공허하다. 세상에 단 한 가지라도 좋은 것이 있는가. 만약 있다면 그것은 이 세상의 종말이 언젠가는 오리라는 사실뿐이다. 특별히 어려운 이치를 따질 필요도 없다. 우리 주변을 보면 금세 알 수 있다. 끊임없는 변전, 불안, 고뇌, 공포, 환멸, 투쟁, 권태…. 정말 혼미하고 어수선해서 분간할 수도 없고, 돌아갈 곳도 알 수 없다. 우리는 '현재'라는 순간만을 딛고 살아간다. 더구나 그 현재는 곧바로 사라져 과거가 되어버린다. 다음 순간도 또 다음 순간도 마찬가지다. 마치 무너지기 쉬운 모래 경사면에 선 여행자의 발밑이 한 걸음씩 옮길 때마다 무너지는 것과 같다. 우리는 어디에 안주하면 좋은가. 멈추려고 하면 쓰러질 수밖에 없기에 어쩔 수 없이 계속 달려가는 것이 우리

---

8) 沙虹: 새우의 다른 이름.

삶이다. 행복이라고? 그런 것은 공상적인 개념일 뿐, 결코 어떤 현실적인 상태를 지칭하는 말이 아니다. 덧없는 희망이 이름을 얻은 것뿐이다."

은사는 오정의 불안한 표정을 보고 위로하듯이 덧붙였다.

"하지만, 젊은이. 그렇게 두려워할 것 없네. 파도에 휩쓸리는 자는 물에 빠지지만, 파도를 타는 자는 물을 넘을 수 있지. 이 무상함을 극복하고 변함없는 확고한 경지에 이를 수도 있어. 옛 신선들은 선악과 시비를 초월하여 모든 것을 잊고 불생불사(不生不死)의 경지에 도달했지. 하지만 예부터 전해오는 말도 있듯이 그러한 경지를 즐거운 것으로 생각한다면 큰 오해야. 고통이 없는 대신에 평범하게 살아 있는 즐거움도 없네. 무미무색. 따분하기가 정말 밀랍 같고 모래 같지."

오정은 조심스럽게 말을 꺼냈다. 자신이 듣고자 하는 것은 개인의 행복이나 부동심의 확립이 아니라 자신과 세계의 궁극적인 의미에 대해서라고 말하자, 은사는 눈곱이 낀 눈을 끔벅거리며 대답했다.

"나? 세계? '나'를 제외한 객관적인 세계 따위가 존재한다고 믿나? 세계란 '나'가 시간과 공간 사이에 투사한 환상이야. '나'가 죽으면 세계도 소멸하는걸. '나'가 죽어도 세계가 남는다는 소리 따위는 흔히 범하는 일반적인 오류지. 세계가 사라져도 정체불멸, 불가사의한 '나'라는 놈은 여전히 존속할 걸세."

오정이 은사를 모신 지 꼭 구십 일째 되는 날 아침, 며칠간 계속된 맹렬한 복통과 설사 뒤에 노은사는 마침내 쓰러졌다. 이렇게 지저분한 설사와 괴로운 복통을 —자기에게 부과하는 객관 세계를— 자신의 죽음으로 말살할 수 있음을 기뻐하면서….

오정은 정중히 노은사의 명복을 빌고 눈물을 흘리며 다시 여행길에 올랐다.

소문에 의하면 좌망[9] 선생은 언제나 좌선하는 자세로 계속 잠을 자며 오십 일마다 한 번씩 잠에서 깬다고 했다. 그리고 수면 중에 만나는 꿈의 세계를 현실로 믿었고, 가끔 깨어 있을 때에는 그것을 꿈속으로 생각하는 듯했다. 오정이 먼 길을 마다치 않고 좌망 선생을 찾아갔을 때 역시 그는 자고 있었다. 아무튼, 선생의 거처는 유사하에서 가장 깊숙한 골짜기에 있었으며 햇빛도 거의 비치지 않는 곳이어서 처음에는 똑똑히 분간하기 어려웠으나, 점차 침침한 바닥에 가부좌한 자세로 잠들어 있는 스님의 모습이 어렴풋이 시야에 들어왔다. 밖에서 나는 소리도 전혀 들리지 않고, 어족들도 아주 드물게 지나가는 곳에서 오정도

---

9) 坐忘: 『장자』 「대종사(大宗師)」 편의 공자와 안회의 좌망문답에 나오는 말로, 단좌해서 무아의 경지가 되는 것을 말한다.

하는 수 없이 좌망 선생 앞에 앉아 눈을 감으니 뭔가 찌르르하고 귀가 먹어버린 듯한 느낌이 들었다.

오정이 그의 거처에 찾아오고 나서 나흘째 되던 날, 선생은 눈을 떴다. 바로 눈앞에서 오정이 당황하여 일어나 예를 올리는 모습을 보는 건지 마는 건지, 아무튼 두세 번 눈을 깜박였다. 잠시 서로 말없이 마주 보고 앉아 있다가, 오정은 주뼛거리며 입을 열었다.

"선생님. 성급하고 무례하옵니다만, 한 가지 여쭙겠습니다. 도대체 '나'란 무엇이옵니까?"

"에잇! 아무짝에도 쓸모없는 놈 같으니라고!"

격렬한 소리와 함께 오정은 몽둥이로 머리를 한 대 얻어맞은 기분이었다. 그는 잠시 정신을 차리지 못했으나, 이내 자세를 바로잡고 이번에는 최대한 조심하면서 조금 전의 질문을 되풀이했다. 이번에는 머리 위로 몽둥이가 떨어지지 않았다. 좌망 선생은 다물었던 두툼한 입술을 열고 얼굴과 몸 어느 한 군데도 전혀 움직이지 않으면서 꿈속에서 말하듯 이렇게 대답했다.

"오랫동안 먹을 것을 얻지 못할 때 공복을 느끼는 것이 너다. 겨울이 되어 추위를 느끼는 것도 너다."

말을 마치고 입을 다문 선생은 잠시 오정 쪽을 바라보더니 눈을 감아버렸다. 그러고는 오십 일간 다시 눈을 뜨지 않았다.

오정은 끈기 있게 기다렸다. 오십 일째 되는 날, 다시 눈을 뜬 좌망 선생은 앞에 앉아 있는 오정을 보고 말했다.

"아직도 여기 있었느냐?"

오정은 조심스럽게 그동안 기다린 자신의 뜻을 아뢰었다.

"오십 일이라?" 선생은 바로 그 꿈꾸는 듯한 게슴츠레한 눈으로 오정을 주시했지만, 한동안 말이 없었다. 그리고 마침내 그 무거운 입술이 벌어졌다.

"시간의 길이를 재는 척도가 그것을 느끼는 자의 실제 느낌 밖에 없다는 사실을 모르는 자는 어리석다. 인간세계에는 시간의 길이를 재는 도구가 생겼다고 하더라만, 큰 오해의 씨를 후세에 남길 뿐이다. 대춘(大椿)의 장수(長壽)도, 조균(朝菌)의 요절(夭折)[10]도 시간의 길이에는 변함이 없다. 시간이란 우리 머릿속에 있는 하나의 장치인 셈이다."

그렇게 말하고 선생은 또 눈을 감았다. 앞으로 오십 일 내에는 다시 눈을 뜨지 않으리라는 것을 알고 있던 오정은 잠든 선생을 향해 정중히 머리 숙여 절하고 다시 길을 떠났다.

"두려워하라. 전율하라. 그리고 신을 믿으라."

---

10) 『장자』 「소요유(逍遙遊)」 편에 시간의 장단을 비교하는 재료로 쓰인 말. 거목의 동백나무[大椿] 는 8천 년을 봄, 8천 년을 가을로 하는 긴 수명을 갖고 있다. 한편 아침에 나서 저녁에 마르는 버섯 [朝菌]은 초하루도 그믐도 모를 만큼 단명한다.

젊은이 하나가 유사하의 가장 번화한 사거리에 서서 소리치고 있었다.

"우리네 짧은 일생이 무한영겁의 한 조각에 불과하다는 것을 잊지 마라. 우리가 사는 좁은 공간은 우리가 모르는, 그리고 우리를 모르는 무한의 광야에 내던져졌음을 기억하라. 누가 자기 존재의 미미함에 전율하지 않을 수 있겠는가. 우리는 모두 쇠사슬에 묶인 사형수다. 매 순간 그중 몇 명은 우리 눈앞에서 죽어간다. 우리는 아무 희망 없이 순번을 기다릴 뿐이다. 종말이 다가온다. 이 짧은 시간을 자기기만과 명정(酩酊)으로 보낼 셈인가? 저주받은 비겁자! 그런데도 너의 한심한 이성을 믿고 자만심에 빠져 있을 작정인가? 자기 분수도 모르는 오만한 놈! 너의 빈약한 이성과 의지로는 재채기조차 마음대로 할 수 없지 않은가."

얼굴빛이 희고 잘생긴 젊은이는 얼굴을 붉히면서 목이 쉬도록 질타했다. 저토록 섬세하고 고귀한 풍모에 어떻게 저런 격렬함이 숨어 있단 말인가. 오정은 놀라면서도 한편으로는 그 이글거리는 아름다운 눈동자에 빠져들었다. 그는 청년의 말에서 불 같은 정갈한 화살이 자신의 혼을 향해 발사되는 것을 느꼈다.

"우리가 할 수 있는 일은 단지 신을 사랑하고 자신을 미워하는 것뿐이다. 하나의 부분에 불과한 존재가 자신을 독립적인 본

체로 여기며 자만해서는 안 된다. 어디까지나 전체의 의지를 자신의 의지로 삼고, 전체를 위해서만 자신의 삶을 살라. 신과 일치하는 길은 하나의 영혼이 되는 것이다."

오정은 이것이 분명히 순결하고 우월한 혼의 소리라고 생각했지만, 지금 자신이 갈망하는 것은 이러한 신의 소리가 아니라는 사실 또한 자각하지 않을 수 없었다. 종교는 마약과 같아서 학질을 앓는 자에게 부스럼 약을 권해도 어쩔 수가 없다는 생각도 했다.

그 사거리에서 그리 멀지 않은 도로변에서 오정은 거지를 보았다. 보기에도 공포감을 주는 곱사인데, 오장육부가 모두 높이 솟아오른 등골에 매달려 있고, 머리는 어깨보다 낮게 푹 꺼져 있으며, 아래턱은 배꼽을 가릴 정도로 내려가 있었다. 게다가 어깨와 등 전체가 빨갛게 짓무른 부스럼투성이였다. 그것을 본 오정은 무심코 발을 멈추고 한숨을 내쉬었다. 그러자 쭈그리고 앉아 있던 그 거지는 목을 움직이기 어려운 듯이 붉게 충혈된 눈을 힐끗 위로 치켜뜨고 하나밖에 없는 긴 앞니를 보이며 히죽 웃었다. 그러고는 위로 치켜든 팔을 흔들면서 비틀거리는 걸음으로 오정의 발목까지 기어 와서는 그를 보고 말했다.

"건방지군. 감히 나를 동정하다니. 젊은이, 지금 나를 불쌍히 여기는 건가? 어쩌면 자네가 나보다 더 불쌍하다는 생각은 안 해봤나? 나를 이런 꼴로 만들었으니 내가 조물주를 원망한다고 생각하겠지. 천만의 말씀! 오히려 나를 이렇게 희귀한 모양으로 만들어주었으니, 조물주를 찬양하고 싶은 마음이 굴뚝같다네. 앞으로 내가 또 어떤 재미있는 모습으로 변할지 모르지 않나. 내 왼쪽 팔꿈치가 닭이 된다면 새벽을 알릴 것이고, 오른쪽 팔꿈치가 활이 된다면 그것으로 부엉이라도 잡아 구워 먹을 수 있을 것이며, 내 엉덩이가 바퀴가 되고 영혼이 말이 된다면 더할 나위 없는 교통수단으로 요긴하게 쓰이겠지. 어떤가, 놀랐나? 내 이름은 자여(子輿)이고, 자사(子祀), 자려(子犁), 자래(子來)라는 막역한 세 벗이 있네. 모두 여우(女偶) 씨의 제자로, 사물의 형태를 초월해서 불생불사의 경지에 이르면 물에도 젖지 않고 불에도 타지 않고 잠에서도 꿈꾸지 않고 깨어서도 근심 걱정 없다네. 요전에도 우리 넷이 웃으며 이야기한 적이 있지. 우리는 무(無)를 머리로 하고, 생(生)을 등으로 하며, 사(死)를 꼬리로 삼는다고. 아하하하…."

뭔가 소름 끼치는 웃음소리에 흠칫 놀라면서도 오정은 이거지야말로 어쩌면 도통한 인물일지도 모른다고 생각했다. 그의 말이 사실이라면, 정말 대단한 것이다. 그러나 이 남자의 말과 태도에 어딘지 과시하려는 기색이 느껴져서 혹시 고통을 참으며 무리하게 호언장담하고 있는 것은 아닌가 하는 의심이 들었다. 그리고 그의 추한 행색과 고름의 악취가 오정에게 생리적인 거부감을 일으켰다. 그는 무척 마음이 끌리면서도 거지를 스승으로 모시기는 싫었다. 다만, 조금 전 이야기에 나왔던 여우 씨 등에게 가르침을 청하고 싶었기에 그런 심정을 토로했다.

"아, 사부님 말인가? 그분은 여기서 북쪽으로 2천8백 리 떨어진 곳에서 유사가 적수(赤水), 흑수(黑水)와 만나는 지점에 초막을 짓고 살고 계시지. 자네의 도심(道心)만 견고하다면 얼마든지 가르침을 내려주실 거야. 열심히 수행하면 되겠지. 내가 안부를 묻는다고 전해주게."

그렇게 말하는 곱사의 모습은 참으로 처참했다. 하지만 그는 뾰족하게 돌출한 어깨를 한껏 감추고 거만하게 말했다.

4.

유사하와 흑수, 적수가 서로 만나는 곳을 목표 지점으로 삼아 오정은 북쪽으로 길을 떠났다. 밤에는 갈대밭 사이에서 선잠을 자고, 아침이면 북쪽을 향해 끝없는 모래벌판을 계속 걸어갔다. 이리저리 즐겁게 은비늘을 뒤집는 물고기들을 보면 나만 왜 이렇게 마음이 즐겁지 않은가를 생각하고 사죄하며 그는 매일 걸었다. 거기서 유달리 눈에 띄는 수험도[11]의 행자들은 모두 그 스님을 찾고 있었다.

탐식과 괴력으로 소문난 메기 요괴[虯髥鮎子]를 찾아갔을 때 빛깔이 아주 검고 듬직한 이 요괴는 긴 수염을 훑으면서 "먼 곳만 신경 쓰다 보면 가까운 곳에 반드시 근심 걱정이 생기게 마련이다. 달인은 넓게 전체를 다 볼 수 없다."라고 설법했다. 그러고는 바로 앞을 헤엄쳐 지나가는 잉어 한 마리를 움켜쥐었나 했더니, 그것을 우적우적 베어 먹으며 말했다.

"예를 들면 이 물고기가 왜 내 눈앞을 지나가며, 왜 내 먹이가 되어야 하는 인연인지를 곰곰이 생각해보는 것은 아무래도 철선(哲仙)에게 어울리는 행동이지만, 잉어를 잡기 전에 그런 것을 여러 차례 되뇌어 생각하다 보면 사냥감이나 놓칠 뿐이지. 우선 재빨리 잉어를 잡는 일에 맹렬히 집중하고 나서 그런 문제들을 생각해도 늦지 않아. 자네는 잉어는 왜 잉어인가, 잉어와 붕어의 다른 점은 무엇인가 하는 형이상학적 고찰 등의 허황하고 고상한 문제에 매달려 항상 잉어를 놓치고 있을 거야. 자네의 울적한 눈빛이 그것을 분명히 말해주고 있네. 그렇지 않은가?"

오정은 그 말을 수긍하며 고개를 숙였다. 그때 이미 잉어를

---

11) 修驗道: 나라(奈良) 시대의 수도자 엔노 오쓰노(役小角)를 시조로 하는 밀교의 한 파. 주법(呪法)을 닦고 영험을 얻기 위하여 산속에서 수도함.

모조리 먹어치우고 탐욕스러운 눈빛으로 고개 숙인 오정의 목덜미를 쏘아보던 요괴가 군침을 삼키자 목에서 꿀꺽! 하는 소리가 났다. 문득 고개를 든 오정은 위험을 느끼고 순식간에 몸을 피했다. 칼날처럼 날카로운 요괴의 발톱이 무서운 속도로 오정의 목을 스쳤다. 최초의 일격에 실패한 요괴는 분노로 불타는 얼굴이 되어 오정을 잡아먹으려는 듯이 다가왔다. 힘껏 물을 박차고 흙탕물을 일으키며 허둥지둥 동굴을 빠져나온 오정은 두려움에 떨며 저 사나운 요괴에게서 가혹한 현실에 대한 감각을 몸소 터득했다고 생각했다.

이웃 사랑의 설교자로 유명한 게 요괴[無腸公子]는 강의 중에 설교를 반쯤 하더니 갑자기 배고픔을 못 견디고 자신의 새끼 두세 마리를 우적우적 먹어치웠다. 오정은 그 광경을 보고 몹시 놀랐다. 자비인욕(慈悲忍辱)을 설법하는 성자가 중생이 모두 지켜보는 가운데 자기 새끼를 잡아먹다니! 요괴는 새끼들을 다 먹고 나서는 그런 사실을 까맣게 잊었다는 듯이 다시 자비의 중요성을 설파하기 시작했다. 잊어버린 것이 아니라, 조금 전 배고픔을 해소한 행위는 애초부터 그의 의식에 반영되지 않았음이 틀림없었다. 오정은 바로 여기에 배울 점이 있을지도 모른다는 이상한 이유를 내세웠다. 내 삶의 어디에 그처럼 본능적이고 몰아적인 순간이 있었을까. 그는 고귀한 가르침을 얻었다고 생각하고 무릎을 꿇어 경배했다. 아니, 이런 식으로 해서 하나하나 개념적인 해석을 붙여보지 않으면 마음이 놓이지 않는 것이 자신의 약점이라고, 그는 다시 한 번 생각했다. 교훈을 통조림으로 가공하지 않고 산 채로 몸에 익히는 것. 오정은 '그렇지, 그렇지!' 하면서 다시 한 번 절하고 공손히 물러갔다.

창포 요괴[蒲衣子]의 암자는 참으로 이상한 도장이었다. 제자라고는 겨우 네댓 명밖에 없었지만, 그들은 모두 스승의 발걸음을 따라 자연의 비밀을 푸는 열쇠를 탐구하는 자들이었다. 그러나 그것은 탐구라기보다 오히려 도취 상태에 가까웠다. 그들이 하는 일은 단지 자연을 바라보고 그 아름다운 조화 속으로 깊이 스며드는 데 있었다.

"우선, 느껴야 합니다. 감각을 가장 아름답고 총명하게 세련해야 합니다. 자연미의 직접적인 감수성에서 동떨어진 사고는 회색 꿈에 불과하지요." 제자 중 한 사람이 말했다.

"마음을 깊이 가라앉히고 자연을 보십시오. 구름, 하늘, 바람, 눈, 파르스름한 얼음, 홍조류의 떨림, 밤중에 물속에서 곱게 반짝이는 규조류의 빛, 앵무조개의 나선, 자수정의 결정, 석류석의 붉은빛, 형석의 푸른빛… 그런 것들이 참으로 아름답게 자연의 비밀을 알려주는 것처럼 느끼게 될 것입니다." 그의 말은 마치 한 편의 시처럼 들렸다.

"그런데 자연의 암호를 해독하여 한 걸음 더 나아가면, 거기서 갑자기 행복한 예감은 사라지고 우리는 아름답지만 냉혹한 자연의 또 다른 면모를 똑똑히 확인하게 됩니다." 다른 제자가 그의 말을 이었다. "이것은 우리 감각이 아직 덜 단련되었기 때문이며, 마음에 깊이가 없기 때문입니다. 우리는 노력을 계속해야 합니다. 결국, 스승님 말씀대로 '보는 것이 사랑하는 것이고, 사랑하는 것이 곧 창조하는 것'이라는 사실을 깨닫는 순간이 찾아올 테니까요."

제자들이 말하는 동안 창포 요괴는 한 마디도 하지 않고 녹색의 공작석 하나를 손바닥 위에 올려놓고 환희에 찬 온화한 시선으로 조용히 그것을 응시하고 있었다.

오정은 이 암자에 한 달간 머물렀다. 그동안 그도 그들과 함께 자연 시인이 되어 우주의 조화를 찬미하고, 그 심오한 생명과 하나가 되기를 간절히 소망했다. 자신에게 어울리지 않는 장소라고 느끼면서도 그들의 조용한 행복에 이끌렸기 때문이었다.

요괴의 제자 중에는 미묘하게 아름다운 소년이 있었다. 피부는 흰 물고기처럼 투명했고, 크게 뜬 검은 눈동자는 꿈꾸는 듯했으며, 이마에 난 솜털은 비둘기 가슴 털처럼 부드러웠다.

마음에 근심 걱정이 있을 때에는 달을 가리며 지나가는 엷은 구름처럼 희미한 그림자가 아름다운 얼굴에 드리워졌고, 기쁨이 있을 때에는 고요하고 맑은 눈동자가 밤의 보석처럼 빛났다. 스승도 제자들도 이 소년을 사랑했다. 마음이 솔직하고 순수한 이 소년은 무엇이든 의심할 줄 몰랐고, 지극히 아름답고 너무도 가냘파서 마치 고귀한 기체로 만들어진 듯해서 그 점이 모두에게 불안을 느끼게 했다. 소년은 틈만 나면 흰 돌 위에 엷은 조청 빛 꿀을 흘려 그것으로 메꽃을 그리곤 했다.

오정이 이 암자를 떠나기 4, 5일 전, 소년은 아침에 암자에서 나가 돌아오지 않았다. 그와 함께 나간 또 다른 제자는 이상한 사연을 보고했다. 자신이 방심한 사이에 소년이 갑자기 물에 녹아버렸다고 했다. 자신은 분명히 그 장면을 목격했고, 그 소년이라면 너무 순수했으니 그런 일이 일어날 수도 있다고 증언했다.

오정은 자신을 잡아먹으려 했던 메기 요괴의 늠름함과 물에 녹아버린 소년의 아름다움을 비교해보면서 창포 요괴 곁을 떠났다.

그는 쏘가리 요괴[斑衣鱖婆]가 있는 곳으로 갔다. 오백 살이 넘은 이 암놈 요괴는 피부 탄력이 처녀와 조금도 다를 바 없고, 요염한 자태는 철석같은 마음도 능히 사로잡는다고 했다. 육체

의 쾌락을 극대화하는 깃을 유일한 생활신조로 삼는 이 노요괴
는 뒤뜰 건물에 방을 수십 칸 들여놓고, 용모 단정한 젊은이들
로 가득 채워 쾌락에 탐닉했다. 그러면서도 친밀함을 배제하고
교유 관계를 부정하며 뒤뜰에 숨어 밤낮을 가리지 않고 즐기다
가 석 달에 한 번 얼굴을 내밀었다. 오정이 찾아온 때는 마침 석
달 만에 모습을 드러낸 시기였기에 그는 다행히 요괴를 만날 수
있었다. 오정이 구도하는 자라는 소리를 듣고 쏘가리 요괴는 그
에게 설법을 들려주었다. 그러나 뭔가 귀찮아하는 기색이 역력
했다.

"이 길이야, 이 길. 성현의 가르침도 선철(仙哲)의 수도도 결국
은 이러한 무상법열의 순간을 지속하는 데 그 목적이 있는 것이
지. 생각해봐. 이 세상에서 일생을 보낸다는 것은 고마운 일이야.
백천만억 항하사겁[12] 무한의 시간 속에서 정말 만나기 어려운 기
회니까. 더구나 죽음은 기막힐 정도로 순식간에 찾아오지 않던
가. 만나기 어려운 삶에서 쉽게 닥치는 죽음을 기다리는 우리가
이 길 외에 도대체 무엇을 생각할 수 있겠나. 아, 짜릿한 환희! 항
상 새로운 도취! 그 밖에 다른 무엇을 기대할 수 있겠냐고!"

요괴는 취한 듯 요염하고 음탕한 눈을 가늘게 뜨고 소리쳤다.

---

12) 恒河沙: 갠지스 강의 모래 수처럼 수많은 비유로 사용된다. 겁(劫)은 고대 인도의 가장 긴 시간
의 단위. 합쳐서 무한의 시간을 말한다.

"자네는 딱하게도 아주 흉측하게 생겨서 이곳에 머물 수 없어. 진실을 말하자면, 매년 내 뒤뜰에서 백 명씩 젊은 남자가 지쳐서 죽어가지. 하지만 미리 양해를 구하자면 그들은 모두 자기 일생에 만족하고 기꺼이 죽어가는 거야. 지금까지 내 뒤뜰에서 지낸 시절을 원망하며 죽은 자는 없어. 지금 죽어서 이 쾌락을 더는 지속할 수 없다는 것을 후회한 자는 있었지만."

요괴는 오정의 흉측한 모습이 불쌍하다는 듯한 눈빛으로 이렇게 덧붙였다.

"미덕이란 즐길 수 있는 능력을 말하는 거야."

흉측한 외모 덕분에 매년 죽어가는 백 명 가운데 하나가 되지 않아도 된다는 사실에 감사하면서 오정은 여행을 계속했다.

현인들의 설법은 너무도 제각각이어서 오정은 무엇을 믿어야 좋을지 알 수 없었다.

"'나'는 무엇입니까?"라는 그의 질문에 한 현자는 "우선 소리를 질러봐. 꿀꿀 하고 울면 돼지고, 꽥꽥 하고 울면 거위지."라고 대답했다. 다른 현자는 "자기가 무엇인지, 무리하게 말로 표현하려고 들지만 않으면 자신을 알기는 비교적 쉽다."라고 설법했다. 또 "눈은 모든 것을 보지만, 자신을 볼 수는 없다. 나는 결국 내가 알 수 없는 어떤 것이다."라고 이르기도 했다. 또 다른 현자는 "나는 항상 나다. 현재 내 의식이 생기기 전 무한의 시간을 통해 '나'라고 말하던 것이 있었다(그것을 지금은 아무도 기억하지 못하지만). 그것이 결국 지금의 나가 되었다. 현재 내 의식이 사라지고 나서 무한의 시간을 통해서 또한 '나'라는 것이 있을 것이다. 지금은 그것을 아무도 예견할 수 없고, 또 그때가 되면 현재의 내 의식을 완전히 잊겠지만."이라고 말했다.

그런가 하면, 이렇게 말한 자도 있었다.

"하나의 지속적 존재로서의 '나'란 무엇인가? 그것은 기억의 그림자가 쌓인 것이다. 기억의 상실이 바로 우리가 매일 하고 있는 일의 전부다. 잊어버린다는 것을 잊어버리기에 여러 가지 일이 새롭게 느껴질 뿐이다. 사실, 그것은 우리가 모두 철저하게 잊어버리기에 생기는 일이다. 어제 일은커녕 조금 전의 일도 결국 그 순간의 지각, 그 순간의 감정을 다음 순간에 모두 잊어버린다. 그중 아주 일부의 어렴풋한 복제가 나중에 남을 뿐이다. 그러니까 오정아, 현재의 순간이란 얼마나 위대한 것이냐."

그리하여 오정은 오 년 가까운 편력에서 같은 증세에 다른 처방을 하는 여러 의사 사이를 왕복하는 어리석음을 반복하고 나서 결국 자신이 조금도 현명해지지 않았다는 사실을 깨달았다. 현명해지기는커녕 뭔가에 들떠 진정한 자신이 아니라 영문을 알 수 없는 어떤 존재가 되어버린 듯한 기분이 들었다. 이전의 자신은 비록 어리석기는 해도, 적어도 지금보다는 확고한 ― 이것은 거의 육체적인 느낌이었다― 자신의 무게감을 의식하고 있었던 것 같았다. 그런데 지금은 중량도 없고 불면 날아갈 듯한 존재, 겉에 여러 가지 모양을 덧씌우기는 했지만 알맹이는 전혀 없는 존재가 되어버렸다.

'내가 이래선 안 되겠어.'라고 오정은 생각했다. 사색을 통한 의미의 탐색보다는 조금 더 직접적인 해답이 있으리라는 예감도 들었다. 계산 문제의 답을 찾듯이 해답을 찾으려 했던 자신의 어리석음을 깨달았을 무렵, 전방의 물이 검붉게 흐려지고 있었고, 그는 목적지인 여우[13] 씨 거처에 도착했다.

여우 씨는 언뜻 보기에 매우 평범한 선인으로 심지어 우둔해 보였다. 오정이 찾아왔어도 특별히 그를 부리지도, 가르치지도 않았다. 견강(堅彊)은 죽음의 사도, 유약(柔弱)은 삶의 사도[14]지만, 반드시 누군가를 가르쳐야 한다는 고정관념을 경계했던 것 같다. 다만, 아주 드물게 특별히 누구를 향해 말하는 것도 아

---

13) 女偊: 『장자』 「대종사(大宗師)」 편에 초나라의 철인 남백자규(南伯子葵)와 문답을 하는 인물로 등장한다. '여우'는 '여자 꼽사'라는 의미다.
14) 『노자』 76장에 나오는 말. 딱딱하게 굳어진 것[堅彊]은 사자의 동류이고, 부드럽고 탄력 있는 것[柔弱]은 생자의 동류. 유약한 것이 견강한 것을 이긴다는 뜻.

니면서 뭔가를 중얼거릴 때가 있었다. 그럴 때마다 오정은 황급히 귀를 쫑긋 세웠지만, 소리가 작아 거의 들리지 않았다. 석 달 동안 그는 결국 아무런 가르침도 얻지 못했다. "현자가 타인에 대해 아는 것보다 어리석은 자가 자신에 대해 아는 것이 더 많기에 자기 병은 스스로 고쳐야 한다."라는 것이 여우 씨에게서 들을 수 있었던 유일한 말이었다.

마지막 날, 오정은 체념하고 작별을 고하러 스승에게 갔다. 그러자 해괴하게도 여우 씨는 오정에게 꼼꼼하게 '눈이 세 개가 아니어서 슬퍼하는 어리석음에 대하여', '손톱과 머리카락이 자라는 것을 자기 마음대로 좌지우지하지 못하여 마음이 불편한 자의 불행에 대하여', '술 취한 자는 수레에서 떨어져도 다치지 않는 현상에 대하여', '일률적으로 생각하는 것이 반드시 나쁘다고는 할 수 없고, 생각하지 않는 자의 행복은 뱃멀미를 모르는 돼지의 행복과 같지만, 단지 생각하는 것에 대해서만 생각하는 것은 금물이라는 것에 대하여' 설법을 내려주었다.

여우 씨는 자신이 일찍이 알고 있던 영묘한 지혜를 터득한 어느 요괴 이야기를 들려주었다. 그 요괴는 위로 별들의 운행에서부터 아래로 미생물의 생사에 이르기까지 모르는 것이 없었고, 심오하고 미묘한 계산법을 이용하여 기왕에 벌어진 모든 사건을 거슬러 올라가 해독할 수 있었으며, 그와 동시에 장래에 일어날 어떠한 사건도 미리 알 수 있다고 했다. 그런데 이 요괴는 매우 불행했다. 왜냐면 그는 어느 날 갑자기 '내가 모두 예견할 수 있는 전 세계의 사건이 왜(경과를 설명하는 '왜'가 아니라, 근본적인 '왜') 그렇게 일어나야만 하는가?'라는 의문이 들자, 그 궁극적인 원인을 그의 심오하고 미묘한 계산법으로는 밝힐 수 없다는 사실을 깨달았기 때문이었다. '왜 해바라기는 노란색일까?' '왜 풀은 녹색일까?' '왜 이 세상 모든 것은 이렇게 존재할까?' 이런 의문들이 이 신통력 대단한 요괴를 괴롭혀 결국 비참한 죽음으로 몰아갔던 것이다.

여우 씨는 또 다른 요괴 이야기를 들려주었다. 이 요괴는 매우 미미하고 보잘것없었지만, 자신은 작고 날카롭게 빛나는 어떤 것을 찾으러 이 세상에 나왔다고 늘 말했다. 그 빛나는 것이 무엇인지 아무도 몰랐지만, 이 작은 요괴는 열심히 그것을 찾으며 그것을 위해 살고, 그것을 위해 죽어갔다. 그리고 결국 그 섬광처럼 빛나는 것을 발견하지는 못했지만, 그의 일생은 매우 행복했으리라고 생각한다고, 여우 씨는 말했다. 그렇게 말하면서도 그런 이야기가 내포한 의미에 대해서는 아무 설명도 하지 않았다. 다만, 마지막으로 이렇게 말했을 뿐이다.

"성스러운 광기를 아는 자는 행복하다. 그는 자신을 죽임으로써 자신을 구제하기 때문이다. 성스러운 광기를 모르는 자는 불행하다. 그는 자신을 죽일 수도, 살릴 수도 없기에 서서히 멸망하기 때문이다. 사랑한다는 것은 더 고귀한 이해의 방식이며 실천한다는 것은 더 명확한 사색의 방식이다. 무엇이든 의식의 독물에 담그지 않고는 배길 수 없는 가련한 오정아! 우리 운명을 결정하는 큰 변화는 우리 의식과 상관없이 이루어진다. 생각해보라. 네가 태어났을 때 너는 그것을 의식하고 있었는가?"

오정은 조심스럽게 스승에게 대답했다. 그의 가르침은 이제 뼈에 사무치도록 명확하게 이해되었다. 오정은 그간의 편력에서 사색만으로는 점점 더 진흙탕에 빠질 뿐이라는 사실을 알게 되었고, 현재 자신의 껍데기를 깨고 새롭게 태어나지 못해 괴로워하고 있다고 말했다. 그 말을 들은 여우 씨는 이렇게 말했다.

"계곡물이 흘러서 낭떠러지까지 오면, 일단 소용돌이를 만들고 나서 폭포가 되어 떨어진다. 오정아, 너는 지금 그 소용돌이의 일보 직전에 서 있다. 한 걸음 더 나아가 소용돌이에 휘말리면, 단숨에 나락으로 떨어질 것이다. 도중에 사색하고 반성하면서 천천히 거닐 여유는 없다. 겁쟁이 오정아. 너는 소용돌이치면서 나락으로 떨어지는 자들을 두려움과 연민으로 바라보면서 뛰어들까 말까 망설이고 있지. 너는 조만간 절벽 밑으로 떨어진다는 것을 잘 알고 있으면서도, 소용돌이에 휘말리지 않는다고 해서 행복한 것이 아니라는 것도 잘 알고 있으면서도 망설이지. 그런데 아직도 너는 방관자의 처지에 연연하며 떠나지 못하잖나. 끔찍한 삶의 소용돌이에서 신음하는 무리도 사실 옆에서 보는 것만큼 불행하지는 않아. 적어도 회의적인 방관자보다는 몇 배 더 행복하다는 것을 모르느냐? 어리석은 오정아."

오정은 스승의 가르침에 마음속 깊이 감사했지만, 그래도 어딘지 석연치 않은 구석을 남긴 채 그의 곁을 떠났다.

오정은 이제 누구에게도 길을 묻지 않겠다고 생각했다.

"모두 훌륭해 보여도 사실은 제대로 아는 것이 하나도 없는 것 같다."고 중얼거렸다. "그들은 서로 '알고 있는 척하자. 모르는 것이 당연하니까.'라고 합의라도 본 것 같아. 그들 사이에 그런 합의가 이미 이루어졌다면 그들에게 아무것도 모른다고 떠들어대는 나는 얼마나 아둔한 골칫거리인가."

5.

아둔하고 굼뜬 오정은 번연대오나 대활현전[15]의 상태를 뚜렷이 드러내지는 못했지만, 그에게서는 눈에 보이지 않는 변화

---

15) 번연대오(飜然大惡)는 '홀연히 큰 깨달음을 얻는 것'을 뜻하고, 대활현전은 '대사일번 대활현전(大死一番 大活現前)'에서 나온 말로 '크게 나를 한 번 죽여 모든 것을 얻는 것'을 뜻한다.

가 서서히 일어나고 있었다.

처음에는 그것이 도박처럼 느껴졌다. 두 갈래 갈림길에 서서 한쪽 길을 선택해야 할 때, 하나는 살아서 돌아올 수 없는 심연으로 인도하는 길이고, 다른 하나는 험하기는 해도 무사히 목적지까지 인도하는 길이라면, 누구나 후자를 선택하게 마련이다. 그런데 그는 왜 선택을 주저하고 있었던 것일까? 비로소 그는 자신의 사고방식에 치졸하게도 공리적인 구석이 있다는 사실을 깨달았다. 험준한 길을 택하여 고통을 이겨낸 끝에 결국 구제되지 않는다면 돌이킬 수 없는 손해라는 생각이 자기도 모르는 사이에 우유부단함으로 작용하고 있었던 것이다. 결국 헛수고를 피하기 위해 별로 노력도 하지 않고 적당히 손실을 감수하겠다는 것이 게으르고, 어리석고, 비천한 그의 마음이었던 것이다.

여우 씨 곁에 머무는 동안 그의 기분도 점차 한쪽으로 쏠렸다. 처음에는 궁지에 몰렸던 것이 결국에는 자진해서 스스로 움직이게 되었다. 그때까지 그는 자신의 행복을 추구한 것이 아니라, 이 세계의 의미를 찾아 헤맸다고 생각했지만, 사실 그것은 엄청난 착각이었다. 오히려 그는 전혀 다른 형태로 집요하게 자기 행복을 추구하고 있었던 것이다. 그리고 자신이 세계의 의미를 운운할 만큼 대단한 생물이 아니라는 사실에서 모멸이 아니라 오히려 만족을 느끼고 있었다. 그는 그런 주제넘은 말을 하기 전에 아직 자신도 모르고 있는 자신의 실체를 끄집어내서 펼쳐보자는 용기를 냈다. 망설이기 전에 도전하자. 결과는 생각하지 말고 전력을 다해 도전하자. 결정적인 실패로 끝나도 좋다. 지금까지는 항상 실패에 대한 두려움으로 노력하지 않았던 그가 헛수고를 마다치 않는 수준까지 성장한 것이다.

6.

오정은 이미 육체적으로 피로에 지쳐 있었다.

어느 날 그는 길가에서 갑자기 쿵! 하고 쓰러져 그대로 깊은 잠에 빠져버렸다. 실제로 그는 모든 것을 잊어버리고 혼수상태에 빠졌던 것이다. 그렇게 의식이 없는 상태로 며칠간 계속 잠만 잤다. 공복도 잊었고, 꿈도 꾸지 않았다.

그러다가 문득 눈을 떠보니 사방이 희뿌옇게 밝았다. 밤이었으나 훤한 달밤이었다. 봄날에 떠오른 크고 둥근 보름달이 강을 비춰 얕은 강바닥을 은은한 빛으로 가득 채우고 있었다. 숙면 뒤에 기분이 산뜻해진 오정은 자리에서 일어났다. 허기를 느낀 그는 주변에서 헤엄치던 물고기 대여섯 마리를 잡아 양손에 들고 볼이 터지도록 한입 물어뜯고 우적우적 씹으며 허리에 차고 있던 호리병에 든 술을 벌컥벌컥 마셨다. 맛이 좋았다. 호리병을 바닥까지 비우고 나서 기분 좋게 걷기 시작했다.

　강물은 바닥의 모래가 한 알 한 알 선명하게 보일 만큼 맑았다. 작은 수포들이 수은 구슬처럼 빛나고 수초를 따라 일렁이며 끊임없이 줄지어 올라갔다. 이따금 그의 모습에 놀란 작은 물고기들이 배를 허옇게 드러내며 쏜살같이 해감 뒤로 사라졌다. 취한 듯 기분이 좋아진 오정은 분수에 맞지 않게 노래를 부르고 싶어져 하마터면 큰 소리를 지를 뻔했다. 그때 아주 먼 곳에서 누군가가 부르는 노랫소리가 들려왔다. 그는 멈춰 서서 귀를 기울였다. 그 소리는 물 밖에서 들리는 것 같기도 하고, 물 밑 어딘가 먼 곳에서 들리는 것 같기도 했다. 오정은 작지만 맑고 투명한 소리로 희미하게 들리는 그 노래에 집중했다.

江國春風吹不起(강국춘풍취불기)
鷓鴣啼在深花裏(자고체재심화리)
三級浪高魚化龍(삼급랑고어화룡)
痴人猶戽夜塘水(치인유호야당수)[16]

---

16) 『벽암록(碧巖錄)』 제7칙에 나온 내용.

강 쪽 지방에는 아직 봄바람도 불지 않는데
자고새는 벌써 꽃 속에서 울고 있네
높은 파도를 거슬러 물고기는 용이 되었는데
어리석은 사람은 깊은 밤 연못 물을 퍼내는구나

아마도 이런 노랫말 같았다. 오정은 그곳에 앉아 또 조용히 귀 기울이며 노래를 들었다. 창백한 달빛에 물든 투명한 물의 세계에서 단조로운 노랫소리는 바람결에 사라지는 사냥꾼의 뿔피리 소리처럼 언제까지나 애잔하게 울려 퍼지고 있었다.

잠든 것도 아니고, 깨어 있는 것도 아니었다. 오정은 자신의 영혼이 그렇게 하고 싶어 안달이 난 듯한 마음으로 오랫동안 그곳에 망연히 쭈그리고 앉아 있었다. 그러는 사이에 꿈인지 환상인지 분간할 수 없는 기묘한 세계로 빠져들어 갔다. 그때 낯선 두 사람이 그를 향해 다가오는 모습이 보였다.

앞에 지팡이를 짚고 걸어오는 사람은 성깔 있어 보이는 대장부였다. 뒤에 있는 사람은 머리에 보주영락[17]을 두르고 머리 정수리에 육계[18]가 있는, 묘상단엄[19]한 자태의 인물이었다. 어

---

17) 寶珠瓔珞: 부처의 목, 팔, 가슴 같은 곳에 두르는 보석 따위를 꿴 장식품.
18) 肉髻: 부처의 머리 꼭대기에 있는 상투 비슷한 살덩어리. 부처의 32상(相)의 하나.
19) 妙相端嚴: 단정하고 엄숙한 신묘한 모습.

렴풋이 후광을 등진 모습이 보통 사람은 아닌 듯싶었다. 그때 대장부가 앞으로 나섰다.

"나는 탁탑천왕[20]의 둘째 태자로 '목차(木叉)'라는 혜안행자(惠岸行者)다. 여기 계신 분은 내 사부님이신 남해(南海)의 관세음보살마하살[21] 님이시다. 천룡[22]·야차[23]·건달파[24]에서부터 아수라[25]·가루라[26]·긴나라[27]·마후라가[28]·사람·귀신에 이르기까지 모두 하나같이 불쌍히 여기신 우리 사부님께서는 이번 기회에 자네 오정의 고뇌를 보시고, 득도[29]하도록 특별히 이곳에 내려오셨으니 감사한 마음으로 말씀을 경청해야 할 것일세."

---

20) 托塔天王: 4대천왕의 하나인 비사문천(毘沙門天)의 화신.

21) 남해의 보타락가산(普陀落伽山)에 있지만, 부처의 의향을 받아 불경을 동쪽에 전하기 위한 사자를 찾아가는 여행을 나갔다가 일행 4명과 만나 그 후에도 일행이 불경을 취득하기까지 계속해서 보호해준다. 마하살은 보살의 통칭이다.

22) 天龍: 고대 인도의 사신(邪神)이었으나, 교화되어 불법을 수호하게 되었다.

23) 夜叉: 본디 추악하며 무섭게 생긴 인도의 귀신. 뒤에 불교에 귀의하여 북방을 지키는 수호신이 되었다.

24) 乾達婆: 인도 신화에 나오는 음악의 신. 불교 우주론에서 가장 낮은 서열의 데바로, 사천왕 중 하나로 분류되어 동쪽을 수호하는 대왕을 대표한다. 건달파는 음악적 재능이 있고 하늘을 날아다닐 수 있다. 수도승의 명상을 방해하는 거친 존재 중의 하나.

25) 阿修羅: 불교에서 아수라는 전쟁이 끊이지 않는 세계로 설명되기도 한다. 아수라장이라는 말이 바로 그것을 설명하는 표현이다.

26) 迦樓羅: 인도 신화에 나오는 상상의 새. 모습은 독수리와 비슷하고 날개는 봉황의 날개와 같다. 불교에 수용된 이후에는 수명을 늘리는 능력이 더해져 불법을 수호하는 천룡팔부신중(天龍八部神衆-본문에 등장하는 천룡에서부터 귀신까지 모두 여덟 가지 신)의 하나가 되었다.

27) 緊那羅: 인도 신화에 나오는, 악기를 연주하고 노래하며 춤추는 신으로, 사람의 머리에 새의 몸 또는 말의 머리에 사람의 몸을 하는 등 그 형상이 일정하지 않다.

28) 摩睺羅伽: 인도 신화에 나오는 음악의 신. 산스크리트어 마호라가(Mahoraga)를 음역한 것. '크다'는 뜻의 마하(maha)와 '기어 다닌다'는 뜻의 우라가(uraga)의 합성어로, 뱀이나 용을 말한다.

29) 得道: 불타의 개오(開悟)의 세계로 건너가거나, 출가하여 수계(受戒)하는 것을 말한다.

자기도 모르게 고개를 숙인 오정의 귀에 여성의 목소리처럼 아름다운 미성 ─ 묘음[30]이랄까, 범음[31]이랄까, 해조음[32]이랄까 ─ 이 울려 퍼졌다.

"오정아, 내 말을 듣고 잘 생각해보아라. 제 분수도 모르는 오정아. 아직 얻지 못한 것을 얻었다고 말하고, 아직 밝히지 못한 것을 밝혔다고 말하는 것조차도 세존(석가)께서는 증상만[33]이라고 꾸짖으셨다. 그러므로 밝혀서는 안 되는 것을 밝히려고 한 네가 지극한 증상만이 아니고 무엇이겠느냐. 네가 구하는 바는 아라한[34]도 벽지불[35]도 아직 구하지 못하고, 또 구하려야 구할 수도 없는 바다. 가련한 오정아. 어찌하여 너의 혼은 이다지도 딱한 미로에 들어섰느냐. 정관(正觀), 즉 바르게 볼 수 있으면 정업(淨業), 즉 착한 일을 즉시 행해야 하는데, 네 마음이 척박해져서 사관(邪觀)에 빠져 지금 이 삼도[36] 무량의 고뇌에 시달

---

30) 妙音: 신비로울 정도로 아름다운 소리.

31) 梵音: 부처의 목소리.

32) 海潮音: 중생이 나무관세음(南無觀世音)을 암송하는 소리와 함께 관세음보살이 시간을 어기지 않고 중생에게 부처님의 은혜를 가져다주는 것을 비유해서 말한다.

33) 增上慢: 사만(四慢)의 하나. 최상의 교법과 깨달음을 얻지 못하고도 마치 깨달은 것처럼 교만하게 구는 일.

34) 阿羅漢: 존경받아야 할 수행자의 뜻으로, 약칭으로는 나한이라고도 하고, 부처의 제자라는 호칭으로 사용된다.

35) 僻支佛: 스승 없이 독자적으로 깨달음을 얻은 사람을 말하며, '연각(緣覺)' 또는 '독각(獨覺)'이라고도 쓴다.

36) 三道: 삼악도라고 하며, 지옥도, 아귀도, 축생도의 세 가지 악도(惡道).

리는구나. 생각해보니 너는 명상으로 구제받을 수도 없기에 지금 이 순간부터는 일체의 사념을 버리고 단지 몸을 혹사하여 자신을 구제하리라 마음먹는 편이 낫겠구나. 시간은 인간의 노동을 이르는 것이며 세계는 대충 살펴볼 때에는 무의미한 것 같지만, 그 내부에 직접 들어가 보면 비로소 무한의 의미를 갖는 것이다. 오정아. 우선 네게 어울리는 장소에 머물면서 그에 걸맞은 일에 집중해라. 분수도 모르는 '왜'는 앞으로 일절 입에 올리지 말아야 한다. 이것을 소홀히 한다면 너에게 구제는 없다. 올가을에 이 유사하를 동에서 서로 가로지르는 세 명의 승려가 있을 터이다. 서방 금선(金蟬) 장로의 환생인 현장법사[37]와 그의 두 제자다. 당 태종의 윤명(綸命)을 받고 천축국(인도) 대뢰음사(大雷音寺)에 대승(大乘) 삼장(三藏)의 진경(眞經)을 가지러 가는 길이다. 오정아, 너도 현장을 따라 서쪽으로 가거라. 이것이 네게 어울리는 자리이며, 또 네게 어울리는 일이다. 길은 힘들겠지만 그렇다고 의심하지 말고 그저 노력해라. 현장의 제자로 '오공'이라는 자가 있다. 무지무식하지만, 오로지 믿고 의심하지 않을 뿐이다. 너는 특히 이자에 대해 배울 점이 많을 것이다."

오정이 고개를 들었을 때 눈앞에는 아무것도 없었다. 그는

---

37) 『서유기』에서는 삼장법사의 전생은 부처의 두 번째 제자로 '금선자(金蟬子)'라 불렸으나, 석가여래의 가르침을 경시하여 동쪽 나라에 다시 태어나게 되었다고 한다. 부친의 성을 따서 '진현장(陳玄奘)'이라고도 한다.

망연히 물에 비친 밝은 달빛 속에 그대로 서 있었다. 묘한 기분이었다. 몽롱한 머릿속에서 이런 생각이 끝없이 떠올랐다.

'그런 일이 일어날 것 같은 자에게 그런 일이 일어나고, 그런 일이 일어날 것 같은 시각에 그런 일이 일어나는 법이다. 여섯 달 전의 나였다면 지금과 같은 이상한 꿈 따위는 꿀 리가 없었겠지. 지금 꿈속에서 보살이 했던 말도 잘 생각해보면 여우 씨나 메기 요괴의 말과 조금도 다르지 않지만, 오늘 밤 유독 그 말이 사무치게 느껴지는 것은 아무래도 이상하다. 나 역시 꿈 따위가 위안이 된다고는 생각지 않아. 왠지는 모르지만, 지금 꿈의 고시(告示)대로라면 당의 승려들이 어쩌면 이곳을 지날지도 모른다는 생각이 드는 것은 당연하지. 그런 일이 일어날 것 같을 때에는 꼭 그런 일이 일어나는 법이니까.'

그는 그렇게 생각하고 오랜만에 미소 지었다.

7.

그해 가을, 오정은 말 그대로 당나라 현장법사를 만나 극진히 모시고 그 힘으로 물에서 나와 인간으로 변신할 수 있었다. 그리하여 용감하게 천진난만한 성천대성(聖天大聖)[38] 손오공과

---

38) 본서에서는 '성천대성(聖天大聖)'이라고 저본에 따라 표기하지만, 그것은 작자의 오기(誤記)일

나태한 낙천가 천봉원수(天蓬元帥) 저오능[39]과 함께 새로운 순례 길에 오르게 되었다. 그러나 그 도상에서도 아직 옛날 병에서 완전히 벗어나지 못한 오정은 여전히 혼잣말하는 버릇을 버리지 못했다. 그는 또 중얼거렸다.

"정말 이상하다. 정말 이해할 수 없다. 모르는 것을 구태여 물어보려 하지 않게 되었다는 것은 결국 알게 되었다는 뜻인가? 정말 모호하구나! 별로 완벽한 탈피는 아니다! 흠, 정말이지 이해할 수 없다. 아무튼, 옛날처럼 의심하지 않게 된 것만은 고마운 일이지만…."

_「나의 서유기(わが西遊記)」[40]

가능성이 크며 정확하게는 '제천대성(齊天大聖)'이 맞는 것이라는 이와나미(岩波) 문고본의 주(註)를 참조했다.

39) 猪惡能: 저팔계(猪八戒)의 다른 이름.

40) 「나의 서유기」: 나카지마가 구상하고 있던 작품일 뿐, 그의 이른 죽음으로 완성되지 않았고, 그 일부를 이루었을 「오정의 출세」와 「오정의 탄이」만이 단편적으로 남아 전해진다.

오정의 탄이

悟淨歎異

점심을 먹고 나서 사부가 길가 소나무 아래에서 잠시 쉬는 동안, 오공은 팔계를 가까운 들판으로 데리고 나가 변신술을 가르쳤다.

　"해봐." 오공이 말했다. "정말로 용이 되고 싶은 거야? 정말이지? 좋아. 정말 진지하게 고민한 거지? 그럼 모든 잡념을 버려. 진심이지? 정말 진심이어야 해."

　"그렇고말고!"

　팔계[1]는 눈을 감고 주문을 외웠다. 팔계의 모습이 사라지고 5척 길이의 구렁이가 나타났다. 옆에서 보고 있던 나는 그만 웃음을 터뜨렸다.

　"멍청하긴! 구렁이밖에 안 되는 거야?" 오공이 꾸짖었다.

　구렁이가 사라지고 팔계가 나타났다.

　"대체 나는 왜 안 되는 거야?" 팔계는 부끄럽다는 듯이 코맹맹이 소리로 응석을 부렸다.

---

1) 저오능. 통칭 팔계. 삼장법사의 제2 제자.

"정신을 집중하지 못해서 안 되는 거야. 다시 한 번 해봐. 정말 간절하게 용이 되고 싶다고 생각하는 거야. 오로지 용이 되고 싶다는 마음만 있고 아예 너라는 존재는 사라져버리면 성공하는 거야."

"좋아!"

팔계는 다시 주문을 외웠다. 그러자 이번에는 기괴한 것이 나타났다. 비단뱀이 틀림없지만, 몸통에 작은 앞다리가 달려서 커다란 도마뱀 같기도 했다. 그러나 포동포동한 배는 팔계 자신을 닮아 불룩 튀어나왔고, 짧은 앞다리로 두세 걸음 기어가자 뭐라 말할 수 없이 흉측한 몰골이 되었다. 나는 또 껄껄 웃고 말았다.

"이제 됐다. 그만, 그만둬." 오공이 호통을 쳤다.

다시 자신의 모습으로 돌아온 팔계가 머리를 긁적거렸다.

오공 용이 되고 싶다는 마음이 절실해지려면 한참 멀었기 때문이야. 그래서 안 되는 거야.

팔계 그렇지 않아. 용이 되고 싶다는 생각이 이보다 더 열렬하고, 강렬하고, 절실할 수는 없는데?

오공 그런데도 네가 용으로 변신할 수 없다는 것은 결국 정신통일에 성공하지 못했다는 거야.

팔계 아, 그건 아주 심한 말인데? 너무 결과론적이지 않아?

오공 맞아. 결과만 보고 원인을 비판하는 것은 절대로 최상의 방법이 아니지. 하지만 이 세상에서는 아무래도 그것이 실제적으로 가장 확실한 방법이야. 바로 지금의 네 경우가 그것을 분명히 보여주고 있으니까.

오공이 말하는 변신법이란 이런 것이다. 즉, 무언가가 되고 싶다는 마음이 더할 나위 없이 순수하고 강렬하다면, 마침내 그렇게 될 수 있다. 그렇게 되지 못했다는 것은 마음이 그런 상태에 이르지 못했기 때문이다. 술법 수행이란 이처럼 자기 마음을 순수하고도 강렬하게 통일하는 기술을 배우는 데 있다. 이 수행은 어렵기 짝이 없지만, 일단 그런 경지에 도달하면 이전과 같은 노력이 필요 없이 다만 마음을 그 상태로 유지함으로써 쉽사리 목적을 달성할 수 있다. 다른 모든 기예도 마찬가지다. 인간과 달리 여우나 너구리가 쉽사리 변신할 수 있는 이유는 인간에게는 관심을 둘 만한 잡다한 사정이 너무 많아서 정신을 통일하기가 몹시 어렵지만, 짐승에게는 마음을 괴롭힐 만한 하찮은 일들이 없으므로 정신통일이 수월하기 때문이다.

오공은 확실히 천재다. 그 점은 의심할 여지가 없다. 처음 이 원숭이를 보았을 때 나는 즉각 알아차렸다. 처음에는 불그레한 얼굴에 털북숭이 용모가 흉하게 느껴졌지만, 이내 그의 내면에서 흘러넘치는 기운에 압도되어 용모 따위는 이내 잊어버렸다. 이제는 이 원숭이의 용모가 아름답다고 할 정도는 아니더라도 때로 훌륭하다는 느낌이 들 정도다. 다부진 얼굴이나 말투에도 자신감이 넘친다. 그리고 남에게도 그렇지만, 우선 자신에게 거짓말을 할 수 없는 남자다. 그의 내면에서는 늘 격렬한 불길이 왕성하게 타오르고 있다. 그 불은 금세 옆 사람에게 옮겨 간다. 그의 말을 듣다 보면 믿지 않으려 해도 자연히 믿게 된다. 그의 곁에 있는 것만으로도 왠지 모르게 자신감이 충만해진다. 그는 불쏘시개이고, 세상은 그를 위해 준비된 장작이며, 세상은 그가 불태우기 위해 존재한다.

우리에게는 지극히 당연하게 보이는 일도 오공의 눈으로 보면 모두 훌륭한 모험의 단서가 되었고, 그의 장렬한 활동을 재촉하는 계기가 되었다. 본래의 의미가 있는 바깥세상이 그의 주의를 끌었다기보다는, 그가 바깥세상에 하나하나 의미를 부여하는 것처럼 보였다. 공허하게 식어버린 채 잠들어 있는 바깥세상의 화약에 그의 내면에 도사린 불길이 하나하나 불을 붙여가는 셈이었다. 그리고 오공은 탐정의 눈으로 그런 대상들을 탐색하는 것이 아니라, 시인의 마음으로(몹시 난폭한 시인이지만) 그가 접촉하는 모든 것에 온기를 불어넣었다. 물론, 불태워버릴 우려도 없지는 않았다. 그러면서 오공은 뜻하지 않게 다양한 싹을 틔우고 열매를 맺게 했다. 따라서 그의 눈에 비친 세상에서 평범하고 진부한 것은 하나도 없었다. 매일 아침 일찍 일어나 어김없이 해돋이를 보고, 마치 처음 보는 광경처럼 경탄하며 그 아름다움에 빠져들어 깊이 숨을 몰아쉬었다. 그의 일상에서는 이런 것이 거의 매일 반복되었다. 심지어 소나무에 돋아나는 새싹조차도 그에게는 대단히 신기한 현상인 양, 두 눈을 크게 뜨고 관찰했다.

이처럼 천진한 면모와는 달리 오공이 강한 적과 맞서 싸울 때에는 얼마나 멋지고 완벽하게 보이는지! 한 치의 틈도 허락하지 않는 그의 온몸에서 느껴지는 다부진 긴장감, 율동적이고 정교한 봉술, 지칠 줄 모르고 희열에 들떠 땀범벅이 되어 날뛰는 압도적인 역량, 어떠한 역경도 기꺼이 맞서는 강인한 정신력이 그에게는 흘러넘쳤다. 그것은 빛나는 태양보다도, 해바라기보다도, 한창 울어대는 매미보다도 더욱 강렬하게 몰입한 나신(裸身)이 발산하는 왕성하고, 몰아적이며, 작열하는 아름다움이었다.

그 꼴사나운 원숭이가 싸우는 모습은 얼마나 대단한가! 한 달 전쯤 오공이 취운(翠雲) 산중에서 우마대왕[2]과 크게 싸웠을 때의 모습은 아직도 마음속 깊이 선명하게 새겨져 있다. 나는 지극히 감탄한 나머지 그 대결을 상세한 기록으로 남겨두고 싶을 정도였다.

그때 우마대왕은 노루로 변신하여 한가롭게 풀을 뜯고 있었다. 오공이 이것을 알아채고 호랑이로 변신하여 달려들어 잡아먹으려 했다. 우마대왕은 급히 거대한 표범으로 변신하여 달려들었다. 오공이 이것을 보고 사자가 되어 덮치자, 우마대왕은 다시 황사자로 변신하여 벽력같은 소리로 사납게 울부짖으며 물어뜯으려 했다. 오공은 공격을 피해 바닥에서 구르는가 싶더니, 마침내 커다란 코끼리로 변신했다. 코는 길고 굵은 뱀과 같았고, 어금니는 죽순 비슷했다. 우마대왕은 견디지 못하고 본모습을 드러내며 커다란 흰 소가 되었다. 머리는 높은 봉우리와 같고, 눈은 전광과 같고, 양쪽에 난 뿔은 두 산봉우리의 철탑과 같았다. 머리부터 꼬리까지의 길이가 1천여 자[尺], 발굽부터 등에 이르는 높이가 8백 자였다.

우마대왕은 큰 소리로 외쳤다.

"못된 원숭이 놈아! 지금 나를 어쩌려는 것이냐?"

2) 牛魔大王: 『서유기』에 등장하는 호걸. 오공의 의형제 가운데 만형.

164

오공도 본모습으로 돌아와 대갈일성(大喝一聲)하는데, 그 모습을 보니 키가 1만 자에 머리는 태산 비슷하고, 눈은 해와 달 같고, 입은 핏빛 연못 같았다. 오공은 분연히 철봉을 휘둘러 우마대왕을 찔렀고, 우마대왕은 뿔로 철봉을 받아내며 둘은 반산(牛山)에서 격렬하게 싸웠다. 산이 무너지고 바다가 용솟음치고, 천지가 뒤집힐 만큼 무시무시했다.

얼마나 숨 막히는 장관이었던가! 나는 후유! 하고 숨을 몰아쉬었다. 즉시 싸움에 나설 기분이 들지 않았다. 손오공이 패할 염려가 없었기 때문이 아니라 한 폭의 완벽한 명화에 서투른 가필을 하기가 두려웠기 때문이었다.

오공이 불이라면 재앙은 기름이었다. 어려움을 당할 때 그의 온몸은(정신도, 육체도) 활활 타올랐다. 그와 반대로 평온무사할 때 그는 이상할 정도로 풀이 죽어 있었다. 팽이처럼 늘 전속력으로 돌지 않으면 쓰러져버리는 것이다. 어려운 상황도 오공에게는 한 장의 지도—목적지까지 최단 거리가 굵은 선으로 그어진 지도처럼 보이는 모양이었다. 사태를 인식한 순간, 그는 거기서 자기가 정한 목적으로 인도하는 길을 명료하게 보았다. 혹은 그 길 말고 다른 길은 전혀 보이지 않았다는 표현이 더 적절할지도 모른다. 캄캄한 밤에 훤하게 드러나는 발광 문자처럼,

가야 할 길만 선명히 드러나고, 다른 모든 것은 어둠에 묻혀버리는 것이다.

이해력이 모자라는 우리가 미처 생각을 정리하기도 전에 오공은 이미 행동을 시작한다. 목적지로 인도하는 최단의 길을 따라 걷기 시작하는 것이다. 사람들은 그의 무용과 완력을 운운하지만, 정작 그의 놀라운 천재적 지혜에 대해서는 뜻밖에 모르고 있는 것 같다. 실제로, 너무도 혼연해 보이는 그의 완력 행위에는 늘 사려와 판단이 녹아들어 있었다.

나는 오공이 문맹이라는 사실을 알고 있다. 일찍이 천상에서 그는 '필마온'[3]이라는 마부 역할을 맡고 있었으나 '필마온'이라는 글자도 읽을 줄 몰랐고, 역할의 내용도 모를 정도로 배운 것이 없었다. 그러나 나는 힘과 조화를 이룬 오공의 지혜와 탁월한 판단을 무엇보다도 높이 샀다. 심지어 오공의 교양이 대단한 수준이라는 생각이 들 때도 있었다. 적어도 동물, 식물, 천문에 관한 그의 지식은 상당했다. 그는 어느 동물이든 흘깃 보고서도 그 성질과 힘의 세기와 주특기 등을 한눈에 알아보았다. 풀을 봐도 어느 것이 약초이고, 어느 것이 독초인가를 정확하게 짚어냈다. 그러면서도 그 동물이나 식물의 이름(세상 일반에 통용되는 이름)은 전혀 몰랐다. 그는 또 별을 보고 방위나 시각이나 절

3) 弼馬溫: 중국에서 원숭이는 말의 역병막이가 된다는 전설에서 만들어진 명칭.

기를 금세 알아냈지만, '각수'[4]라는 이름도 '심수'[5]라는 이름도 모르고 있었다. 이십팔수[6]의 이름을 일일이 알면서도 실물을 분별하지 못하는 나와 비교하면 얼마나 다른가! 낫 놓고 기역 자도 모르는 이 원숭이 앞에 있을 때만큼 문자에 바탕을 둔 교양의 초라함을 느끼게 되는 경우도 드물었다.

오공의 신체 각 부위는—눈도 귀도 다리도 손도—언제나 환희에 찬 듯이 활기차고 발랄했다. 특히 그가 싸울 때면 신체 부위 하나하나가 기쁨에 들떠 마치 꽃에 달려드는 여름철 벌 떼처럼 일제히 와! 하고 환성을 지르는 듯했다. 오공의 싸우는 모습이 그 진지한 기백에도 불구하고 어딘가 장난기가 서려 있음은 아마도 이 때문일 것이다. 사람들은 흔히 '죽을 각오로'라고 말하지만, 오공은 결코 죽을 각오 따위는 하지 않는다. 어떠한 위험에 빠져도 그는 단지 지금 자기가 하는 일(요괴를 퇴치한다든지, 삼장법사를 구출한다든지)의 성공 여부를 걱정할 뿐, 자기 목숨

---

4) 角宿: 동아시아의 별자리인 이십팔수의 하나다. 동방청룡 7수(宿) 중 첫 번째에 해당된다. 서양 별자리의 처녀자리의 일부에 해당한다.

5) 心宿: 동아시아의 별자리인 이십팔수의 하나다. 동방청룡 7수(宿) 중 다섯 번째에 해당된다. 서양 별자리의 전갈자리의 일부에 해당한다.

6) 二十八宿: 옛날에 인도, 페르시아, 중국 등에서 해와 달과 여러 행성 등의 소재를 밝히기 위해 황도(黃道)에 따라 천구(天球)를 28개로 구분한 것. 중국의 구분으로는 동(東)에 각(角)·항(亢)·저(氐)·방(房)·심(心)·미(尾)·기(箕), 서(西)에 규(奎)·루(婁)·위(胃)·묘(昴)·필(畢)·자(觜)·참(參), 남(南)에 정(井)·귀(鬼)·류(柳)·성(星)·장(張)·익(翼)·진(軫), 북(北)에 두(斗)·우(牛)·여(女)·허(虛)·위(危)·실(室)·벽(壁)이 있다.

따위는 아랑곳하지 않았다. 태상노군의 팔괘로[7] 속에서 타 죽을 지경에 이르렀을 때에도, 은각대왕[8]이 내린 형벌을 받아 태산, 수미산, 아미산, 삼산(三山) 아래 깔려 죽을 뻔했을 때에도 그는 결코 목숨을 잃을 것이 두려워 비명을 지르지 않았다.

가장 괴로워한 것은 소뢰음사의 황미로불[9] 때문에 이상한 쇠 징 아래에 갇혔을 때였다. 밀어도 찔러도 쇠 징은 깨지지 않고, 몸을 크게 변화시켜 돌파하려고 해도, 오공의 몸이 커지면 쇠 징도 덩달아 늘어나 커지고, 몸을 움츠리면 쇠 징도 따라서 줄어드는 형세로 어떻게 할 방법이 없었다. 몸의 털을 뽑아 송곳으로 바꾸어 그것으로 구멍을 뚫으려 해도 쇠 징에는 흠집 하나 생기지 않았다. 그러던 중 사물을 요동시켜 물로 바꾸는 이 그릇의 힘으로 오공의 엉덩이 쪽이 점차 부드러워지기 시작했지만, 그는 오로지 요괴한테 붙잡힌 사부 걱정만 하고 있는 것 같았다. 오공은 스스로 그 자신감을 의식하고 있지 않은 것 같지만, 자신의 운명에 대한 무한한 자신감이 있었던 것이다. 이

---

7) 八卦爐: 태상노군(太上老君)은 도교에서 노자를 말한다. 팔괘로는 선단(仙丹), 금단(金丹)을 제련하기 위한 용광로. 오공은 이 안에 49일간이나 갇혀 문무(文武)의 불에 탄 적이 있다.

8) 銀角大王: 평정산연화동(平頂山蓮花洞)에 금각대왕(金角大王)과 함께 있었던 요괴. 산을 옮기는 술법을 터득하여 태산(泰山), 수미산(須彌山), 아미산(峨眉山)을 불러들여서 손오공을 무너뜨리려고 했다.(『서유기』, 33회)

9) 黃眉老佛: '황미대왕(黃眉大王)'이라고도 불리는 요괴로 '소뢰음사(小雷音寺)'라는 가공의 절을 현출시켜 쇠 징에 가두고 괴롭힌다.(『서유기』, 65회)

옥고 천상계에서 도우러 온 항금룡[10]이 그 철과 같은 뿔로 온 힘을 쏟아 밖에서 쇠 징을 뚫었다. 뿔은 안까지 관통했지만, 이 쇠 징은 마치 사람의 살처럼 뿔에 착 달라붙어 조금의 틈도 없었다. 바람이 통할 정도의 틈새라도 있으면 오공은 몸을 양귀비 씨앗으로 변화시켜서라도 빠져나오겠지만 그마저도 할 수 없었다. 엉덩이가 반쯤 녹아내리는 고생 끝에 오공은 마침내 귓속에서 여의봉(如意棒)을 꺼내 송곳으로 바꾸어 금룡의 뿔에 구멍을 뚫고, 몸을 겨자씨로 바꾸어 그 구멍에 숨어 금룡에게 뿔을 뽑게 했다. 그렇게 간신히 살아나자, 물렁물렁해진 자기 엉덩이는 잊은 채 곧바로 사부를 구조해내기에 이르렀다.

오공은 나중에도 '그때 위험했다.'는 말을 한 적이 없었다. '위험하다.'든가 '이제 소용없다.'고 느꼈던 적도 없었을 것이다. 오공은 자신의 수명이나 목숨에 대해 생각한 적도 없었던 것이 틀림없다. 그는 죽을 때 자신도 모르는 사이에 죽어 있을 것이다. 그런 순간이 오기까지는 거리낌 없이 마음껏 활약할 것이다. 정말로 이 남자의 활약상은 웅대하다는 느낌은 들지만 결코 비장하다는 느낌은 들지 않는다.

원숭이는 흔히 사람 흉내를 낸다고 하는데, 오공은 또 얼마

---

10) 亢金龍: 옥황상제가 손오공을 구하기 위해 파견한 이십팔수 별의 하나로 지극히 높은 지위를 말한다.

나 사람 흉내를 내지 않는 원숭이인가! 흉내는커녕 남한테 억
지로 강요당한 생각은 설령 그것이 몇천 년 먼 옛날부터 만인이
수용하는 사고방식이라 하더라도 스스로 충분히 납득할 수 없
다면 절대로 받아들이지 않는다. 세상의 인습이나 명성도 이 남
자 앞에서는 아무런 권위도 없다.

오공의 또 하나 특색은 결코 과거를 말하지 않는다는 것이
다. 그보다 그는 지난 일은 모두 잊어버리는 것 같다. 적어도 개
개의 사건은 잊어버린다. 그 대신에 각각의 경험에서 얻은 교훈
은 그때마다 그의 혈관 속으로 흡수되어 즉시 그의 정신과 육체
의 일부가 되어버린다. 따라서 새삼스럽게 각각의 사건을 하나
하나 기억하고 있을 필요가 없는 것이다. 그가 전략상 같은 잘
못을 결코 되풀이하지 않는 것만 봐도 알 수 있다. 게다가 그는
그 교훈을 언제 어떤 씁쓸한 경험을 통해 얻었는지도 완전히 잊
고 있다. 이 원숭이는 체험을 무의식 속에 완전히 흡수하는 신
기한 힘을 갖고 있는 것이다.

그런 그에게도 결코 잊을 수 없는 무서운 체험을 딱 한 번 한
적이 있었다. 언젠가 그는 그때 느꼈던 두려움을 내게 가슴 절
절히 토로했던 적이 있다. 그것은 그가 처음 석가여래에게 재능
을 인정받았을 때의 일이었다.

당시 오공은 자기 힘의 한계를 몰랐다. 그가 우사보운의 구두[11]를 신고, 쇠사슬 황금갑옷을 입고, 동해용왕(東海龍王)에게서 빼앗은 1만 3천5백 근의 금테 여의봉을 휘두르며 싸울 때 천상천하에 그에게 대항할 자는 없었다. 신선들이 모이는 연회[12]에서 소동을 피운 벌로 갇혔던 팔괘로도 부수고 뛰쳐나오는 등 그는 천상계도 좁다는 듯이 날뛰었다. 우르르 군집한 신이 이끄는 부대를 닥치는 대로 무찔러 서른여섯 명의 뇌장(雷將)을 이끄는 토벌대 장군을 상대로 영소전(靈霄殿) 앞에서 싸우기를 반나절 남짓, 그때 마침 가쇼(迦葉)·아난(阿難) 두 수도자를 동반한 석가모니 여래가 그곳을 우연히 지나다가 오공을 막아서며 싸움을 만류하려고 했다.

오공이 불끈 화를 내며 대들자, 여래가 웃으며 말했다.

"꽤 으스대는 것 같은데, 도대체 너는 어떠한 도를 익혔단 말이냐?"

오공이 "동승신주오래국(東勝神州午來國) 화과산(華果山) 석란

11) 藕絲步雲의 구두: 오공이 화과산 수렴동의 대왕이었을 때 신었던 신발. 본래 동해용왕에게서 금테 여의주와 함께 빼앗은 것으로 북해왕이 신는 연꽃 실로 짠 구름 위를 걷는 비행 신발.

12) 반도회(蟠桃會): 서왕모(西王母)가 보각을 개방하여 석가, 노자, 보살, 노승[聖僧], 신선 등을 초대하여 불로장생하는 복숭아를 대접하기 위해 해마다 여는 연회를 이르는 말. 나중에는 서왕모의 탄생일에 열리게 된다. 반도(蟠桃)는 신선이 사는 곳에서 열매를 맺으며, 그것을 먹으면 불로불사한다는 복숭아 열매로 3천 년에 한 번 익는 것(먹으면 신선이 된다), 6천 년에 한 번 익는 것(먹으면 날아오를 수 있고 불로장생한다), 9천 년에 한 번 익는 것(먹으면 천지일월과 수명이 같아진다)이 있다. 곤륜산 위에 사는 서왕모 전설과 결부되어 있다.

(石卵)에서 태어난 내 힘을 알지 못하다니, 저런 어리석은 녀석. 나는 이미 불로장생하는 법을 다 익혔고 구름을 타고 바람을 다스려 한순간에 십만 팔천 리를 가는 자다."라고 대답하자, 여래는 "허풍 떨지 마라. 십만 팔천 리는 고사하고 내 손바닥에 올라와 그 밖으로 뛰쳐나가는 것조차 할 수 없을 텐데."라고 했다.

분기탱천한 오공은 "뭐야!" 하고 소리를 지르며 갑자기 여래의 손바닥에 뛰어올랐다. "나는 신통력으로 팔십만 리를 비행하는데, 네 손바닥의 밖으로 뛰쳐나갈 수 없다니 그 무슨 말이냐!"

말이 채 끝나기도 전에 오공이 아주 작은 구름을 타고 금방이, 삼십만 리를 왔나 할 즈음, 붉고 커다란 다섯 개의 기둥이 보였다. 오공은 그중 한가운데 있는 기둥에 '제천대성도차일유(齊天大聖到此一遊)'[13]라고 썼다. 그는 다시 구름을 타고 여래의 손바닥으로 돌아와 의기양양하게 말했다.

"손바닥은커녕 벌써 삼십만 리나 저 멀리 날아서 기둥에 표시를 남기고 왔다!"

"어리석은 산 원숭이야!" 하고 여래는 비웃었다. "네 신통력이 도대체 무슨 일을 이룰 수 있다는 것이냐? 너는 아까부터 내

---

13) '오공은 여기까지 왔다.'라는 뜻이다. 오공의 전신인 '제천대성(齊天大聖)'이라는 요원(妖猿)에 관해서는 인도에서 나온 것으로 보이며, 원장오공(猿特惡空)과 별개의 전승(傳承)을 외국의 소설이나 설화에서 찾아볼 수 있다.

손바닥 안을 왕복하고 있을 뿐이지 않느냐. 거짓말 같다면 이 손가락을 봐라."

오공이 수상히 여겨 자세히 보니, 여래의 오른손 중지에는 '제천대성도차일유'라는 자기 필적의 먹물 자국이 그대로 남아 있었다.

오공이 "아니?" 하고 놀라 우러러본 여래의 얼굴에서 그때까지의 미소가 사라졌다. 갑자기 엄숙하게 바뀐 여래의 눈이 오공을 엄히 응시한 채 금세 하늘도 가릴 만큼 커지면서 오공의 위를 덮쳤다.

오공은 온몸의 피가 얼어붙는 듯한 공포를 느끼고 당황하여 밖으로 뛰쳐나오려는 순간, 여래가 손을 뒤집어 그를 꼼짝 못하게 잡고 그대로 다섯 손가락을 바꾸어 오행산[14]으로 만들고, 오공을 그 산 아래로 밀어 넣은 다음, '옴마니반메훔'[15]이라는 여섯 글자를 금으로 써서 산꼭대기에 붙였다. 세상이 밑바닥에서부터 뒤집히고 지금까지의 자신이 더는 자신이 아닌 듯한 혼미함으로 오공은 또다시 떨고 있었다. 사실 그에게 세상은 그 순간 이후로 일변했던 것이다.

---

14) 五行山: 목(木)·화(火)·토(土)·금(金)·수(水)의 오행으로 연이어진 산들.
15) '옴'은 우주, '마니'는 지혜, '반메'는 자비, '훔'은 마음을 뜻하는데, 극락왕생을 기원할 때 외는 주문이다. 실제로 사용되는 의미는 '더는 사바세계에 윤회로써 태어나지 않게 해달라.'는 뜻이다.

그 후로 오공은 굶주리면 철환(鐵丸)을 먹고, 목마르면 동즙 (銅汁)을 마시며 바위굴 안에 갇힌 채 속죄의 나날을 보내야 했다. 그리고 그때까지의 끝 모를 자만은 완전히 바뀌어 극도의 무력감이 되었다. 그는 심약해져 때로는 너무 괴로운 나머지 부끄러움도 세상 소문도 개의치 않고 큰 소리로 통곡했다.

그로부터 오백 년이 지나 삼장법사가 천축으로 가는 여행길에 우연히 지나가던 오행산 꼭대기에서 부적을 벗겨내어 오공을 풀어주었을 때, 그는 또다시 큰 소리로 통곡했다. 그러나 이번에는 기쁨의 통곡이었다.

오공이 삼장법사를 따라 머나먼 천축까지 가려 했던 것은 단지 이 기쁨과 고마움 때문이었다. 그것은 오공에게 가장 순수하고도 강렬한 감사의 표시였다.

그런데 이제 와서 생각해보면 오공은 자신을 최고의 존재로 여겨왔으나 석가모니를 알고부터는 그의 존재에서 느껴지는 일종의 전율감이 지상에서 하는 오공의 모든 행동에 제한으로 작용했던 듯싶다. 게다가 원숭이 형상을 한 이 커다란 존재가 지상의 삶에 유용해지려면 오행산의 무게로 오백 년간 내리눌러 작게 응축할 필요가 있었다. 하지만 작아진 현재의 오공은 우리가 볼 때 얼마나 월등하고, 훌륭하고, 대단한가!

삼장법사는 이상한 분이다. 믿기지 않을 정도로 나약하시기 이를 데 없다. 변신술도 전혀 모르신다. 길에서 요괴한테 습격이라도 당하시면 곧바로 붙잡히시고 만다. 약하시다기보다 자기 방어 본능이 전혀 없는 분이다. 이처럼 기개도 없는 분에게 우리 셋이 모두 끌리는 이유는 대체 무엇일까. 오공이나 팔계는 불문곡직하고 사부를 경애하니, 이런 생각을 하는 것은 오로지 나뿐이다. 생각건대, 우리는 사부의 그 연약함에서 드러나는 비극적인 면에 끌리는 것은 아닐까. 그것이야말로 우리 요괴 가운데 벼락출세한 자한테서는 절대로 찾아볼 수 없는 특징이다. 삼장법사는 위대함 속에서 자신의(혹은 인간이나 생물의) 상황을 ― 그 연민과 고귀함을 분명하게 자각하고 계신다. 게다가 그 비극성을 넘어서 올바르고 아름다운 것을 용감하게 추구하신다. 이것이 바로 우리에게 없고 사부에게는 분명히 있는 것이다. 우리는 사부보다 훨씬 강한 완력이 있고, 변신술도 터득하고 있지만, 일단 우리 자신이 비극적인 상황에 놓여 있음을 깨닫기만 하면 절대로 올바르고 아름다운 생활을 성실하게 계속하지 못할 것이 뻔하다. 나는 연약한 사부 내면에 깃들어 있는 이 고귀한 힘에 경탄할 수밖에 없다. 그리고 내면의 고귀함이 외부의 연약함에 싸여 있다는 점이 사부의 매력이라고 생각한다. 그러나 발칙무도한 팔계의 해석으로는 우리가, 아니 오공이 사부를 대하는 경애에는 다분히 남색적인 요소가 포함되어 있다고 한다.

아무튼, 오공이 행동할 때 드러내는 천재성과 비교하면, 실용성이 강조되는 현실에서 삼장법사는 얼마나 아둔하신 분인가! 하지만 두 사람이 사는 목적이 서로 다르니 이것은 문제 되지 않는다.

외적인 어려움에 부딪혔을 때 사부는 그것을 타개할 방법을 밖이 아니라 안에서 찾으신다. 즉, 당신의 마음이 그것을 견뎌 내도록 대비하시는 것이다. 아니, 그때 당황하여 대비하지 못했더라도 외적인 문제 때문에 내면이 동요하지 않도록 평소에도 늘 준비되어 있다. 언제 어디서 갑자기 죽더라도 행복할 수 있는 마음가짐을 사부는 이미 완성하셨다. 그러니 밖에서 도(道)를 구하실 필요가 없다. 우리가 보기에 위험하기 짝이 없는 육체적인 무방비 상태도 결국 사부의 정신에는 별로 큰 영향을 미치지 못한다. 반면에 오공은 겉보기에 대단히 명쾌하지만 세상에는 그의 천재성으로 타개할 수 없는 사태가 있을지도 모른다. 그러나 사부는 그럴 염려가 없다. 사부는 아무것도 타개하실 필요가 없으니까.

오공에게 격노는 있어도 고뇌는 없다. 환희는 있어도 우수는 없다. 그가 단순하게 이 삶을 긍정하는 데에는 아무런 불가사의도 없다. 삼장법사는 어떠하신가. 병든 몸과 방어할 줄 모르는 허약함과 늘 요괴들의 박해를 받는 삶을 사부는 더욱 즐거운 듯이 받아들이신다. 이야말로 정말 대단한 일이 아닌가!

이상하게도 오공은 자기보다 뛰어난 사부의 이런 점을 이해하지 못한다. 다만 왠지 모르게 사부에게서 벗어날 수 없다고 생각한다. 기분이 나쁠 때에는 자신이 삼장법사를 따르는 것이 단지 긴고주[16] 때문이라고 말한다. 그리고 "사부는 민폐만 끼치고 전혀 도움이 안 되는 양반이야."라고 투덜대면서 요괴한테 잡혀간 사부를 구하러 간다. "위험해서 보고만 있을 수 없어. 사부는 대체 왜 저럴까!" 하고 말할 때 오공은 그것이 약한 자에 대한 연민이라고 자만하는 모양이다. 하지만 그가 사부를 생각하는 마음에는 살아 있는 모든 것이 우월한 존재에 대해 품는 본능적인 외경, 아름다움과 고귀함에 대한 동경이 자리 잡고 있음을 정작 자신은 모르고 있는 것이다.

더욱 이상한 것은 사부도 오공보다 당신이 우월하다는 사실을 모르신다는 점이다. 요괴의 손아귀에서 구출되실 때마다 사부는 눈물을 흘리시며 오공에게 감사하신다. "네가 도와주지 않았으면 난 죽었을 거야!"라고 하시지만, 어떤 요괴한테 잡아먹힌다고 해도 사부는 돌아가시지 않을 것이다.

---

16) 緊箍咒: 오공의 머리에 박혀 있는 금 고리로, 오공이 삼장법사의 명령에 따르지 않을 때에는 고리가 살에 죄어들어 가 그의 머리를 조여서 견디기 어려운 고통을 일으킨다.

두 사람 모두 둘의 진정한 관계를 모르는 채 서로 경애하는 (물론 때로 사소한 다툼이 있다고 해도) 모습은 보기에 재미있다. 나는 대체로 대칭적인 이 두 인물 사이에 존재하는 단 하나 공통점을 알아냈다. 그것은 각각 삶의 방식에 동일하게 부여된 것을 필연으로 믿고, 필연을 완전으로 여기며 자유로 간주한다는 점이다. 금강석과 숯은 겉모습이 판이하지만 같은 물질로 이루어졌듯 이 각각 삶의 방식이 금강석과 숯보다 더 격심하게 다른 두 사람이 이런 현실을 똑같이 받아들이는 태도가 재미있다. 이 '필연과 자유의 등치'야말로 그들이 천재라는 징표가 아니고 무엇이겠는가.

오공, 팔계, 나 우리 셋은 정말 이상할 정도로 각자 다르다. 해가 저물어 잘 곳이 없어서 길가의 폐사(廢寺)에 묵기로 의견이 일치할 때에도 셋은 각각 다른 생각으로 동의한 것이다. 오공은 이러한 폐사야말로 요괴 퇴치 장소로 안성맞춤이라고 생각하기 때문이고, 팔계는 이제 와 다른 곳을 찾기도 귀찮고 어서 안으로 들어가 식사한 다음 자고 싶기 때문이고, 나는 '어차피 이 주변은 사악한 요정으로 가득 찼을 테고, 어디에 가나 재난을 피할 수 없다면 이곳을 재난 장소로 택해도 괜찮지 않을까?' 하고 생각하기 때문이다. 생명체 셋이 모이면 이렇게 서로 다른 것일까. 각각 생명체의 서로 다른 삶의 태도만큼 재미있는 것도 없다.

저오능 팔계는 비록 수도하는 손오공의 탁월성에 압도되어 풀이 죽은 듯하지만, 그도 특색 있는 남자임이 틀림없다. 어쨌든 돼지는 이 삶과 세상을 무척 사랑하여 후각·미각·촉각 등 모든 감각을 통해 이 세상에 집착한다. 어느 날 팔계는 나에게 이렇게 말한 적이 있다.

"우리가 천축으로 가는 것은 무엇 때문이야? 선업(善業)을 쌓아 내세에 극락에서 태어나기 위해서일까? 그런데 그 극락이란 어떤 곳일까? 연꽃잎 위에 올라앉아 그저 하늘하늘 흔들릴 뿐이라면 곤란하지 않은가? 극락에도 김 나는 국을 후후 불면서 들이마시는 즐거움이나 껍질이 쫀득쫀득하게 그을은 고소한 불고기를 배 터지게 먹는 즐거움이 있을까? 그렇지 않고 말로만 듣던 대로 신선처럼 그저 안개나 들이마시며 살아갈 뿐이라면 아, 싫다, 정말 싫다. 그런 극락은 딱 질색이다! 비록 괴로운 일이 있어도 그것을 잊게 해주고, 주체할 수 없는 즐거움이 있는 이 세상이 제일 좋아, 적어도 나한테는."

그렇게 말하고 나서 팔계는 자기가 이 세상에서 즐겁다고 생각하는 일을 하나하나 열거했다. 여름 나무 그늘에서 즐기는 낮잠, 계곡물 목욕, 달밤에 부는 피리, 봄날 아침의 늦잠, 겨울밤 화롯가의 환담… 얼마나 즐겁게, 또 얼마나 수많은 항목을 열거했는지 모른다! 특히 젊은 여인의 아름다운 육체와 계절마다 다른 갖가지 음식 맛을 언급할 때 그의 이야기는 끝없이 이어졌다. 나는 깜짝 놀라고 말았다. 이 세상에 이처럼 많은 즐거움이 있고, 또 그것을 이처럼 죄다 맛보고 있는 녀석이 있으리라고는 생각도 못 했기 때문이었다. 과연 즐기는 데에도 재능이 필요하다는 것을 깨닫고, 그 후로 나는 이 돼지를 경멸하지 않기로 했다. 하지만 팔계와 자주 이야기하게 되면서 최근 이상한 점을 깨닫게 되었다. 그것은 팔계의 향락주의 저변에 가끔 묘하게 불길한 그림자가 살짝 엿보인다는 사실이었다. 입으로는 "사부에 대한 존경과 수도하는 손오공에 대한 두려움이 없었다면, 나는 벌써 이런 괴로운 여행 따위는 때려치웠을 거야."라고 말하지만, 실제로는 그 향락가적인 겉모습 아래 전전긍긍하며 박빙(薄氷)을 밟는 듯한 소심한 생각이 숨어 있음을, 나는 확실히 간파했다. 말하자면 천축으로 가는 이 여행이 돼지에게도(나와 마찬가지로) 환멸과 절망 끝에 마지막으로 매달린 단 한 줄기 단서임이 틀림없다고 여겨지는 대목이 분명히 있는 것이다. 하지만 지금은 팔계의 향락주의적 비밀에 대한 고찰에 빠져 있을 수만은 없다. 어쨌든 지금으로서는 손오공에게서 모든 것을 습득해야 한다. 다른 일을 뒤돌아볼 틈이 없다. 삼장법사의 지혜와 팔계가 사는 방식에서 교훈을 얻는 일은 먼저 손오공과의 일을 매듭 짓고 난 다음에 착수할 것이다.

아직도 나는 오공에게서 거의 아무것도 습득하지 못했다. 저팔계는 일대 격전을 벌였던 유사하에서 나온 뒤로 대체 얼마나 발전했을까. 그는 여전히 학습 능력이 떨어지는 지진아일까. 이 여행에서 내 역할도 그러하다. 평온무사할 때 오공의 지나친 언동을 만류하고 매일 팔계의 나태를 훈계할 뿐, 적극적으로 행동하지 않는다. 나 같은 사람은 언제 어느 세상에 태어나도 결국은 조절자, 충고자, 관찰자로 그치고 결코 행동하는 존재가 될 수는 없는 것일까.

오공의 행동을 보면서 나는 '활활 타오르는 불은 스스로 불타고 있음을 알 리 없고, 내가 불타고 있다고 생각할 때에는 아직 온전히 불타지 않은 것'임을 확인하고, 그의 활약상을 보면서 '자유로운 행위란 어떻게든 그것을 하지 않고서는 견딜 수 없는 것이 안에서 농익어 저절로 밖으로 나타나는 것'임을 깨닫는다. 나는 그렇게 생각만 할 뿐이다. 아직 한 걸음도 오공을 따라갈 수가 없다. 배운다, 배운다 하면서도 오공의 출중한 존재감, 오공다운 거친 기질 때문에 두려움 없이 다가갈 수 없다.

솔직히 말해 오공은 아무리 생각해도 그다지 고마운 친구라고는 할 수 없다. 남의 기분을 배려하지 않고, 덮어놓고 호통만 친다. 자기의 능력을 기준으로 남에게 불가능한 것을 요구하면서 그것을 해내지 못한다고 호통을 치니 참기 어렵다. 그는 자기 재능의 비범함을 자각하지 못하고 있다. 물론 그가 심술을 부리는 것이 아니라는 사실은 우리도 확실히 알고 있다. 단지 그는 약자의 능력과 수준을 잘 모르기에 약자의 의심·주저·불안 따위를 전혀 공감할 수 없어 속이 상하고 짜증을 내는 것뿐이다. 우리의 무능력이 그의 화를 돋우지만 않는다면, 오공은 더없이 호방하고, 순진한 아이 같은 남자다.

팔계는 늘 늦잠을 자거나, 게으름을 피우거나, 변신에 실패해서 오공에게 계속 혼이 나고 있다. 반면에 내가 비교적 그의 화를 덜 돋우는 이유는 지금까지 그와 일정한 거리를 유지하고 있어 그에게 내 결점을 드러낸 적이 별로 없기 때문이다. 하지만 이런 식으로는 오랜 세월이 흘러도 아무것도 배울 수가 없다. 오공에게 좀 더 가까이 다가가서 아무리 그의 난폭함이 신경에 거슬려도 야단맞고, 매 맞고, 욕먹고, 또 나도 그에게 욕설을 퍼부으며 온몸으로 그 원숭이한테서 모든 것을 습득해야 한다. 먼 데에서 바라만 보고 감탄하는 것만으로는 아무것도 이룰 수 없다.

한밤중에도 나는 혼자 잠에서 깨어 있었다.

오늘 밤은 마땅히 잠잘 곳을 찾지 못해서 산그늘 진 계곡의 큰 나무 아래 풀을 깔고 네 명이 옷을 입은 채 쓰러져 자고 있었다. 한 명 건너 저편에서 자고 있을 오공의 코 고는 소리가 산골짜기에 메아리칠 뿐, 그때마다 머리 위 나뭇잎 이슬이 후드득후드득 떨어져 내린다. 여름이라고 해도 산의 밤 공기는 정말 으스스하게 춥다. 이미 한밤중이 지났음이 틀림없다. 나는 조금 전부터 누워 뒹굴면서 나뭇잎 사이로 별들을 올려다보고 있다. 외롭다. 왠지 몹시 외롭다. 내가 저 쓸쓸한 별 위에 혼자 서서 어둡고, 차갑고, 아무것도 없는 세상의 밤을 바라보는 듯한 기분이 든다. 별이라는 녀석은 이전부터 영원하다, 무한하다고 생각하게 하니 아주 골칫거리다. 그런데도 고개 들어 위를 보자니, 보기 싫어도 보지 않을 수가 없다. 창백하고 큰 별 옆에 다홍색 작은 별이 보인다. 그 아래쪽에 이어서 약간 노란색을 띤 따뜻해 보이는 별이 있는데, 그것은 바람이 불고 잎이 흔들릴 때마다 나타났다 숨었다 한다. 유성이 꼬리를 길게 이었다가 사라진다. 왠지 모르지만, 그때 나는 문득 삼장법사의 맑고 쓸쓸한 눈을 떠올렸다. 항상 먼 곳을 응시하는, 무엇엔가에 늘 연민을 담고 있는 듯한 눈이다. 그것이 무엇에 대한 연민인지 평소에는 전혀 짐작할 수 없었지만, 지금 갑자기 알 것 같다는 생각이 든다. 사부는 언제나 영원을 보고 계신다. 그리고 그 영원과 대비된 지상의 모든 운명도 분명히 보고 계신다. 언젠가 반드시 다가올 멸망을 마주 보고 있으면서도 사부는 가련하게 꽃을 피우려는 예지나 애정과 같이 여러 선한 것들을 향해 끊임없이 연민의 시선을 조용히 보내고 계신 것은 아닐까. 별을 보고 있으면 어쩐지 그런 생각이 든다. 나는 일어나 옆에서 주무시고 계신 사부의 얼굴을 들여다보았다. 한동안 그 평온하게 잠든 얼굴을 보고, 조용한 숨소리를 듣다 보니 마음속에서 무언가 확! 하고 불이 붙는 듯한 열기가 느껴졌다.

_「나의 서유기」

카멜레온 일기

かめれおん日記

蟲有虺者, 一身兩口, 爭食相齕也. 遂相殺, 因自殺. [1]

『韓非子』

1.

표본실에서 직원실로 돌아오는 길에 복도 중간쯤 왔을 때 누군가가 등 뒤에서 "선생님!" 하고 불렀다. 뒤돌아보니 분명히 낯이 익은데 이름이 금세 떠오르지 않는 학생 하나가 내게 다가와 뭔가 잘 알아들을 수 없는 말을 하며 길이가 15센티미터쯤 되는 뚜껑 없는 과자 상자 같은 것을 꺼냈다. 상자 안 솜 위에는 검푸른 도마뱀처럼 생긴 이상한 것이 놓여 있었다.

"뭐야? 아니? 카멜레온? 응? 카멜레온 아냐? 살아 있나?"

뜻밖의 사물이 출현하여 당황한 내가 연달아 묻자, 학생은 "네." 하고 얼굴을 붉히며 고개를 끄덕였다. 그의 설명으로는 친척인 선원이 카이로인가 어딘가에서 이것을 가져왔는데, 진귀한 것이니 학교에 가져가는 게 좋겠다고 해서 이과(理科) 표본실

---

1) '회충이라는 벌레가 있었다. 몸은 하나에 입이 둘이라. 음식을 놓고 서로 다투고 깨물며 잡아먹다가 마침내 스스로 죽음에 이르렀다.' 『한비자』 제23 「설림편(說林編)」 하(下) 중에서. 한비자(韓非子, BC 280~233경)는 한(韓)나라 귀족 출신이며, 이사(李斯)와 함께 순자(荀子)의 제자다. 전국시대의 정치철학자로, 『한비자』는 그의 법가 사상을 집대성한 책이다.

담당 교사인 내게 들고 왔다고 했다.

"호오. 그것참!"

나는 고맙다는 말도 없이 상자를 받아 들고 용을 닮은 작은 괴물을 내려다보았다. 도마뱀보다 훨씬 입체적인 느낌이 드는 이 동물은 머리가 크고 꼬리가 길게 말렸으며 추워서 기운이 없는 듯했으나 짙푸른 앞다리로 점잖게 솜을 단단히 밟고 서 있었다. 학생은 내게 카멜레온을 건네주고 나서 내 앞에 서 있는 것이 부끄럽다는 듯 꾸벅 머리 숙여 인사하고는 돌아가 버렸다.

상자를 직원실로 가져온 다음에야 나는 비로소 이 동물을 기르기가 어렵겠다는 생각이 들었다. 학교에는 온실이 없었다. 나는 일단, 화로 옆에 있는 후박나무 분재 가지에 그것을 올려놓았다. 처음에는 꼼짝도 하지 않더니 어느새 화로의 온기에 기운을 차렸는지 조금씩 움직이기 시작했다. 눈구멍은 상당히 컸지만, 주위를 살피는 눈알은 아주 작았고, 그 작은 눈알을 빙글빙글 사방으로 굴리면서 낯선 풍경을 살피는 듯했다. 이윽고 후박나무 가지에서 잎 쪽으로 기어 나와 몸의 무게 때문에 미끄러질 뻔하다가 녹색 잎을 발가락으로 잡고 버티나 싶더니 그만 떨어져버렸다. 그렇게 몇 번이나 화분의 흙과 마루 위로 떨어졌다. 떨어질 때마다 자기가 저지른 실수 때문에 놀림을 받고 화가 난 아이처럼 심각한 표정으로 일어나 (등을 장식하며 솟아 있는 돌기에서 실제로 어떤 위엄 같은 것이 느껴졌다) 마구 걷기 시작했다.

교직원들이 모두 신기해하며 다가와 구경했다. 대체 이것이 무엇인지 궁금하다며 모두들 한마디씩 했다. 한문을 가르치는 노교사는 뭔가 착각했는지 "아무래도 이것은 성병 약으로 쓰는 놈 같은데, 그늘에 말린 다음 달여서…"라고 말을 꺼냈다.

누군가가 어디서 파리를 잡아와 날개를 뗀 다음 손바닥에 올려놓고 앞으로 내밀었다. 그 순간, 카멜레온의 입에서 휙! 하고 엷은 주황색 기다란 혀가 나왔다가 혀끝에 파리가 달라붙자마자 이미 입이 닫혔다.

결국 나는 이 생물을 어떻게 할 것인지, 표본실의 다른 교사들과 의논했다. 어차피 오래 살지 못할 테지만 카나리아 새장 같은 것이라도 만들어서 되도록 따뜻한 곳에 두고 이대로 학교에서 길러보기로 했다. 먹이는 학생들에게 철 지난 파리라도 잡아오게 하면 어떻게든 될 것이다. 그러나 그런 간단한 조처를 하기까지는 밤새 추위와 고양이의 습격에 노출될 테니, 당분간 내가 맡아서 아파트에서 기르기로 했다.

나는 그날 밤 내 방에 있는 작은 난로에 평소보다 많은 양의 석탄을 넣었다. 최근에 죽은 앵무새의 둥근 새장을 가져다 안에 솜을 깔고 거기에 카멜레온을 넣었다. 물을 마실지 어쩔지 몰랐지만, 어쨌든 새 물통도 넣어주었다. 우습게도 나는 꽤 신이 나서 흥분하고 있었다. 단지 추위 때문에 이 동물이 머지않아 죽을지도 모른다고 생각하면 기분이 우울했다. 어차피 오래 버티지 못할 바에는 학교에서 키우지 말고 차라리 내 곁에 두고 싶었다. 동물원에 기증할 생각도 했지만 그러기에는 뭔가 아쉬웠다. 나는 그 동물을 내가 사적으로 받은 것처럼 여겼던 것이다.

오랫동안 내 안에서 잠자던 이국정서가 이 진기한 동물의 뜻하지 않은 출현과 함께 다시 깨어났다. 오래전에 오가사와라(小笠原)에 놀러 갔을 때 보았던 바다 색깔, 열대식물(야자수)의 두껍고 윤나던 잎, 눈부시게 빛나던 하늘, 원색의 선명하고 아름답던 색조, 타오르던 빛과 열기. 진기하고 이국적인 것을 향한 생생한 감흥이 갑자기 가슴에서 일어나기 시작했다. 창밖의 하늘은 진눈깨비라도 내릴 듯해서 나는 오랜만에 마음이 설레었다. 난로 가까이 새장을 놓고 방구석에 있던 고무나무와 파초 화분을 그 옆에 놓았다. 그리고 새장 입구를 열어놓았다. 밖으로 나올 것 같지는 않았지만, 혹시 고무나무에 올라가고 싶어할지 몰랐기 때문이었다.

2.

아침에 일어나서 보니 카멜레온은 고무나무가 아니라, 책상 아래에 있던 책 위에 올라가 작은 눈알로 내 쪽을 바라보고 있었다. 생각보다 건강해 보였다. 어젯밤은 방을 아주 따뜻하게 했기에 너무 건조한 탓인지 오히려 내 목이 약간 아팠다. 카멜레온이 올라간 책은 쇼펜하우어의 논문집 『소품과 단편집』이었다.

쉬는 날이었지만 나는 카멜레온 문제로 오후에 학교에 나갔다. 어젯밤 생각했던 대로 설비가 준비되지 않은 상태에서 학교에 두기보다는 내가 키우기로 작정했기 때문이었다. 학교에서도 카멜레온 한 마리를 위해 온실을 만들어주지는 않을 것이다. 학교에 가서 허락을 구하자, 교장과 교사들은 어제 일을 이미 잊어버린 듯했다. 그들은 "아, 어제 본 그 벌레 말입니까?"라고 물었다. 결국, 이 작은 파충류의 출현에 미친 듯 기뻐한 사람은 나뿐이었던 것이다.

학생들한테서 어제 부탁했던 파리를 받았다. 뜻밖에도 파리들은 그때까지 살아 있었다. 성냥갑 가득 들어 있으니 2, 3일분 먹이로는 충분했다. 집으로 돌아가는데, 뒤에서 국어 교사인 요시다가 따라오더니 마침 자기도 퇴근하는 길이라고 해서 함께 걸었다. 뭔가 간절하게 이야기하고 싶은 일이 있는 모양이었다.

우리는 M 베이커리에 들러 차를 마시며 한 시간 정도 이야기를 나눴다.

그는 나와 거의 같은 또래지만, 정말 이 남자만큼 정력이 넘치고 대단한 현실주의자를 나는 본 적이 없다. 그는 물질만능주의에 아무런 회의나 거부감도 없고, 부끄럽다거나 꼴사납다는 등 남의 비판 따위를 전혀 개의치 않는, 그야말로 '수치심'과는 거리가 먼 사람이다. 지칠 줄 모르는 일벌레, 유능한 직장인, 방법론의 대가. '본질적인 문제 따위는 악마에게나 줘버려라!'라고 말할 것 같은, 항상 대담하고 늠름하게 편견으로 충만하여 어떤 일이든 전력을 다해 해치우는 남자다. 운동회든, 전람회든, 학예회든, 동아리 잡지 편집이든, 뭐든지 혼자 맡아서 처리한다. 그에게 '추상'이란 '무의미'와 같은 말이다.

올해 설날이었다. 어느 학급에서 학생 서너 명이 귤과 떡을 사러 갔다. 학교 앞은 경사가 심한 비탈길인데, 물건을 사러 갔던 학생들이 보따리를 들고 비탈길을 중간쯤 올라왔을 때 한 학생이 들고 있던 보따리가 풀려 안에 들어 있던 귤이 쏟아져 나왔다. 두 개, 세 개, 네 개, 일곱 개, 여덟 개… 매우 가파른 급경사여서 선명한 빛깔의 귤들이 계속해서 비탈길을 구르기 시작했다. 그 학생은 생각지도 못했던 실수를 저지르고 얼굴을 붉히며 풀어진 보따리를 다시 묶을 뿐, 구르는 귤을 뒤쫓아갈 엄두조차 내지 못하고 있었다. 게다가 학교 사람들만이 아니라 일반인들도 많이 오가고 있었으므로 몹시 부끄러웠을 것이다.

마침 그때 비탈 위에 서 있던 요시다는 이런 광경을 보자마자 맹렬한 기세로 뛰어 내려갔다. 작은 자갈에 미끄러져 앞으로 고꾸라질 뻔하면서 길에 서 있던 학생을 들이받고, 단신의 등을 구부리고 구르는 귤을 쫓아 달려갔다. 한 번 넘어졌지만, 곧바로 일어나 바지에 묻은 흙도 털지 않고 다시 달리기 시작해서 맞은편 개천으로 굴러떨어질 뻔한 열여섯 개의 귤을 모두 주워 모았다. 학생들도 지나가던 사람들도 걸음을 멈추고 멍하니 그를 바라보며 그 맹렬한 기세에 넋이 나간 채 서 있었다. 요시다는 귤을 주머니에 쑤셔 넣고, 두 손에도 들고 학생들에게 소리쳤다.

"모두 멍청히 보고만 있으면 어떡해!"

그리고 비탈길을 걸어 올라왔다. 그의 얼굴이 붉어진 것은 달려왔기 때문이지, 결코 부끄러웠기 때문이 아니었다. 나는 그 순간, 이 남자야말로 내 롤모델로 삼을 만한 인물임을 절실히 느꼈다. 이 남자는 내게 늘 이런 식으로 인간이―혹은 생물이―살아야 한다고 가르쳐주었다. 그를 보고 초등학생 같은 인물이라고 평한 사람도 있었다. 그가 그렇게 말한 이유는 초등학교 학생이 중학생보다 일도 잘하고, 시건방진 구석도 없고, 더 쓸모 있을지도 모르기 때문이라고 했다. 나도 무기력한 대학생보다는 발랄하고 조숙한 초등학생 쪽이 훨씬 낫다고 생각했다.

요시다는 안주머니에서 종이 한 장을 꺼내서 내게 펼쳐 보였다. 내가 그 종이를 보게 된 것은 오늘로 두 번째였다. 그것은 그가 어딘가에서 찾아내어 정성 들여 옮겨 적은 학교 전 직원의 월급명세서였다. 더욱이 전년도 보너스 추정액까지 적어놓았다. 그는 이런 것을 캐내는 일에 실로 능숙했고, 또 그것을 자랑스러워하고 있었다. 그는 마치 흥신소 직원처럼 자기와 알고 지내는 모든 사람에 관해 신원조회라도 하는 것 같았다. 특히, 자기가 반감을 품은 사람들은 집요할 정도로 철저하게 조사해서 그들의 비리를 캤다. 그는 월급명세서에서 부당하게 자기보다 봉급을 많이 받는다고 생각하는 교사의 이름을 빨간색 연필로 표시해두었다. 그리고 그것을 이 사람 저 사람에게 보여주며 간사이(關西) 지방 사투리로 불평을 늘어놓았다.

"T는 요릿집 여자 같은 주제에 나보다도 돈을 많이 받네. 정해진 기준도 없이 처음에 어떻게 합의하느냐에 따라 봉급이 정해지니, 이건 정말 엉터리야!"

이전에 이 명세서를 보여줬을 때에도 그는 T라는 교사에 관해 말했다. 지금 보니 T의 이름에만 빨간색 표시에 덧붙여 파란색으로도 진하게 표시를 해두었다.

"너무 엉터리여서 교장에게 따지러 갔죠. 내가 겁 없이 굴었는지는 모르겠지만, 나는 교육받은 연한도 더 기니까, 얼마라도 좋으니 T보다 봉급을 더 올려달라고 했죠. 그랬더니, 맞는 말이라면서 T보다 고작 3엔 정도 올려주겠다는 거예요. 어쨌든 그나마 지금보다는 낫겠지만."

요시다는 월급명세서를 앞에 펼쳐놓은 채 계속해서 직원 한 사람 한 사람에 대해 경력이나 가정환경 등을 늘어놓기 시작했다. 여교사 가운데 누구는 사범대를 나왔다고 떠들고 다녔지만, 사실은 임시 교원 양성소를 나왔고, 국어 주임 N은 월급 2개월분을 가불했으며, 미술 과목 노교사 H는 학교에 납품하는 표구점과 화구점에서 엄청나게 이문을 챙겼고, 영어 선생 S는 음악 과목 여교사와 최근 자주 어울린다는 등 남의 비밀을 아는 것이 그에게는 더할 수 없이 만족스럽다는 듯한 말투였다. 그의 말에 따르면, 오늘 주임인 N과 언쟁이 있었고, 체조 교사와도 다툰 모양이었다. 아무래도 지난달 운동회를 진행할 때 요시다와 다른 교사들 사이에 있었던 의견 충돌이 아직도 갈등으로 남아 있는 듯했다. 그는 업무에 쫓기지 않으면 마치 위산이 과다하게 분비되는 위가 음식물을 소화하지 못할 때와 비슷한 상태가 되는 듯, 사람들과 마찰을 일으켰다.

한 시간 정도 그의 이야기를 듣고 나서 별로 유쾌하지 못한 기분이 된 나는 파리가 가득 들어 있는 성냥갑을 가지고 집으로 돌아왔다.

밤중에 밖으로 나와 무심코 동쪽 하늘을 바라보았을 때 나도 모르게 "아!" 하고 소리를 질렀다. 벌거벗은 팽나무의 큰 나뭇가지 사이로 봄 이래 반년 만에 오리온별자리가 떠 있는 것을 발견했기 때문이었다. 어렸을 때 할머니가 푸른색 작은 귤이 나오는 무렵이면 오리온자리 별 세 개가 보이기 시작한다고 말씀하셨던 것이 생각났다. 오리온 위에 카펠라, 빨간 알데바란, 유리 그릇에 얼어붙은 물방울 같은 묘성[2]이 선명하게 모습을 드러내고 있었다. 그리고 남쪽 하늘 높은 곳에 왼쪽부터 차례로 거의 같은 간격을 두고 늘어선 것은 토성과 목성, 화성인 듯했다. 특히 희게 빛나는 목성은 주위를 압도할 정도로 찬란했다.

무척 추웠지만, 바람은 불지 않는 고요한 밤이었다. 세 행성을 바라보면서 나는 『시와 진실』의 서문을 떠올렸다. 거기에는 괴테가 자신이 태어난 날의 길조를 반영하는 별자리의 모습을

---

2) 황소자리의 플레이아데스성단에서 가장 밝은 6~7개의 별들로, 이십팔수(二十八宿)의 열여덟째 별자리 별들이다.

자신감 넘치는 필치로 묘사한 대목이 있었다. 나는 고등학교 이과 3학년 시절, 이 책을 제2 외국어 교과서로 사용하여 공부할 때 서문의 이 대목이 가슴에 와 닿았기에 분명히 기억하고 있었다. 갑자기 그 책의 녹색 표지와 금박으로 인쇄한 제목을 시작으로 그 책을 처음 받았을 때 풍기던 잉크 냄새, 독일어 선생의 모습, 그의 음성, 그리고 당시 같은 반 친구 사이에 일어났던 여러 가지 사건까지 선명하게 떠올랐다.

청춘 시절에 대한 그리움으로 안타까운 심정이 된 나는 방으로 돌아왔다. 서가와 책장을 발칵 뒤집으면서 그 옛날의 『시와 진실』을 찾아보았지만, 눈에 띄지 않았다. 바닥에 어질러진 책 사이에서 한동안 젊음에 대한 아쉬움과 우정에 대한 갈증으로 나는 안절부절못하면서 뭐라 말할 수 없는 안타까움을 느꼈다.

며칠 전에도 나는 이런 경험을 했다. 어떤 단어를 찾으려고 영어사전을 뒤적이다가 우연히 'Opera'라는 단어를 보았을 때 그 순간 뭔가 밝고, 화려하고, 생기 있는 어떤 것이 내 앞을 획! 하고 스쳐 간 듯한 느낌이 들었다. 시골 어둑한 논길에 서서 제방 위를 지나가는 밤 기차의 밝은 차창들을 볼 때처럼 지금까지 까맣게 잊고 있던 화려한 꿈의 한 조각이 아주 먼 세상으로부터 다가와 흘끗 앞으로 지나간 듯했다.

학생 시절, 해마다 3월이 되면 당시에는 영화관이 아니었던 제국극장[3]에서 러시아와 이탈리아 가극단이 공연했다. 나는 주머니 사정이 허락하는 한, 「카르멘」이나 「리골레토」나 「보리스 고두노프」[4]와 같은 공연을 보러 갔다. 밝은 조명 아래 여배우들의 풍만한 어깨와 흰 팔에서 솜털이 빛나고, 그들의 홍조 띤 볼과 출렁이는 금발이 내 시선을 사로잡고, 육감적이고도 젊디젊은 목소리가 기분 좋게 울리며 나를 열광하게 했다. 우연히 눈에 들어온 'Opera'라는 다섯 글자는 오래전에 내가 잃어버린 멀고 화려한 세상의 향기를 흘깃 풍기며 잠시 나를 혼란스럽게 했다. 원래 찾으려던 단어도 잊은 채 나는 'Opera'라는 글자를 뚫어지게 바라보며 멍하니 앉아 있었다.

자꾸 옛일을 회고하는 것은 몸이 쇠약하기 때문이라고들 한다. 나도 그렇게 생각한다. 그러나 무엇보다도 현재 몰두하는 일이 없다는 것이 가장 큰 원인일 것이다. 실제로 최근 내가 살아가는 모습을 돌아보면 비참하고, 한심하고, 속마음을 표출하지 못해 응어리를 만들고, 나 자신을 물어뜯고, 완전히 비뚤어져서 천박한 냉소주의만이 남아 있는 듯하다. 도대체 왜, 그리고 언제부터 내가 이렇게 되었을까? 어쨌든 나의 이런 상태를

---

3) 1911년 연극개량운동의 일환으로 창설되었으나 관동대지진으로 소실되었다. 재건 후에는 경영 부진으로 1937년 동보주식회사로 넘어가 영화 진흥의 중심이 되었다.
4) 무소륵스키의 오페라로 러시아 황제 보리스 고두노프(Boris Godunov)의 생애를 그린 작품이다.

자각했을 때에는 이미 이처럼 이상하게 되어버린 뒤였다. 이것은 좋고 나쁨의 문제가 아니다. 군이 말하자면 곤혹스러운 것이다. 어쨌든 나는 주위에 있는 건강한 사람들과 다르다. 긍지는 둘째 치고 불안하고 초조하다. 사물을 대하는 느낌이나 마음의 향방이 다르다. 다른 사람들은 현실을 살고 있는데 나는 그렇지 못하다. 개구리 알처럼 엷은 막에 싸여 있다. 현실과 나 사이를 투명막처럼 시선을 굴절하는 것이 가로막고 있어서 사물을 직접 보고 느낄 수 없다. 처음에는 그것을 지적인 장치로 여기고 곤혹스러워하면서도 스스로 잘난 척했던 적이 있었다. 그러나 아무래도 그건 아니었다. 가장 근본적이고 선천적인 능력 자체가 모자란 것 같다. 그것도 하나의 능력이 아닌 여러 가지 능력이 모자라다. 예를 들면 개인을 개인답게 하는, 가장 보편적인 의미에서의 공리적인 성격이 내게는 결핍된 것 같다. 또, 사물을 하나의 계열 ─혹은 목적에 따라 배열된 하나의 순서─ 로 이해하는 능력이 내게는 없다. 하나하나를 각기 독립적인 것으로 파악할 뿐이다. 하루하루를 장래의 어떤 계획을 위한 하루로 생각할 수가 없다. 그 자체로서 독립적인 가치가 있는 하루가 아니라면 나는 이해하지 못한다. 그리고 사물(나 자신을 포함해서)의 내부로 곧바로 들어가지 못하고, 우선 바깥에서 위치를 가늠해본다. 전체에서 그 사물이 차지하는 위치, 큰 것과 비교할 때 그것의 위치를 헤아려보고는 실망해서 직접 그 안으로 들어가지 못하는 것이다. 'Sub Specie Aeternitatis'[5] 즉, 영원의 관점으로 바라본다고 해서 특별히 철학자 흉내를 내는 것은 아니다. 오히려 가장 평범한 무상관(無常觀)으로 보는 것이다. 즉, 분수에 맞지 않게 모든 것을 영원과 대비시켜 생각하기에 그 무의미함을 먼저 느끼게 되는 것이다. 실질적인 대처법을 찾기도 전에 '아, 무상하다!'라고 뼈저리게 그 무의미함을 느끼고 모든 노력을 포기해버리는 것이다.

돌아보면 대체로 지금까지 삶의 방식은 어쩌면 그토록 무의미했던가? 정신을 통일하거나 집중하지 못하게 하면서 인생을 허비했다고 해도 틀린 말은 아니다. 어쨌든 나는 자신을 잠재우고 자신이 가진 것을 부정하는 데에만 힘을 쏟았던 것 같다.

일찍이 감각이 예민했던 시절에는 너무 거기에만 치우치지 않으려고 내키지도 않는 무미건조한 개념들을 생각하면서 감각을 무디게 하려고 애썼다. 그리하여 결국 모든 개념이 회색이라는 것을 알았을 때에는, 그리고 고심 끝에 제거하는 데 성공한 바로 그 감각이 얼마나 황금처럼 윤기 있고 싱싱한 초록색을 띠고 있었는지를 깨달았을 때에는 이미 아무것도 되돌릴 수 없었다.

---

5) 네덜란드 철학자 스피노자(Barch de Spinoza, 1632~1677)의 범신론적 사상을 나타내는 말로 인용된다. '영원의 관점으로'라는 뜻이다.

기억력이 아주 좋았던 시절에 오히려 나는 그 점을 경멸했다. 기억하는 능력밖에 없는 인간은 덧셈밖에 못 하는 인간과 다를 바 없다고 생각하여 내게서 기억력을 없애려 했다. 이는 상당히 무리한 시도였기에 적어도 기억력을 사용해야 하는 일만은 피하려 했다. 그런데 인간의 삶에서 대부분 고귀한 부분이 가장 기초적인 의미에서 정신의 이런 능력에 기대고 있음을 온몸으로 깨닫게 된 지금, 내게는 기억력이(여러 가지 의약품의 과도한 흡입과 복용으로) 이미 사라져버렸다.

지금도 그렇지만, 오래전부터 나는 밤에 자리에 누워도 쉽게 잠들지 못했다. 이는 지난 10년간 하루라도 복용하지 않으면 천식이 멈추지 않는 진정제 탓이지만, 결국 밤에 두세 시간 자고 나면 낮에는 온종일 몽롱한 상태로 지낸다. 잠자리에 들어도 눈이 말똥말똥하지만, 억지로라도 잠을 자야 한다고 생각해서 내 일과에서 가장 머리가 맑은 몇 시간을 잠들려는 소극적이고도 하찮은 노력을 기울이는 데 허비해버렸다. 하지만 그때야말로 여러 가지 생각이 싹트고 분출하는 기분이 들었다. 그러나 거기에 생각을 집중하면 밤새도록 흥분해서 잠을 이룰 수 없을 테고, 그러면 내일 또 발작하리라는 생각에 마음이 흔들려 그런 단편적인 사유의 싹을 뭉개버렸다.

나는 얼마나 많은 사색의 불씨를 침상의 어둠 속에서 무참히 잘라버렸던가. 물론, 나는 사상가도 과학자도 아니니, 퍼뜩 떠오르는 즉흥적이고 단편적인 생각이 모두 훌륭할 수는 없을 것이다. 그러나 처음에는 아주 하찮은 생각도 나중에 어떻게 발전하느냐에 따라 뜻밖에 재미있는 것이 될 수도 있다는 사실은 물질계나 정신계에서 흔히 확인할 수 있다. 어둠 속에서 나에게 무참히 살해당한 무수한 상념(그것들은 높이 바람에 날리는 무수한 민들레 홀씨처럼 어둠 속에 흩날려 다시는 돌아오지 않는다) 중에 그런 것들도 다소 섞여 있었으리라 믿는 것은 자만에 불과할까?

그런데 지난 수년간 그런 식으로 정신에 총기가 있을 때에는 그것을 잠재우려 애쓰고, 졸리고 몽롱한 상태일 때에만 작동시키려 했다. 아니, 정신이 전혀 활동하지 못하게 했다(무엇을 위해? 건강 때문에? 왜? 그래서 건강은 좋아졌던가? 아니, 조금도 좋아지지 않았다). 내 이 바보 같은 계획은 성공했다. 제대로 된 수면도, 제대로 된 각성도 사라졌다. 내 정신은 이제 작동할 힘을 잃었고, 완전히 사장되고 정체되어 부패했다. 정신의 통조림, 썩은 통조림, 미라, 화석.

이보다 더 완전하고도 훌륭한 성공이 있을까.

3.

어젯밤 취침 무렵부터 가슴이 조금 답답하더니, 한밤중 우려했던 대로 늘 일어나는 발작에 시달리며 잠에서 깨었다. 아드레날린 주사를 놓고 아침까지 이불 위에 앉아 있었다. 호흡 곤란은 겨우 가라앉았지만, 두통이 몹시 심했다. 아침이 되어서도 아직 불안했기에 에페드린 여덟 알을 먹고 아침 식사는 걸렀다. 가슴이 답답해서 똑바로 누울 수조차 없었다. 종일 의자에 앉아 책상에 기댄 채 새장 앞에서 턱을 괴고 카멜레온을 지켜보았다.

카멜레온도 기운이 없었다. 미동조차 하지 않으며 홰에 앉아 작은 눈알로 이쪽을 보고 있었다. 마치 명상하는 사람 같았다. 꼬리가 말린 모양이 재미있었다. 앞 발가락 세 개, 뒤 발가락 두 개로 홰를 움켜쥔 몸통의 색깔은 변할 기색이 없었다. 전혀 다른 환경으로 끌려왔기에 아직 적합한 색소를 준비하지 못한 탓일까?

보고 있자니 사물이 점점 '카멜레온의 관점으로'[6] 보이는 것 같다. 인간에게 상식으로 통하는 일이 하나하나 불가사의하고 불확실하게 여겨진다. 두통은 여전히 멎지 않았다. 대체로 무지근한 통증이지만 가끔씩 머리가 지끈거리며 점점 더 심해졌다.

---

6) sub specie chameleonis: 앞에서 나온 스피노자의 말 '영원의 관점으로(Sub Specie Aeternitatis)'를 빗대어 표현한 것이다.

두통 사이사이에 띄엄띄엄 떠오르는 단상.

'나'라는 인간은 내가 생각하는 만큼의 내가 아니다. 나 대신에 습관이나 환경이 작동하고 있다. 여기에 유전적인 요소나 인간이라는 동물의 일반적 습성 따위를 생각하면 '나'의 특수성은 사라지고 말 것이다. 말할 필요도 없겠지만, 몰아의 상태로 행동하면서 이런 사실을 의식하는 사람은 없다. 하지만 나처럼 전력을 쏟는 일이 없는 사람은 이런 점을 늘 의식하게 마련이다. 그래서 결국 뭐가 뭔지 모르는 상태가 되어버린다.

나는 나 자신이 '나'를 구성하는 물질적 요소와 그것을 조종하는 어떤 것이 만들어낸 작동 인형처럼 느껴진다. 얼마 전에는 기지개를 켜다가 문득 이 동작도 나를 조종하는 어떤 것의 조작처럼 느껴져 가슴이 섬뜩하여 뻗었던 팔을 내렸던 적이 있다.

한 달 전쯤 나는 내 몸의 기관 하나하나를 (신체모형도를 보았을 때나 동물을 해부할 때의 경험을 떠올리면서) 눌러보고는 크기와 형태, 색깔, 습도, 부드러운 정도 등을 눈을 감고 상상해보았다. 이전에도 이런 경험이 없었던 것은 아니지만, 그때에는 단순히 내장, 위, 장이 몸속에서 자리 잡은 상태를 가늠해보았을 뿐으로 그것은 매우 추상적인 상상이었다. 그러나 이번에는 뭐랄까, 직접 '나'라는 개인을 구성하는 위, 장, 폐(말하자면 각기 다른 특성이 있는 기관으로서)를 그 색깔이나 수분, 촉감 등이 포함된 상태로 확실하게 작동하는 모습 그대로를 상상해보았다(물렁물렁하고 축처진 회색 주머니나 보기 흉한 관이나 그로테스크한 펌프 등). 그것도 전에 없이 오랫동안, 거의 반나절 동안 상상했다. 그렇게 내 몸을 구성하는 각 부위에 두루 생각이 미치자 점차 '나'라는 인간의 소재가 막연해졌다. 나는 도대체 어디 있는가. 이런 의문이 든 것은 내가 대뇌의 생리를 자세히 모르기에, 또 자의식에 대해 무지하기 때문일 것이다. 이것은 나 자신이 직접 몸으로 느끼는 의혹이었다.

그날 이후 이런 상상에 빠지는 일이 버릇이 되고, 무언가에 마음이 쏠려 다른 것을 잊고 있을 때 말고는 내 몸 안의 모든 기관의 존재를 생생하게 의식하게 되었다. 아무래도 건전하지 않은 습관이라는 생각이 들었지만, 어쩔 도리가 없었다. 의사들도 이런 경험을 했을까. 그들은 자신의 몸도 환자의 몸처럼 의식할 뿐, 개체로서 자신을 구성하는 장이나 위나 폐를 의식하지는 못하는 것이 아닐까.

몸이 두 동강 나면 잘린 부분끼리 서로 싸움을 벌이는 벌레가 있다고 하는데, 나도 그런 벌레가 된 것 같은 기분이 들었다. 아니, 두 동강이 아니라 여러 조각으로 나뉘어 싸우는 듯했다. 지향하는 외부 대상이 없으면 자신을 물어뜯고 괴롭힐 수밖에 없는 모양이다.

나는 어떤 일을 예상할 때 늘 최악의 경우를 상상한다. 거기에는 결과가 예상보다 좋으면 안심하고 하찮은 기쁨을 느끼겠다는 지극히 소심한 계산도 있을 것이다. 누군가를 방문할 때면 그가 부재중인 경우를 예상해서 낙담하지 않으려고 마음의 준비부터 한다. 집에 있더라도 뭔가 복잡한 사정이 있다든가, 다른 손님이 와 있다든가, 또는 어떤 다른 이유로(가령 내가 도저히 짐작할 수 없는 이유로) 표정이 밝지 않을 때처럼 여러 좋지 않은 상황을 예상하고, 그럴 때가 상황이 좋을 때보다 더 흔할 수 있다는 사실을 명심하여 절대 낙담하지 않도록 나 자신을 설득한 상태로 집을 나서는 것이다.

나는 이처럼 실망하지 않기 위해 무슨 일에든 아예 처음부터 희망을 품지 않기로 작정했다. 낙담하지 않으려고 애초부터 욕망을 버리고, 성공하지 못하리라는 예견으로 아예 노력조차 하지 않고, 모욕을 당하거나 거북한 느낌이 들지 않게 사람들 앞에 나서지 않으려고 했고, 남이 내게 무언가를 부탁했을 때 느낄 곤혹을 과장되게 유추해서 나도 남에게 어떤 부탁도 할 수 없게 되었다. 밖을 향해 열린 모든 기관을 닫아버리고, 마치 겨울에 땅에서 캐낸 뿌리열매처럼 되고자 했다. 그런 상태에 도달한다면 외부에서 어떤 온정이 뻗쳐도 순간적으로 얼어붙는 차가운 물방울처럼 단단한 돌이 되리라 생각했다.

바야흐로 나는 돌이 되리라. 돌이 되어 차가운 바닷속에 가라앉고 싶어라.

싸락눈 내리고 도깨비불 타오르는 겨울밤, 부서질 돌이 될 검은 조약돌.

눈 감으면 얼음 위를 스치는 바람. 부서진 돌이 되어 굴러갈 운명인 것을.

썩은 물고기 눈동자는 빛을 잃고, 돌이 될 날을 기다리는 내가 있다.

인생의 쓸쓸함을 응시하며 차가운 별 위에 홀로 있네.

지금까지 단가를 지어본 적이 없는 나는 이런 이상한 글을 장난처럼 아무렇게나 쓰고는 '구근(球根)의 노래'라는 제목도 붙였다.

어항 안의 금붕어. 자기 위치를 깨닫고 자기와 자기 세계의 사소함과 협소함을 모두 알아버린 절망적인 금붕어.

절망하면서도 자신과 협소한 자기 세계를 사랑할 수밖에 없는 금붕어.

어린 시절 나는 나를 제외한 모든 사람이 둔갑한 여우가 아닌지 의심한 적이 있다. 부모를 포함해서 세상 모든 사람이 나를 속이려고 생겨난 것은 아닐까. 그리고 언젠가는 이 마술이 풀리는 순간이 찾아오지 않을까.

지금도 그렇게 생각하지 않는 것은 아니다. 하지만 늘 그렇게 생각하지 않게 하는 것이 이른바 '상식'이나 '관습'이라는 것이다. 그렇다 해도 나처럼 세상과 단절된 인간에게는 그것도 그리 강한 힘을 발휘하지 못한다. 마치 조명의 변화로 무대 분위기가 한순간에 변하듯이 한 번의 스위치 작동으로 행복한 세상이 될 수도 있고, 아무 희망 없는 캄캄한 세상이 될 수도 있다. 나에게 그 스위치는 때로 호흡 곤란이 닥치느냐 그러지 않느냐이며, 염산코카인이나 지우레틴이 효과가 있느냐 없느냐, 날씨가 맑으냐 흐리냐, 옛 친구에게서 편지가 왔느냐 오지 않았느냐 따위다.

조직이나 관습, 질서처럼 때로 이해하기 어려운 거대한 공간에서 안주하던 상태에서 완전히 벗어난 인간은 자유롭지만 고통을 느낀다. 그런 자유인은 자기 내면에서 인류 발전의 역사를 다시 한 번 되풀이하게 마련이다. 보통 사람은 아무 성찰 없이 관습을 따르지만, 자유인은 자신이 종속되었던 관습을 돌아보고 그 관습이 성립하게 된 필연성을 실감하지 않는다면 그것을 따르려고 하지 않는다. 말하자면 인간이 어떤 관습을 성립한 몇백 년의 과정을 자기 내면에서 심리적으로 체험하지 않고서는 수긍하지 않는 것이다.

내 천성에도 그와 닮은 경향이 있는 듯하다. 다만, 그런 특별한 사람들이 때로 보여주는 탁월하고도 독창적인 사고가 모자랄 뿐이다.

내게는 한 친구가 '원교근공책'[7]과 같다고 말했던 경향이 있다. 열심히 프랑스 파리의 지도를 준비해서, 가보지도 않은 파리 지리를 머릿속으로 잘 알고 있으면서도 벌써 2년째 사는 이 항구도시의 유명한 경마장은 혼자 찾아가지도 못한다. 박물 교사인 주제에 박물과 관련된 것은 제대로 모르면서 고문을 읊조리거나 철학 같은 것이나 뒤지고 있다. 나는 한심하게도 내 것으로 만든 것이 아무것도 없으며, 설령 나만의 견해가 있다 한들 거기에 진정한 내 것이 얼마나 있겠는가. 이솝 우화에 나오는 멋쟁이 까마귀의 날개를 보자. 레오파르디[8]의 깃털 조금. 쇼펜하우어의 깃털 조금, 루크레티우스[9]의 깃털 찔끔. 장자나 열

---

7) 遠交近攻策: 먼 나라와 친교를 맺고 가까운 나라를 공격하는 외교 정략. 여기서는 도움이 되지 않는 비현실적인 일에는 아주 정통하지만, 현실적인 일에는 전혀 쓸모없는 성품을 말하고 있다.

8) 자코모 레오파르디(Giacomo Leopardi, 1798~1837): 이탈리아의 시인. 해박한 지식과 철저한 염세주의로 14세기 페트라르카 이후 이탈리아 최고의 서정 시인으로 불렸다. 어린 시절부터 아버지의 도서관에 틀어박혀 17세가 되기까지 독학으로 공부하여 그리스어, 라틴어, 히브리어, 영어, 프랑스어 등 고전어에도 완벽했던 언어의 천재였다. 하지만 이런 무리한 면학이 화가 되어 39세로 죽는 날까지 병마에 시달렸다.

9) 루크레티우스(Titus Lucretius Carus, BC 99~55): 고대 로마의 시인, 철학자. 그의 일생에 관해서는 별로 알려진 것이 없다. 미약(媚藥) 때문에 정신이상이 됐다거나 44세 때 자살했다고 전해지지만, 확실하지 않다. 서사시 『사물의 본성에 관하여(De rerum natura)』 여섯 권을 남겼다.

자의 깃털 조금. 몽테뉴의 깃털 조금…. 얼마나 흉측한 새인가.
(생각해보면 원래 세상을 호락호락하게 보는 사고방식을 가진 인간이 아니라
면 염세주의에 빠질 리도 없고, 자만하거나 자기를 제멋대로 만드는 인간이
아니라면 늘 그렇게 '자기 성찰'이나 '자책'을 되풀이할 리 없다. 그러니까 나
처럼 이런 나쁜 버릇에 빠지는 사람은 자신에게 지나치게 관대한 인간의 본
보기일 것이다. 틀림없이 그럴 것이다. 실로 나는 얼마나 대단한가. 이렇게 시
종일관 나만을 생각하다니.)

4.

오늘은 근무가 없는 날. 화, 수, 목, 3일간의 휴일이 이어진
다. 어젯밤은 겨우 잘 수 있었다. 거의 공포라고 해도 좋을 발작
에 대한 걱정도 일단 사라졌다. 내가 가진 마행감석탕[10]의 분량
을 조금 늘리는 정도로 해결될 것 같다. 무지근한 두통은 여전
히 사라지지 않았다. 오전에 약간의 구토 증세가 있었다.

엊그제부터 파리를 열두세 마리밖에 먹지 않은 카멜레온은
홰에서 내려와 솜 위에 웅크리고 있다. 이래서는 오래 살지 못
할 것 같다. 점차 어쩔 수 없게 되면 동물원에 데려가기로 하자.
뒷다리 쪽에 작은 흑갈색의 상처가 나 있다. 학교에서 마루에

10) 麻杏甘石湯: 감기나 기관지염, 천식 등에 사용하는 약.

떨어졌을 때 생긴 상처일 것이다. 까끌까끌한 등은 손가방 덮개에 사용하는 지퍼 비슷하다.

오늘도 오전 내내 작은 파충류를 앞에 두고 멍하니 턱을 괴고 앉아 있다. 조금 졸리다. 전날 밤에 전혀 잠을 자지 못한 날보다 어설프게 한두 시간 자고 난 다음 날이 더 졸리다. 꾸벅꾸벅 졸다가 번쩍 정신이 든 순간, 눈앞의 카멜레온 얼굴이 루이 주베[11]가 배역을 맡은 중세시대 파계승처럼 보인다. '카멜레온과 도롱이 벌레와의 대화'라는 레오파르디풍 작품을 써보고 싶어졌다. 도롱이 벌레의 형이상학적 의혹, 카멜레온의 쾌락주의적 역설 등 할 이야기가 많을 것이다. 물론 실제로 그런 글을 쓰지는 않았다. 글 쓰는 일은 너무 끔찍하다. 글자를 하나하나 써 내려가는 더디고 답답한 시간을 보내는 사이에 떠오른 생각은 대부분 사라지고, 머리를 스치고 지나간 것들 가운데 가장 쓸데없는 찌꺼기가 종이 위에 남을 뿐이다.

오후에 우연히 어느 책에서 내 정신의 실체를 더할 나위 없이 적절하게 설명해주는 표현을 찾아냈다.

---

11) 루이 주베(Louis Jouvet, 1887~1951): 프랑스의 배우이자 연출가.

"인간의 한계를 인정하지 않는 데서 오는 무기력. 왜곡된 이상에 대한 향수. 상처받은 자존심. 틈 사이로 무한을 보고 꿈꾸며 그것과 비교하여 자신도 사물도 본격적으로 생각하지 않는 무력감. 상황을 극복하거나 변화시키거나 조정할 힘도 없고, 자신이 원하는 대로 상황이 돌아가지 않을 때에는 아예 손대지 않으려고 한다. 스스로 하나의 목표를 정하고 희망을 품고 싸워나간다는 것은 불가능하고 터무니없는 일처럼 여겨진다."

나는 책을 덮었다. 무서운 책이다. 이토록 명확하게 나를 묘사하다니!

어떻게든 해야 한다. 이래서는 안 된다. 이대로 살다가는 모든 것이 흐지부지되고 말리라. 점차 '나'라는 개별성이 약해지면서 결국 개인으로서의 '나'는 사라지고 보편적인 '인간'으로 돌아가 버릴 것이다. 허튼소리가 아니다. 집착해야 한다! 욕심을 내야 한다! 오로지 한 가지 일에 몰입하는 것만이 유일한 구원의 길이다. 아미엘[12]처럼 바싹 마른 건어물이 되지 말자. 내 본연의

---

12) Henri Frédéric Amiel(1821~1881): 스위스의 작가. 자아 분석의 걸작 『내면 일기(*Journal intime*)』로 유명하다. 제네바 대학의 미학 교수와 철학 교수로 재직하는 등 겉으로 보기에 성공적인 삶을 살면서도 자신은 실패한 인생으로 여겼다. 그는 내면세계에 몰입하여 1847년부터 '내면 일기'를 쓰기 시작하여 죽을 때까지 계속했다. 그중 일부를 1883~1884년 '내면 일기 단편들'이라는 제목으로 처음 출간했다. 이 책은 높은 지성과 예리한 감수성을 지닌 인간이 불신으로 가득 찬 시대에 대항하여 가치를 찾고자 투쟁하는 모습을 보여주고 있다.

자세를 객관적인 시선으로 바라보자는 등 자연을 거스르는 불손한 짓거리는 그만두자. 있는 그대로의 상식을 존중하고, 맹목적인 생명의 의지만을 따르라. 그것이 자연에 대한 예의다.

저녁에 요시다가 찾아왔다. 매우 격앙된 모습이었다. 이전부터 그와 옥신각신하던 체조 교사가 오늘 "잠깐 만나주게." 하고 요시다를 대기실로 불러내어 난폭한 말로 그를 힐책하고 협박했다고 한다. 분개한 요시다가 곧바로 교장을 찾아가 호소했더니 교장은 그 교사의 난폭함을 비난하면서도 다툰 사람들은 잘잘못을 가리지 않고 똑같이 처벌한다는 이야기를 넌지시 비쳤다고 한다. 그는 교장의 태도를 매우 불만스럽게 생각했다. 그는 "그만둘 거야."라는 말을 여러 차례 되풀이했다. 그는 예전에도 서너 차례 이런 일로 소란을 피우며 직원들에게 "그만두겠다."고 떠들고 다녔지만, 끝내 그만두지 않았다. 그리고 언제 그랬느냐는 듯이 그런 사실조차 까맣게 잊고 있었다. 화가 나면 소란을 피우며 아무한테나 가서 넋두리를 늘어놓고, 자기가 정당하고 상대방이 부당하다는 사실을 인정받지 못하면 견디지 못했다. 그러나 아무리 화가 나도 자기한테 손해가 되는 일(상대방과 치고받거나 과감하게 사표를 던지는 등)은 절대 하지 않는다. 오늘도 단지 내 아파트가 학교 근처에 있기에, 집으로 가는 길에 들러 그다지 친하지도 않은 사이지만 자신의 정당성을 한 사람이라도 더 인정하게 하고 싶었을 뿐이다. 그가 학교를 그만둘 리는 없다. 너무 소란을 피우면 나중에 일을 수습하기 어려워져 난감한 상태에 놓이리라는 걱정도 하지 않는다. 수치심 따위는 안중에도 없다. 단지 어떤 경우에라도 손해 보지 않게끔 행동하는 것은 그의 몸에 밴 본능일 것이다.

한바탕 열을 올리고 나자, 다소 만족한 듯 이번에는 어제 어느 선배에게서 소개받아 교육위원회 부장을 만났던 이야기를 시작했다. 교육위원회 부장이 자기를 매우 환대해주고 또 놀러 오라며 어깨를 두드려주었으며 앞으로도 가끔 찾아뵈려 한다고 했다. 이 교육위원회 부장님(그는 '님' 자를 붙이면서 이런 고관에게 충성심과 존경심을 품지 않는 인간은 상상할 수도 없다는 듯한 태도를 보였다)은 아직 나이가 젊어서 앞으로 계속 출세할 것이라고 했다. 그리고 그는 장인이 현 내각의 모 고관이라는 둥 몹시 황송하다는 말투로 이야기했다. 이미 조금 전에 분개했던 일은 완전히 잊어버린 듯 행복한 표정을 지었다.

요시다가 돌아가고 나서 나는 '행복'이라는 것을 잠시 생각해보았다. 흥분해서 소란을 피우고 타인에게 자기 처지를 이해하게 하는 일이 그에게는 행복이었고, 공무원과 가깝게 지내는 것이 그에게는 최고의 기쁨이었다.

내게는 그것을 비웃을 자격이 없다. 설령 자격이 있다 치자. 그렇다면, 내게 어떤 행복이 있다는 말인가.

'세상 사람들이 화평하고 즐겁기가 푸짐한 잔칫상을 받은 듯, 봄 누대에 오른 듯하구나. 아직 울음소리도 내지 못하는 갓난아기처럼 나 홀로 두려워하며 피곤함에 지쳐 돌아갈 곳조차 없는 신세. 세상 사람들은 밝고 분명한데 나 홀로 불안해하며 갈피를 잡지 못하고, 그들은 알아서 척척 잘도 처신하는데 나 홀로 괴로워하며 번민하노라….'

교육위원회 부장에게 고마워서 기쁘게 눈물을 흘리는 요시다의 모습이 야유나 반어가 아니라, 진심으로 부럽게 느껴졌다.

밤에 잠자리에 들고 나서 조금 전 협박 운운하던 요시다의 말을 떠올리며 의욕은 대단하지만 완력이 없는 요시다가 그때 어떤 태도를 보였을지를 생각하니 웃음이 나왔다. 그리고 나였다면 어떻게 했을지 생각해보았다.

정말 무기력한 소리지만, 나는 폭력이나 완력에 전혀 대처할 줄 모른다. 물론 거기에 굴복해 상대의 요구를 수용하는 따위의 일은 고집을 부려서라도 하지 않지만, 가령 누군가에게 얻어맞을 때에는 어떤 태도를 보이면 좋을지 모르겠다. 육체의 힘이 없으니 상대방을 때릴 수도 없다. 입으로 상대방의 잘못을 들춰낼까? 그럴 때 내가 놓일 비참한 상황에서 가련하고 간사스러운 요설을 떠벌리기는 싫다. 그 정도라면 한층 초연하게 상대를 무시하는 편이 낫다. 하지만 그럴 때에도 패배를 인정하려 들지 않는 약자의 억지가 자신이 의식하기에도 훌륭하다고는 말할 수 없다. 그보다도 나는 타인과 폭력적인 관계에 놓인다는 사실만으로도 이미 심적인 동요와 갈등에 사로잡힌다. 폭력에 대한 공포가 동물적 본능이라든가, 참으로 폭력이 무의미하다든가, 폭력 행사자는 경멸의 대상이라는 등의 주장은 이럴 때 서푼의 가치도 없으며 내 몸은 떨리고 마음은 이미 조마조마하다. 폭력의 침해(완력만이 아니라 뜻밖의 야비한 악의, 오해 따위도 여기 포함된다)를 이겨낼 힘을 갖춘 것은 다행이지만, 상대에게 대항할 수 있는 완력·권력이 없고(혹은 있다 하더라도 그것을 사용하지 않고) 다만 정신의 힘만으로 태연자약하여 훌륭하게 대적할 수 있는 사람이 있다면 존경받아 마땅하다고 생각한다. 그가 어떤 방법을 사용하는지, 나로서는 상상조차 할 수 없다. 여러 유명한 인물을 생각해봐도, 그들의 사회적 배경을 배제하고 폭력 앞에 무방비 상태로 노출되었을 때 훌륭하게 대처할 수 있는 사람이 과연 누구인지 좀처럼 짐작할 수 없었다.

5.

카멜레온은 점차 힘이 부치는 듯했고, 뒷다리의 상처도 기분 탓인지 어제보다 커진 것 같았다. 몸통은 붕어보다도 얇고 가느다란 늑골이 눈에 띄게 드러났으며, 가끔 목 주변이 부풀어 오르는 것도 왠지 추워 보여서 마음이 아팠다. 역시 동물원에 데려가야겠다고 생각했다. 동물원은 내가 좋아하는 곳이지만, 동물을 기부하거나 맡긴다고 하면 혹시 도쿄 시 공무원이 나와서 신고서를 쓰라고 하지 않을까? 공무원이 원하는 관공서 절차를 밟는 정도야 못 할 것도 없다. 사람들은 실제로 해보면 간단하다고 말하지만, 관공서에 보내는 신고서나 절차가 거론되면, 나는 덮어놓고 번잡하게 느껴져 전혀 생각할 엄두도 내지 못한다. 다른 방도가 없으니 도쿄에 사는 지리 교사 Y군에게 부탁해서 우에노 동물원에 데려다 달라고 부탁해야겠다. 학교 쪽에서는 이미 이런 짐승 따위는 잊었을 테니, 거절하고 말고 할 것도 없을 것이다. 나는 원래대로 천을 깔아놓은 상자에 카멜레온을 넣은 다음, 뚜껑에 숨구멍을 뚫고 학교로 가져갔다. 그날은 금요일이어서 근무하는 날이었다. Y군을 만나 사정을 이야기하고 부탁했더니 그러겠다고 했다. 오늘 귀갓길에 곧바로 우에노까지 가자고 말했다.

점심시간에 식사를 마치고 잠시 직원실에 앉아 있는데, 복도에서 학생들이 시끄럽게 떠들어댄다 싶더니, 이윽고 문이 열리고 지난해 봄 결혼 때문에 사직한 음악 교사가 갓난아기를 안고 들어왔다. "어머나!" 하고 여교사들은 일제히 소리를 질렀다. 간사이 지방으로 시집갔는데, 남편이 상경하는 길에 따라와서 학교에 들렀다고 한다. 그런데 먼 곳에서 온 이 손님에 대한 그들의 반응, 특히 노처녀들의 거동과 표정 등 겉으로 드러나는 심리적 동요는 정말 흥미진진했다. 심지어 『적과 흑』[13]을 쓴 작자의 글솜씨로도 그들을 묘사하기가 몹시 곤혹스러웠을 것이다. 그들은 선망, 질시, 자기 장래에 대한 불안, 이솝 우화에 나오는 여우가 자신이 따 먹을 수 없는 포도를 시큼한 열매라며 억지를 부리는 것과 같은 서글픈 자존심, 요컨대 이런 모든 감정이 합쳐진 막연한 동요를 드러내고 있었다. 그들은 피부가 정말 하얗고, 귀엽고, 포동포동한 갓난아기의 사랑스러움을 입을 모아 칭찬하면서, 남자들은 상상도 할 수 없이 지나치게 탐욕스러운 눈길로 행복해 보이는 젊은 엄마의 일 년 전과 완전히 달라진 모습과 몰라볼 정도로 화려해진 옷차림(학교에 근무할 때에는 양장을 입었는데, 오늘은 기모노 차림이었다), 그리고 그 모든 것에서 파악할 수 있는 생활의 비밀스러운 부분을 게걸스럽게 탐색하고 있었다. 갓난아기를 안고 달래면서 얼굴을 주시하는 눈빛에

---

13) *Le Rouge et le Noir*: 1830년 발표된 프랑스 작가 스탕달의 작품.

는 보통 아이에 대해 아줌마들이 드러내는 애정과는 완전히 다른 격렬함이 형형하게 불타고 있었고, 복제화를 통해 원화를 상상하려고 애쓰는 화가의 눈에서도 찾아볼 수 없는 열렬함이 발산되고 있었다.

30분쯤 이야기하고 나서 돌아간 젊은 엄마와 뽀얀 피부의 사내 아기는 노처녀들에게 마치 불쑥 나타난 괴한처럼 이상한 동요를 남겼다. 오후 내내 계속된 독신 여교사들의 들뜬 분위기는 그런 것에 눈치가 별로 없는 나 같은 사람도 분명히 의식할 수 있었다. 인간의 심리적 동요는 기압에도 영향을 미치는지, 오후 직원실의 답답하고 개운치 않은 기운은 확실히 기압계에도 변화를 가져오는 것 같았다. 노처녀들은 몇 년 전부터 같은 직원실의 같은 책상 앞에 앉아 있었고, 같은 교실에서 같은 내용을 학생들에게 가르쳤다. 내년에도, 내후년에도, 아마 그다음 해에도 그들은 신들의 속성 가운데 하나인 '절대적 불변성'으로 이런 과정을 되풀이할 것이다. 조만간 그녀들 안에 있던 작고 고귀한 것들도 점차 돌처럼 굳어서 마침내 남자로도 여자로도 분간할 수 없는, 남자의 나쁜 점과 여자의 나쁜 점을 모두 갖춘 괴물, 그들 자신은 남자의 좋은 점과 여자의 좋은 점을 모두 갖추고 있다고 자만하는 괴물이 되어버릴 것이다.

오늘 직원실을 방문한 젊은 엄마는 음악 교사였고, 작년에 내가 이 학교에 오고 나서 한 달 정도 있다가 퇴직했다. 그 무렵 교사로서의 그녀와 오늘 아기 엄마로서의 그녀를 비교해볼 때—음악 선생님은 다른 과목 선생님들과 달리 훨씬 자유롭고 화사해서 교사 분위기를 별로 풍기지 않는 것이 사실이지만—오늘 본 모습이 일 년 전보다 훨씬 명랑하고, 즐겁고, 젊은 것 같았다.

학교에 재직하던 시절에는 그녀에게도 교사라는 직업이 부지불식간에 몸에 배게 하는 고지식함, 결점을 드러내지 않는 것을 최고선으로 믿는 습관에서 비롯한 비굴한 윤리관, 진보적인 것에 대한 불감증 같은 것이 어느새 물때처럼 끼어버렸던 것이다. '교사가 학생이 아닌 성인과 이야기할 때에는 『걸리버 여행기』에 나오는 상상 속 소인국 릴리퍼트에서 돌아온 걸리버처럼 이해력의 기준을 회복하는 데 애를 먹는다.'고 램[14]은 말했다. 이해력만이라면 이보다 다행스러운 일은 없다.

6.

카멜레온의 새장에 이제 카멜레온은 없다. 솜이 원래대로 깔려 있고, 홰도 원래대로 걸려 있다.

---

14) Charles Lamb(1775~1834): 영국의 수필가, 비평가, 대표작으로 『엘리아 수필집』이 있다.

지난해 봄부터 일 년 반 사이에 이 새장에 세 종류의 동물이 살았다. 처음에는 검은 눈에 온몸이 희고 초록색을 띤, 겉으로 보기에 장난꾸러기 같은 모란잉꼬 한 쌍이 있었다. 잉꼬는 일 년 가깝게 살다가 한 마리가 병으로 죽어, 남은 잉꼬를 남에게 줘버렸다. 그다음에는 날개가 파랗고 가슴이 진홍색인 커다란 앵무새가 있었는데, 꽤 멋진 데다 홰에 앉은 채 꾸벅꾸벅 선잠을 자는 등 수수하면서도 깊은 맛이 있어 '창부(娼婦)의 의상을 두른 철학자'[15]라고 부르는 등 재미있게 지냈는데, 결국 먹이 주는 것을 잊어버려 죽이고 말았다. 그리고 마지막으로 카멜레온이 닷새 동안 있다가 동물원으로 가버렸다. 쓸쓸한 정도는 아니지만 별로 즐거운 기분은 아니었다.

수업이 없는 날이지만 Y군에게 어제 상황을 들으러 학교에 갔다. Y군의 이야기에 따르면, 동물원에서도 대단히 반겼다고 한다. 동물원 직원은 "엄청나게 큰 카멜레온이군요. 집에 지금 있는 놈은 크기가 거의 반 정도밖에 안 돼요."라고 말했다고 한다. 죽으면 박제를 만들도록 학교로 보내준다는 약속도 했다고 한다. Y군에게 고맙다고 인사하고 돌아오려는데 "저녁에 난쿄마치(차이나타운)에서 K군을 위한 축하 파티를 하는데, 참석하시

---

15) 나카지마 아쓰시의 「수첩(手帳)」(제3권 수록)에 나오는 시.

겠어요?"라고 물었다. 참석하겠다는 의사를 전하고 학교를 나왔다.

K군은 2주일 전에 영어 고등교원 검정시험에 합격했다. 요전에 내가 카멜레온을 받은 날, K군이 담당한 학생 두세 명이 쓸데없이 이런 이야기를 들려주었다. 확실히는 모르나 이틀 전인가 점심시간에 K군이 담당 학급에 가서 "어제 ○○신문의 가나가와(神奈川) 판에서 보고 싶은 기사가 있는데, 너희 중에서 집에 신문이 있으면 누가 가져다주지 않겠나?"라고 말한 모양이다. 그래서 반 학생 몇 명이 집에서 그날의 가나가와 판 신문을 가져와 보니 거기에는 조그맣게 'Y여고 K교사 훌륭하게 고등고시 패스'라는 기사가 실렸더라는 것이다. "그 사실을 우리에게 알리려고 일부러 신문을 가져오게 한 거예요. 불쾌해요, 정말!" 하고 학생 하나가 건방진 말을 했다. 아무리 젊어도 설마 했는데, 그런 바보짓(의기양양하여 시험 결과를 사람들에게 떠들고 다닌다든지, 여학교 교사라는 직업은 시시하다고 말한다든지)은 흉내도 내기 어려울 정도로 K군은 기쁨을 드러내 보여주었다.

인간은 수염이 나고 주름이 생겨도 본성이 유치하다는 점에서는 결국 어린아이일 뿐이다. 어른이 된다는 것은 단지 점잖은 척하거나, 대단한 척하거나, 유치한 동기에 거창한 이유를 붙이는 재주를 터득하는 것에 불과하지 않을까? 칭찬받지 못해 전전

궁궁하거나, 주위 사람에게 심술을 부리거나, 원하는 것을 얻으려고 잔머리를 굴리며 힘 있는 사람에게 매달리는 등의 행동은 모두 어린아이가 하는 짓과 같은 언어로 해석할 수 있다. 그러니까 K군의 미워할 수 없는 자기선전은 차라리 솔직해서 좋다.

아침 열 시경 집으로 돌아오면서 산 쪽 언덕길에 서서 주위를 돌아보았다. 옅은 안개가 끼어 하늘에 떠 있는 태양을 올려다봐도 그다지 눈부시지 않았다. 젖빛 유리를 통해 바라보듯 안개 속에서 사방의 풍경이 하얗게 가라앉아 있었다. 어제저녁부터 바람 한 점 없다. 희게 보이는 풍경에서 뭔가 따뜻하고 아련한 느낌마저 들었다.

주머니가 무거워 더듬어보니 책이 한 권 들어 있다. 루크레티우스였다. 오늘 아침에 입은 상의는 오랫동안 입지 않았기에 언제 이 책을 주머니에 넣고 다녔는지 기억나지 않았다.

잎이 거의 다 떨어진 교회 담쟁이덩굴이 앙상하게 정맥처럼 벽면에 퍼진 채 붙어 있다. 꽃잎이 시들어버린 코스모스 두 송이가 교회 울타리에 피어 있다. 멀리 보이는 바다에는 거대한 증기선들이 안개 속에서 희미하게 윤곽을 드러내며 이따금 부웅! 하고 기적을 울렸다. 다이칸(代官) 언덕 아래서 검은 옷을 입고 안경을 쓴 수녀가 천천히 걸어 올라왔다. 가까이 다가왔을 때 보니 안경이 걸린 코가 엄청나게 큰, 보기 흉한 여자다.

흰 십자가와 묘비가 늘어선, 외국인 묘지가 있는 경사 저편에 조도쿠인[16]의 은행나무 두 그루가 보인다. 겨울이 되면 짙은 갈색으로 변하며 을씨년스럽게 헐벗은 나뭇가지들이 전 세대 프랑스 작가 빅토르 위고의 구레나룻을 거꾸로 돌려놓은 듯 보이지만, 아직 잎도 조금 남아 있어서 그 정취는 엿볼 수 없다.

입구의 인도인 문지기에게 가볍게 인사하고 묘지 안으로 들어갔다. 주위를 둘러보고 무덤 사잇길을 잠시 배회하다가 조지 시드모어[17] 씨의 비석 앞에 걸터앉았다. 주머니에서 루크레티우스의 책을 꺼냈다. 별로 읽을 생각도 없이 무릎에 올려놓은 채 저 아래 펼쳐진 옅은 안개 속 거리와 항구로 눈을 돌렸다.

작년 이맘때에 안개 낀 어느 아침 바로 이 자리에 앉아 거리와 항구를 내려다보던 일이 떠올랐다. 그것이 2, 3일 전 일처럼 느껴졌다기보다 마치 그때부터 지금까지 줄곧 같은 풍경을 바라보고 있었던 듯한 묘한 느낌이 들었다. 내 마음에 가끔 떠오르는 영상—내게는 임종을 앞두고 내 생애를 돌아보며 반드시 느끼게 될 그 짧고 섬뜩한 느낌(정말로 육체적인 감각)을 미리 상상해

---

16) 增德院: 진언종(眞言宗) 사찰.

17) 조지 시드모어(George Seidmore: 1854~1922): 일본을 사랑한 명치 초기의 미국 총영사. 워싱턴 주 포토맥 강변에 벚꽃을 심는 데에 힘쓴 일로 유명하다. 집안 묘비 옆에 현재 나카지마 아쓰시의 시가비(詩歌碑)가 있다.

보는 버릇이 있다―을 다시 보았다. 하지만 그 영상은 역시 순식간에 마음을 스치고 지나갔다. 일 년 전과 지금을 분간할 수 없는 이 느낌도 내가 죽을 때 드는 느낌과 비슷하지 않을까. 비탈길을 뛰어 내려오는 사람처럼 멈추면 넘어질 수밖에 없기에 계속 달리는 것이 인간의 삶이라고 말한 것은 누구였던가.

조금 떨어진 곳에 아주 작은 십자가가 서 있고 그 앞에 제라늄 화분이 놓여 있다. 십자가 아래에는 책을 펼쳐놓은 모양의 흰 돌에 'Take Thy Rest(편히 쉬기를!)'라는 문구와 함께 생후 5개월이었던 유아의 이름이 새겨져 있다. 햇볕이 잘 들어 따뜻한 남쪽 경사에서 제라늄 꽃은 아직 선명한 붉은빛을 띠고 있다.

이런 예쁜 묘지에 오면 오히려 '죽음'이라는 어둠이 생각나지 않는다. 묘비, 묘비명, 꽃다발, 기도, 애가와 같은 죽음의 형식적인 측면만이 마치 아름답고 슬픈 무대 위에서 연출되고 있는 듯한 느낌이 들기 때문이다.

에우리피데스[18]의 작품 가운데 한 구절을 읽는다. 히폴리토스를 향한 불륜의 애정으로 괴로워하며 누워 있는 파이드라 옆에서 유모가 사연도 모르는 채 그녀를 위로하고 있다.

---

18) Euripides(BC 480~406): 아테네 출신으로 아이스킬로스, 소포클레스와 더불어 가장 뛰어난 고대 그리스 비극 시인.

"인간사는 괴로움으로 가득합니다. 그 불행에 휴식이란 없습니다. 만약 그런 인간사보다 기쁜 일이 있다고 해도, 어둠이 그것을 에워싸서 우리 눈이 볼 수 없게 감춰버립니다. 게다가 지상의 존재는 현란하게 보이기에 우리는 미친 듯이 거기에 집착합니다. 왜냐면 우리는 다른 삶을 생각하지 못하고, 지하에서 벌어지는 일에 대해서는 아무것도 아는 바가 없기 때문이지요."

이런 말을 떠올리면서 주위의 무덤들을 둘러보자, 죽은 자들의 슬픈 집착과 —소원은 있지만, 희망은 없다— 그들의 한숨이 몇백인지 알 수 없는 묘지 구석구석에서 흰 안개가 되어 피어올라 자욱이 끼어 있는 것처럼 느껴졌다.

나는 결국 루크레티우스의 책을 펴지 않은 채 일어섰다. 바다 위 흐린 회색 가운데에서 기적 소리가 끊임없이 들려온다. 나는 비탈진 골목길을 천천히 걸어 내려가기 시작했다.

낭질기

狼疾記

養其一指, 而失其肩背, 而不知也, 則爲狼疾人也.[1]

『孟子』

1.

화면에는 남태평양 흑인들의 삶을 담은 장면이 펼쳐지고 있었다. 눈이 가늘고 입술이 두껍고 코가 납작한 흑인 여자들이 허리에 천 조각을 두른 채 유방을 출렁거리며 앞에 놓인 넓적한 물건에서 뭔가를 열심히 집어 먹었다. 쌀로 지은 밥인 듯했다. 발가벗은 남자아이가 뛰어오더니 급히 그것을 집어 입에 넣었다. 볼이 미어지도록 한입 가득 넣으면서 눈이 부신 듯 고개를 돌린 얼굴에는 눈 위와 입 주변에 곪아 터진 종기가 나 있었다. 남자아이는 다시 고개를 돌리고 뭔가를 먹었다.

잠시 후, 화면은 축제를 하는 듯 시끌벅적한 장면으로 바뀌었다. 북소리가 멀어졌다 가까워졌다 하면서 들려온다. 줄지어

---

1) '손가락 하나를 아낀 까닭에 어깨와 등까지도 잃어버리고, 그것조차 스스로 깨닫지 못하는 사람을 낭질(狼疾)의 인간이라고 불러야 한다.'는 뜻이다. 『맹자』「고자장구(告子章句)」상편에 나오는 말이다. '낭질의 인간'이라는 표현이 담고 있는 의미에 대해서는 병에 걸린 이리가 뒤를 돌아볼 수 없다든가(즉, 자성이 불가능하다든가), 낭질은 낭적(狼狄)의 뜻으로 올바로 진단할 수 없는 돌팔이 의사, 혹은 도리를 모르는 사람이라는 뜻 등 여러 해석이 있다. 그러나 원래 뜻은 이 다음에 이어진 대목처럼 '작은 것을 탐하다가 그만 큰 것을 잃어버리는' 어리석음을 지적한 것이다.

선 남녀가 마주 보고 북소리에 맞춰 엉덩이를 흔들기 시작한다. 모래 위에 내리쬐는 열대의 태양은 화면에 반사되는 흰빛으로 그 강렬함이 느껴졌다. 북소리가 울린다. 그 북소리에 섞여 남자들의 거친 합창 소리가 들려온다. 엉덩이를 흔드는 리듬에 맞춰 허리에 두른 천 조각도 빠르게 펄럭인다. 춤추는 남녀의 대열에서 조금 떨어진 곳에 있는 노인들 한가운데에 추장인 듯한 남자가 책상다리를 하고 앉아 있다. 깡마르고 광대뼈가 나온 노인인데, 목에 염주 같은 장신구를 여러 개 걸치고 있다. 카메라를 의식해서인지 침착함도 자신감도 모두 잃은 듯한 눈빛으로 춤추는 대열을 바라보고 있다. 가끔 생각난 듯이 격렬하게 뛰어오르고 고함을 지르며 북을 내리칠 때를 제외하면 처음부터 끝까지 똑같은 동작을 단조롭게 반복하는 대열을 침침한 눈으로 지그시 지켜보고 있다.

이 장면을 바라보는 사이에 산조는 오랫동안 잊고 있던 미묘한 불안이 어느새 그의 내면으로 다시금 비집고 들어와 있는 것을 느꼈다.

오래된 옛일이다. 그 무렵 산조는 원시 토인들의 생활에 관한 기록을 읽거나 사진을 보면서 자신도 그중 하나로 태어날 수도 있었다고 생각했다. 그 무렵엔 그것을 거의 확신했다. 확실히 자신도 토인의 한 사람으로 태어나 이 세상에 나올 수도 있지 않았던가. 그리고 눈부시게 빛나는 열대의 태양 아래 유물론도, 유마거사[2]도, 무상명법,[3] 인류의 역사, 태양계의 구조와 같은 그 모든 것을 전혀 모른 채 삶을 마감할 수도 있지 않을까. 이상하게도 이런 생각은 불확실한 운명에 대한 자각으로 산조를 불안하게 했다. '그처럼 인간은…' 그는 계속 생각했다. '다른 행성에 사는 존재든, 우리 눈에 보이지 않는 존재든, 또는 인류가 절멸한 후 지구 상에 나오는 것이든, 지금과는 다른, 더 고귀한 존재로 태어날 수도 있지 않을까. 그 정체를 알 수 없기에 우리가 공포를 느끼고 우연이라고 부르는 것이 아주 조금만 비껴갔어도 그런 일이 나에게 일어나지 않았다고 누가 장담할 수 있겠는가. 그리고 만약 그런 존재로 태어났다면, 지금의 나는 볼 수도, 들을 수도, 생각할 수도 없는 것을 모두 보고 듣고 생각할 수 있었을 것이다.'

이렇게 생각하자, 그는 견딜 수 없이 무섭고 초조해졌다. 이

---

2) 維摩居士: 고대 인도의 부호 집안에서 태어나 어릴 적부터 불교를 공부하며 보살이나 나한(羅漢)들보다 높은 경지에 도달했다. '거사'는 출가하지 않은 상태로 불교에 귀의하여 계율을 지키고 불도를 닦는 사람을 일컫는다. 유마거사는 대승불교의 사상과 신앙을 창도한 대표적 인물로, 언동이 매우 기발하고 초탈했으며 그의 사상은 삶의 진의(眞義)를 아우르는 경지에 이르러 특히 선종(禪宗)에서 숭경(崇敬)한다.

3) 無上命法: 칸트의 도덕법칙의 형식에 관한 용어로, 정언명제라고도 한다. 결과나 목적에 관계없이 이성의 보편적·직접적인 명령을 순수한 의무로 받아들이고 행동하는 것에 진정한 가치가 있다고 했다.

세상에는 경험이 아니라 능력을 통해 스스로 볼 수도, 들을 수도, 생각할 수도 없는 것이 얼마나 많은가. 만약 자신이 다른 존재였다면 생각할 수 있었을 어떤 것을 현재의 존재이기에 생각할 수 없다는 사실을 깨닫자, 산조는 막연한 불안에 빠지면서 일종의 굴욕감 같은 것이 느껴졌다.

화면에는 조금 전 춤추는 대열이 사라지고 밀림 풍경이 펼쳐지고 있었다. 다리와 꼬리가 긴 새까만 원숭이 몇 마리가 나뭇가지 사이를 뛰어다니고 있었다. 갑자기 멈춰 서서 정면을 바라보는 한 원숭이는 눈가에 흰색의 둥근 무늬가 있어 마치 안경을 긴 것처럼 보였다. 나뭇가지에 앉아 있던 부리가 2척이나 되어 보이는 새가 기분 나쁜 소리를 내며 하늘로 날아올랐다.

산조의 생각은 다시 '존재의 불확실함'으로 돌아갔다.
그가 이런 불안을 처음 느낀 것은 중학생 때였다. 예를 들어서 글자를 조각조각 해체해서 들여다보면서 그 글자가 왜 이렇게 만들어졌는지 생각하다 보면 점점 의아하게 느껴져서 거기서 어떠한 필연성도 발견할 수 없었다. 이와 마찬가지로 주변에 있는 것들을 의식적으로 바라보면 볼수록 점점 불확실한 존재로 느껴졌다. 그 사물이 지금 존재하는 것처럼 반드시 존재해야 할 이유가 어디 있는가. 그리고 다른 어떤 존재라도 상관없었을 것이다. 오히려 지금의 존재가 그 가능성 중에서도 가장 최악의 것일 수도 있지 않은가. 그런 생각이 중학생이었던 그의 뇌리를 떠나지 않았다. 아버지만 해도 그의 눈이며 입과 코를 하나하나 따로 떼어내서 자세히 관찰하면 정말 이상한 느낌이 들었다. 그리고 그 무렵 하필이면 저렇게 생긴 남자가 왜 내 아버지이고 나와 가까운 관계여야만 했을까 하고 깜짝 놀라서 아버지의 얼굴을 다시 쳐다보는 일이 종종 있었다. 이처럼 산조는 주위의 모든 것을 하나하나 불신하고 있었다. 자신을 에워싼 이 모든 것에서 어떠한 필연성도 찾을 수 없었다. 어쩌면 이 세계는 그런 우연적이고 가상적인 것들의 집합체가 아닐까! 그는 늘 초조해하며 이런 문제에 집착하고 있었다. 때로는 이 모든 것을 이해할 수 있을 것 같은 느낌이 들 때도 있었다. 바로 그 순간의 바로 그 우연이—하나에서 열까지 모두 우연이라는 것은 결국 필연이 아닐까 하는 소년다운 막연한 생각을 품었던 것이다. 그래서 간단히 해답을 찾은 듯한 느낌이 들 때도 있었다. 물론, 그렇지 않을 때도 있었다. 아니, 그렇지 않을 때가 훨씬 많았다. 아직 유치한 수준의 이런 사유는 그로 하여금 초조하게 안타까움을 느끼면서도 '필연'이라는 개념을 한 바퀴 우회해서 다시 원점으로 돌아가곤 했다.

화면은 구식 증기선이 강 둔덕의 낮은 쪽으로 내려가는 장면을 보여주고 있었다. 백인 일행은 남양 탐험을 마치고 돌아가고 있었다.

그 장면이 끝나고 마지막 자막도 사라지자 실내가 갑자기 환하게 밝아졌다.

영화관을 나온 산조는 이른 저녁을 먹으러 근처 양식당에 들어갔다.

종업원이 요리를 탁자에 놓고 갔을 때 저쪽 옆자리에 앉은 한 남자가 식사하는 모습이 눈에 들어왔다. 왼쪽 옆모습을 보이고 앉아 있는 그 남자의 목덜미 부분에 이상한 것이 빨갛게 부풀어 올라 있었다. 눈에 띄게 도드라져 번들거렸기에 처음에는 착각인지 의심스러워 자세히 들여다보았지만, 그것은 확실히 커다란 혹이었다. 주먹만 한 크기의 번들번들한 살덩이가 목덜미와 귀 사이에 솟아 있었다.

남자의 옆모습과 목 주위의 땀구멍이 보이는 검붉은 피부는 마치 막 씻어낸 농익은 토마토 껍질처럼 팽팽한 구릿빛을 띠고 있었다. 그것은 이 남자의 의지와는 상관없이 그에게서 완전히 독립한 악의적인 존재처럼 그의 짙은 감색 양복 깃과 짧게 자른 뻣뻣한 머리카락 사이에 단단히 뿌리내리고 있었다. 주인이 잠자는 동안에도 여전히 깨어 있는 상태로 은밀히 비웃는 듯한, 흉측하고 집요한 그 기생물 같은 살덩이를 보자 산조는 그리스 비극에 나오는 심술궂은 신들을 떠올렸다. 이럴 때 그는 항상 정체를 알 수 없는 불쾌함과 불안으로 인간의 자유의지가 작동할 수 있는 범위가 거의 없다는 사실을 확인한다. 우리는 자신의 의지가 아니라 알 수 없는 어떤 이유로 세상에 태어난다. 그리고 바로 그 알 수 없는 이유로 저세상으로 떠난다. 매일 밤 우리는 무엇인가 때문에 우리의 의지를 초월한 수면이라는 불가사의한 상태에 빠진다….

그 순간, 산조는 문득 아무 상관 없는 로마제국의 황제 비텔리우스 이야기가 떠올랐다. 탐식가인 황제는 배가 불러서 더는 음식을 먹을 수 없게 되는 상태를 한탄하여 배가 가득 차면 독특한 방법으로 스스로 음식을 토해내서 위를 비우고 다시 식탁에 앉았다고 한다. 그런데 갑자기 왜 이런 어처구니없는 이야기가 떠오른 것일까.

식당의 흰 벽에는 커다란 시계가 걸려 있고, 노란 초침이 전등의 불빛을 반사하며 마치 섬뜩한 생물체처럼, 모든 생명을 가차 없이 난도질하는 냉혹함으로 시계 판 위를 쉬지 않고 돌고 있다. 그 아래에서는 중년 혹부리 남자가 부지런히 입을 움직이고, 그 동작을 따라 목덜미의 살덩이도 조금씩 움직이는 듯하다.

산조는 식욕을 잃고 음식을 반쯤 남긴 채 일어선다.

수로를 따라 난 길을 걸어 그는 아파트로 돌아간다. 거리의 집들은 하나둘 불을 밝히기 시작하고, 어둠이 내리기 직전의 어슴푸레한 하늘 저편에는 야마노테(山手) 고지대의 교회 첨탑과 박공지붕(독특한 서양풍 지붕)이 스카이라인을 그리고 있다. 강은 밀물 때인지 정박한 배들 앞쪽으로 쓰레기들을 밀어내고 있다. 수면에는 빛과 어둠이 교차하며 어스름한 빛이 어른거리고, 희미한 그림자가 일렁이다가 소리 없이 사라진다.

산조는 인기척은 있으나 모습을 확인할 수 없는 누군가에게 미행당하는 듯한 기분으로 강변을 홀로 걸어간다.

초등학교 4학년 때였던가. 장발에 결핵 환자처럼 야윈 담임 선생님은 무슨 까닭인지 몰라도 지구의 운명에 대해 이야기한 적이 있었다. 어떻게 지구가 냉각하고 인류가 절멸하는지, 또 우리 존재가 얼마나 무의미한지를 고집스럽고 집요하게 학생들에게 들려주었다. 나중에 생각해봐도 그것은 분명히 어린 마음에 공포를 심어주려는 기학적인 목적으로 그 독액을 아무 항체나 완화제도 없이 아이들에게 그대로 주사한 행동이었다. 산조는 무서웠다. 아마도 새파랗게 질려서 선생님의 설명을 듣고 있었을 것이다. 지구가 냉각한다든가, 인류가 절멸한다는 이야기는 그런대로 참을 수 있었다. 그런데 선생님은 태양마저 사라진다고 했다. 그렇게 되면 태양도 차갑게 식어 사라지고, 아무것도 보이지 않는 상태에서 검고 차가운 행성들만이 캄캄한 공간을 돌게 될 것이다. 산조는 그런 장면을 상상하면 견딜 수 없었다. 그렇다면 우리는 무엇 때문에 살아 있는 것인가. 나는 죽더라도 지구와 우주는 이대로 존속하리라는 것을 믿기에 안심하고 한 인간으로서 죽어갈 수 있다. 그런데 선생님 말대로라면 우리가 태어난 것도, 인간도, 우주도 아무 의미 없다는 뜻이 아닌가. 정말 나는 무엇 때문에 태어난 것일까….

열한 살 산조는 신경쇠약에라도 걸린 것 같았다. 그는 아버지와 친척 형에게도 이 문제에 대해 진지하게 물었다. 그러자 그들은 웃으며 선생님 말씀이 이론적으로 옳다고 했다. 그런데 왜 전혀 두려워하지 않는 걸까. 어떻게 웃고만 있을 수 있을까. 5천 년, 혹은 1만 년 안에 그런 일은 절대로 일어나지 않는다고, 어떻게 안심할 수 있을까. 어린 산조는 이상하다고 생각했다. 그에게 이것은 비단 자기 한 사람의 생사가 관련된 문제가 아니라 인간과 우주에 대한 신뢰가 걸린 문제였다. 그래서 몇만 년 후의 일이라며 웃고 있을 수만은 없었다.

그 무렵 산조는 개를 기르고 있었다. 그는 지구가 식어버릴 때 얼음으로 뒤덮이는 마지막 순간, 대지에 구멍을 파고 그 개와 함께 안으로 들어가 끌어안고 죽기로 작정했다. 그러고는 잠들기 전에 그런 모습을 상상하곤 했다. 그러면 이상하게도 두려움이 사라지면서 그 개가 가여워지고, 심지어 개의 체온이 어렴풋이 느껴지는 듯한 기분마저 들었다. 그러나 밤에 자리에 누워 가만히 눈을 감고 인류가 사라진 뒤의 그 무의미하고, 캄캄하고, 무한한 시간의 흐름을 상상하면 두려움을 견디지 못해 비명을 지르며 벌떡 일어나는 일이 잦았기에 산조는 벌써 몇 차례나 아버지에게 꾸중을 들었다.

밤에 철로 위를 걸으면 갑자기 공포가 되살아났다. 그럴 때에는 전철 소리조차 들리지 않았고, 지나가는 사람들도 눈에 들어오지 않았으며, 다시 고요해진 세계의 한가운데 홀로 남겨진 듯한 기분이 들었다. 그때 산조가 밟고 있는 대지는 평소의 평평한 지면이 아니라 사람들이 절멸해버린, 극도로 냉각된 행성의 표면이었다. 병약하고 조숙하고 예민한 열한 살 소년은 '모든 것이 사라진다, 모든 것이 식어간다, 모든 것이 무의미하다.'고 생각하면 식은땀이 날 만큼 두려워져 잠시 그 자리에 멈춰서곤 했다. 그러다가 문득 정신을 차리고 주위를 돌아보면 여전히 사람들이 오가고, 붉은 전등이 켜 있고, 전철이 움직이고, 자동차가 달리고 있었다. 그러면 산조는 '아, 다행이다.'라고 생각

하며 안심했다. 이것이 그에게는 일상적인 상황이었다.[4]

4) 원본에는 작가의 주석 두 개가 붙어 있다.

주1) 이 조숙하고 가련한 소년은 이후 서로 다른 두 가지 희구에 격심하게 시달렸다. 하나는 '사물의 근원에 대해 알고 싶다.'는 희구였고, 다른 하나는 '되도록 많은 사물이 자신의 이해를 초월한 아주 먼 곳에 있기를 바란다', 다시 말해 앞의 욕망과는 완전히 상반된 기이한 희구였다. 전자는 누구에게나 있는, 어른들의 언어로 표현하자면 '신이 되고 싶은' 욕망이었지만, 후자는 '이 세계가 절대적으로 신뢰할 만하고, 확고한 것이라 믿고 싶다.'는 정반대의 희구, 다시 말해 이 세계의 불화실함과 슬픔에 대한 두려움에서 나온 강한 희구였다. '나처럼 보잘것없는 존재가 모든 것을 이해할 수 있는 세계라면, 그것이 무엇이든 간에 거기서 살아가는 것은 불안한 일이다. 나 따위는 일부조차 이해할 수 없는 거대하고 확고한 존재에게 몸을 맡기고 싶다.'는 미천한 자의 공포에서 비롯된 자포자기적 상태의 강한 희구였다. 이런 희구도 무색하게 그는 성장하면서 첫 번째 희구의 실현은 물론이고 그보다 더 강한 두 번째 희구의 실현 또한 가망이 없다는 사실을 분명히―너무도 두렵게 확인하게 되었다. 이 세계도, 인간의 삶도 이 소년이 바라는 만큼 확고하고 확실하지 않았다. 초등학교 선생님에게 들은 세계멸망설을 '열역학 제2법칙'이라는 말로 바꿔도 마찬가지였으며, 그처럼 단순한 과학적 관점에서 바라본 세계에 대한 고찰을 무시하고 전혀 다른 쪽에서 살펴본 세계에 대한 평가역시 마찬가지였다. 즉, 머릿속에서 형성된 허무의 관념에 이제는 실제 관찰에서 얻은 직접적인 무상의 개념이 추가된 것이다. 휘하의 수만 병력을 내려다보면서 100년 뒤에는 이 중에서 단 한 명도 살아 있지 않으리라는 사실을 생각하고 눈물을 흘렸다는 페르시아의 왕처럼 산조는 주변의 모든 것에서 '유한성의 징표'를 확인하고 나서야 비로소 안도했다. 사물뿐이 아니었다. 아무리 진실한 애정도 아주 하찮은 다른 모든 것처럼 덧없이 사라질 운명에 놓여 있다는 사실에 소년은 애를 태우며 격렬한 비애와 고독을 느꼈다―몇 년 지나자, 이번에는 그와 반대로 아무리 못나고 누추한 것이라도 숭고하게 존재할 권리가 있고, 정당한 대접을 받아야 하며, 아름다운 것들과 전혀 다를 바 없이 그 존재를 마감해간다는 것에 대해 오싹하고도 끔찍한 감동을 느끼게 되었다.

주2) 이상하게도 초등학교 무렵의 산조는 인류 전체의 멸망 같은 문제에 마음을 빼앗겨 개인의 죽음에 대해서는 그다지 직접적인 두려움을 느끼지 않았다. 그것을 느끼게 된 것은 꽤 나중의 일이다. 중학교에 들어가고 나서 눈에 띄게 몸이 약해진 그는 잠자리에 든 후 눈을 감고는 '죽음이라는 것'을 상상했다. 그것은 추상적인 죽음의 개념이 아니라 병약한 자신에게 머지않아 찾아올 직접적인 죽음이었다. 자신이 죽을 때의 심정을 생각하고, 그 순간 인생을 되돌아보며 느낄 인생의 유한함과 광속처럼 빠른 짧은 일생―그것은 20년이나 200년이나 똑같이 짧게 마련이다―을 그는 상상해본다. 아, 정말이지 왜 이렇게 짧은 것인가 하고 진심에서 우러나오는 무상함에서 그렇게 생각한 것이다. 자신도 세상 사람들과 마찬가지로 그 순간까지는 거대한 우주 안에서 자신의 위치 따위는 전혀 짐작도 못 하고 그저 세상사에 쫓겨 살다가(아니, 그 도중에 한두 번 정도는 혼잡한 인파 속에 멈춰 서서 사색하는 남자처럼 문득 자신의 진짜 위치를 깨닫게 될지도 모른다) 최후의 순간에 이르러서야 비로소 아차, 하고 놀랄 것이다. 그리고 나서는 어떻게 해야 하는 것인가. 단지 상상만 해볼 뿐이지, 그것을 구체적으로 생각할 만한 사고력도 없었다. 마치 대청소를 다음 날로 미루고 빈둥빈둥 안일하게 하루하루를 보내는 것처럼 그 문제와 맞닥뜨리는 것을 두려워하며 피해왔던 것이다. 그래서 그는 '아직 삶도 모르는데 어찌 죽음을 알 수 있으랴.'라고 말했던 남자를 증오했다. '아직 죽음도 모르는데 어찌 삶을 알 수 있으랴.'라며 소박한 삶을 누린 사람도 있다고 생각한 것이다. 소설을 읽을 때 주인공이 학대당하거나 하는 슬픈 사건이 나오면 차마 읽지 못하고 그대로 책장을 넘겨버리고는 결말이 궁금해서 책의 마지막 장을 펴보는 끈기 없는 독자처럼, 그런 사람들에게 경과나 경로 같은 것은 아무래도 상관없었다. 단지 결과만이 필요할 뿐, 일체의 사색이나 시련은 도저히 견뎌내지 못한다. 그런 것에 정면으로 부딪칠 용기도 끈기도 없이 결국 마지막 결말만을 듣고 싶다고 생각한 것이다.

어렸을 때 심하게 체한 적이 있는 음식은 평생 싫어하게 되듯이 산조는 인류와 행성에 대한 불신이 관념적이라기보다는 감각적으로 자기 몸 안에 각인된 것은 아닌가 하는 생각이 들었다. 그런 순간에도 습한 오후 낮잠에서 깨었을 때처럼 이유를 알 수 없는 두려움과 무미건조함이 산조를 엄습했고, 그는 예전의 그 끔찍했던 초등학생 시절의 공포를 떠올리지 않을 수 없다. 어설픈 개념의 껍질이 복잡한 일상생활에서 조금은 벗겨진 뒤에도 불안은 여전히 마음 한구석에 남아 있었다. 낙타과에 속하는 남미의 '과나코'라는 동물은 빙하시대 지구에 위험이 닥쳤을 때에도 안전한 피난처를 찾았기에 살아남았다. 오늘날 지구에서는 그 동물들이 직면한 위험의 성격도 달라졌고 이전의 피난처도 의미가 없어졌지만, 아직도 신대륙에 사는 과나코는 죽음이나 그 밖의 위험이 예감될 때 예전 그들 선조가 발견한 피난처로 찾아간다고 한다. 이처럼 산조의 불안도 어쩌면 전대의 유물인지도 모른다. 그러나 어쩔 수 없는 이 막연한 불안은 산조의 삶에 주된 경향이 될지도 모른다. 그에게 벌어지는 모든

(누구에게? 신에게?) '우리의 영혼은 불멸합니까? 아니면 육체와 함께 소멸합니까?' 설령 불멸이라는 답을 얻었다고 해도 구원되리라고는 생각하지 않지만, ―오히려 그보다는 죽음을 꺼리는 마음에 자아의 멸망에 대한 공포 외에 현재 자신의 존재에 대한 애착이 대부분 포함되어 있다고 생각하지만, 그는 그것을 똑바로 직시할 수 없었다. 어찌 되었든 '나'가 없어진다는 것은 견딜 수 없는 일이며, 게다가―이것은 이차적인 것이지만― 인간은 누구나 이런 공포를 맛보아야 한다는 것이 아무래도 온당치 못하다는 생각이 든 것이다. '영원히 사는 것의 두려움' 그것은 또 다른 이야기다. 우리는 지금 그런 것을 생각할 필요가 없다. 그것은 말하자면, 돈의 용도를 고민하는 재산가의 사치가 아닐까.

사건의 밑바닥에는 이처럼 눈에 보이지 않는 어두운 흐름이 관통하고, 그것이 삶의 목적지와 전후좌우를 경계 짓고 있어서 마치 도로 밑을 흐르는 하수구처럼 가끔 매우 작은 틈을 통해 들릴 듯 말 듯한 공허한 울림이 전해지는 것 같았다. 이전에 그가 아직 건강하고 육체의 감각이 예민했던 때에도, 지금처럼 소극적인 독신 생활을 할 때에도 이 저류의 작은 울림은 일종의 파스칼풍 반주가 되어 언제 어디서나 늘 감지되었다. 이 울림이 아주 적게라도 감지되는 한, 어떤 행복이나 명예도 그에게는 제한적인 것이 될 수밖에 없었다. 그는 이 울림을 의식하지 않으려고 얼마나 노력했던가. 심지어 자신을 상대로 마음에도 없는 설교를 늘어놓기도 했다.

'반드시 가장 좋은 음식만 먹으며 살 수는 없지 않은가. 언제나 가장 좋은 옷만 걸치고 살 수는 없지 않은가. 우리가 반드시 가장 좋은 행성에서 살아야겠다고 생각할 만큼 사치스럽지만 않다면, 지금 살고 있는 이 땅에서도 꽤 좋은 점들을 찾아볼 수 있지 않은가.'

'그렇다면 알기 쉽게 낙천주의자로 살아가는 길을 찾아보자. 천재와 둔재, 강자와 약자, 부자와 빈자의 차이는 세상에 태어난 사람과 아예 태어나지도 못한 사람과의 차이와는 비교조차 할 수 없는 것이 아닌가.'

'이 세상에서 훌륭한 삶을 완벽하게 살다 간 사람이 있다면, 신은 그에게 다음 세계를 약속해야 할 의무가 있다.'

'네가 반드시 행복해야 한다고 누가 정했는가. 행복에 대한 의지를 버리는 순간, 모든 것이 시작된다.' 등등.

그 밖에도 앙드레 지드의 『지상의 양식』이라든가 체스터튼의 낙천적 에세이가 왠지 나약하게 들리는 목소리로 그를 설득하려고 했을 것이다. 그러나 그는 타인의 교화나 강요보다는 스스로 수긍할 수 있는, '현실적인 인정'을 원했다. 다시 말해 그는 복잡하게 꼬인 논리를 따라가다 보니 결국 자신이 행복한 존재라는 사실을 인정할 수밖에 없다는 식의 설득을 결코 인정할 수 없었던 것이다.

아주 가끔 그는 기쁨에 들떠 흥분할 때도 있었다. 인생이 검푸른 바다처럼 흐르는 무한한 시간과 공간 사이를 뚫고 솟구치는 섬광 같은 것이라면, 사위의 어둠이 짙을수록, 번뜩이는 순간이 짧을수록, 그 빛은 더욱 아름답고 고결하다는 믿음이 확고해질 때도 있었다. 그러나 변하기 쉬운 그의 마음은 순식간에 고통스러운 환멸의 나락으로 떨어져 평소보다 더 비참하고 무기력한 상태에 빠져들기도 했다. 결국 기분이 최고조에 달했을 때조차도 곧이어 찾아올 환멸의 고통을 경계하며 그 유쾌한 기쁨을 최대한 억제하려고 노력하게 되었다.

그런데 희한하게도 지금 강을 따라 걷는 산조의 내면에서는 빈약한 상식이 어리석은 비상식을 비웃으며 조심하라고 경고하고 있었다.

'농담이 아니다. 나잇살이나 먹은 주제에 아직도 그런 쓸데 없는 생각을 하고 있단 말인가. 더 중대하고 더 현실적인 문제가 얼마나 많은가. 어쩌면 나는 비현실적이고 하잘것없는, 게다가 사치스럽기까지 한 어리석음에 사로잡힌 것이다. 이것은 사람들이 일찍이 손을 떼어버린 문제, 아니면 너무 한심해서 아예 거론조차 하지 않는 문제 가운데 하나가 아닌가. 이런 나 자신을 부끄러워해야 한다.'

그러나 그 순간, 그의 내면에서 이런 목소리가 울렸다.

'정말 사람들은 이제 이 문제에서 졸업(해방)했다고 말할 수 있을까.'

'해결의 조짐이 없다고 해서 이 문제를 아예 머릿속에서 지워버리려고 하는 것은 매우 안일한 습관이다. 그리고 이 습관에 길든 사람들은 행복하다. 사실 대부분 사람은 이런 어리석은 불안과 의혹에 사로잡히지 않는다. 그렇다면 이런 문제에 늘 골몰한 인간은 일종의 정신적 불구인지도 모른다. 절름발이가 저는 발을 감추듯이 나 역시 이 정신적 비정상 상태를 은폐해야 할 것인가. 그런데 도대체 정상과 비정상, 진실과 허위는 무엇인가. 결국, 통계상의 문제에 불과하지 않은가. 아니, 그런 것은 아무래도 좋다. 무엇보다 중요한 것은 아무리 타인에게 비웃음을 사더라도 일종의 형이상학적이라고 할 만한 이런 불안이 내 성정으로는 다른 어떤 문제보다도 앞선다는 사실이다. 이것만은 어쩔 수가 없다. 이 문제가 확실하게 해결되지 않는 한, 인간세계의 모든 현상은 내게 제한적인 의미를 가질 수밖에 없다. 그런데 이런 문제와 관련하여 예전에 나온 수많은 해답은 결국 이해가 불가능하다는 사실을 너무도 명백히 증명한다. 따지고 보면 내 영혼의 안정에 필요한 유일한 것은 '형이상학적 미몽의 형이상학적 포기'일 것이다. 그 점은 나도 잘 알고 있다. 하지만 그럴 수는 없다. 내가 이런 말도 안 되는 일에 철학자적인 냉철한 사색도 없이 그저 욕망 때문에 문제의식을 품게 되었다는 사실이야말로 내게 주어진 유일한 소명이 무엇인가를 말해준다. 결국, 각자의 방식으로 자신의 소질을 펼칠 수밖에 없다. 남이 나를 보고 유치하다며 비웃는다고 해서 거기에 신경 쓰거나나 자신을 변호하려고 애쓴다면, 그것이 오히려 이상한 일이다. 여자와 술로 몸을 망치는 남자가 있는 것처럼 형이상학적 욕망 때문에 몸을 망치는 남자도 있지 않을까. 여색에 빠져 일생을 망치는 남자와 그 숫자를 비교할 수는 없겠지만, 인식론에 입문조차 하지 못하고 좌절하여 꼼짝도 못 하는 남자도 분명히 있을 것이다. 전자는 문학작품의 소재로 자주 활용되는데, 왜 후자는 문학적으로 다루지 않는 것일까. 주제 자체가 비정상적이기 때문일까. 하지만 비정상적인 인간이었던 카사노바도 그 나름대로 많은 독자가 있지 않았던가.'

횡설수설, 종잡을 수 없이 자기변호를 하는 사이에 그는 문득 뒤러의 판화「멜랑콜리아」―혼란 속에 망연히 앉아 있는 천사의 절망을 떠올렸다. 이미 사방이 어두워져 야마노테 교회당의 윤곽도 분간할 수 없었다. 그 순간 바로 옆에서 배 한 척이 소리 없이 그를 추월해 앞으로 나아갔다. 배는 물 위에 비친 미등 빛을 꼬리처럼 질질 끌며 미끄러지듯 왼쪽으로 돌아 다리 밑으로 지나갔다. 배의 움직임에 이끌리기라도 하듯이 그의 생각도 예측하지 못했던 옆길로 새기 시작했다.

'결국 나는 내 어리석음을 따라갈 수밖에 없지 않은가. 모든 것을 말한 뒤에, 혹은 생각한 뒤에 비로소 사람은 자신의 성정이 이끄는 곳으로 간다. 논리나 사고와는 무관하다. 이후의 모든 노력은 그 성정이 정한 선택을 정당화하는 데 쏠리게 될 것이다. 생각하기에 따라서는 동서고금의 모든 사상은 사상가 각자가 자신의 성정에 따라 펼친 바로 그 정당화가 아니던가.'

2.

주머니에서 꺼낸 방 열쇠가 손에 오싹한 느낌이 들게 할 정도로 날씨가 쌀쌀해졌다. 어두운 방에 전등을 켜고 나서 창문을 열어젖혀 환기를 했다. 그리고 구석에 매달아 놓은 앵무새 새장 안의 먹이를 확인하고, 옷도 갈아입지 않은 채 침대 위에 벌렁 누워 두 손에 깍지를 끼었다. 그리 피곤할 이유도 없는데 매우 피곤한 느낌이 들었다. 오늘 하루 무엇을 했나. 아무것도 하지 않았다. 느지막이 일어나 아래층 식당에서 아침 겸 점심으로 끼니를 때우고, 읽고 싶지도 않은 책을 억지로 사전을 찾아가며 열 쪽 정도 읽고는 덮어버렸다. 그러자 죽은 친척 아이를 위해 조문 편지를 써야 한다는 생각이 들어 쓰려고 했지만 그러지도 못했다. 결국, 조문 편지를 포기하고 시내에서 영화를 보고 돌아왔다. 이 얼마나 보잘것없는 하루인가! 내일은? 내일은 금요일. 근무하는 날이다. 그렇게 생각하니 차라리 마음 편하다는 생각이 들어 화가 치밀었다.

세상과 어울리기에는 정말 아둔한, 타인과 교류하기에는 정말 겁이 많은 일개 가난한 서생. 직업으로 말하면 일주일에 이틀 출근하는 여학교 박물학 강사. 수업에 별로 열성을 보이지도 않고, 그렇다고 특별히 게으르지도 않다. 가르치는 것보다도 소녀들과 접하면서 '친절한 경멸'을 느끼는 데 흥미를 느끼게 되었다. 그리하여 남몰래 스피노자를 모방해서 여학생의 품성에 관한 냉소적인 정리(定理)와 그 계열을 결합한 기하학 책을 써볼까 하는 생각도 했다. 이를테면 정리18. 여학생은 공평함을 가장 싫어하는 존재. 증명. 그들은 항상 자신에게 유리한 불공평만을 사랑하면 되기 때문이다. 이 정리와 증명처럼, 산조는 학교에 나오는 사람들이 자기 생활에서 별로 중요한 대상이 아니라고 믿고 싶어 하지만 그 무렵에는 상황이 전혀 그렇지 않았다. 실제로 그는 소녀들이 자기 생활에서 상당히 큰 부분을 차지한다는 사실을 깨닫고 깜짝 놀라곤 한다.

학교를 졸업하고 2년이 지났을 때 아버지의 죽음으로 부양할 가족이 완전히 사라진 산조는 그때 물려받은 약간의 유산을 밑천으로 장래 인생을 설계했다. 그러고 보니 그때 자신이 어디론가 혼자 몰래 숨어버리려고 했던 계획이 얼마나 미온적이고 한심했던지, 지금 생각하면 화가 나서 참을 수 없었다.

그때 그는 앞으로 살아갈 방향으로 두 갈래 길을 생각했다. 하나는 이른바 출세, 명성, 지위 따위를 위해 일생을 분투하며 살아가는 삶이었다. 물론 실업가나 정치가는 산조의 기질과도 맞지 않고, 또 그의 대학 전공과도 관련이 없었다. 결국 학문의 세계에서 명예를 얻는 길을 걸어가야 했는데, 그렇다 하더라도 장래의 목적을 위해 현재의 생활을 희생하는 삶이라는 점에서는 마찬가지였다. 또 한 가지는 명성이나 성공을 전혀 고려하지 않고, 일상의 순간을 그때그때 풍족하게 살아가는 것으로, 이것은 곰팡내 나는 유럽식 진부한 향수주의에 동양의 선비 기질이 가미된 매우 무기력한 삶의 방식이었다.

산조는 두 번째 길을 택했다. 지금 생각해보면 그렇게 선택했던 이유는 분명히 그의 몸이 허약했기 때문일 것이다. 천식과 위장 장애, 축농증에 시달리는 그의 몸이 스스로 오래 견디지 못하리라는 것을 알고 첫 번째 길을 피하게 했을 것이다. 지금껏 고치지 못한 그의 '겁 많은 자존심' 또한 이 길을 선택하게 했던 이유 중 하나일 것이다. 사람들 앞에 나서는 것을 몹시 쑥스러워하면서도 자신을 고귀하게 여긴다는 점에서는 결코 남에게 뒤지지 않는 성격 탓에 그는 자신의 재능 부족이 타인이나 자기 자신에게 들통 날 우려가 있는 첫 번째 삶의 방식을 자연히 피했을 것이다. 아무튼, 산조는 두 번째 방식을 택했다.

그로부터 2년이 흐른 지금의 생활은 어떤가. 가을밤, 그것도 장식 하나 없이 썰렁한 이 집의 적막함은 무엇을 말해주는가. 벽에 걸린 칙칙한 복제품들도 이제는 꼴도 보기 싫다. 음반 상자에 베토벤 만년의 현악사중주 곡이 들어 있지만, 새삼 들어볼 생각도 없다. 오가사와라(小笠原) 여행에서 가져온 자라 등딱지도 이제 더는 여행에의 유혹을 속삭이지 않는다. 벽 가장자리 서가에는 그가 전공한 학과와 계통이 다른 볼테르나 몽테뉴의 책들이 공허하게 먼지를 쓰고 꽂혀 있다. 앵무새와 잉꼬에게 모이를 줄 마음조차 들지 않는다. 침대 위에 벌렁 누워 그저 멍하니 있었다. 몸도 마음도 버팀목이 빠져버린 듯한 형국이다. 일상생활의 무료함이 내면에 굴을 뚫어버린 것일까. 그것은 조금 전 기억에서 떠올린 저 끝없는 불안과는 전혀 다른 것이다. 그는 얼빠진 사람처럼 불안도 고통도 느끼지 못하는 마비 상태에 빠져 있다.

내일 학교에 출근해서 만날 소녀들의 모습이 가사 상태의 삶에서 유일하게 살아 있는 생명체인 것처럼 멍한 그의 의식 한 구석에서 환하게 떠올랐다. 하나하나 놓고 보면 미운 점도 있고 어리석기도 한 소녀들이 그의 생활에서 만날 수 있는, 유일하게 살아 있는 존재란 말인가. 풍요로울 것만 같았던 하루하루는 얼마나 궁핍하고 공허한가. 인간은 결국 집착하고, 열광하고, 추구하는 대상이 없으면 살아갈 수 없는 것일까. 역시 자신도 다른 사람들처럼 손뼉 치고, 증오하고, 질시하고, 아첨하는 세상을 바라는 것일까. 그는 '이를테면…' 하고 생각하지 않을 수 없었다. 이를테면 지난주 학교에서 국어와 한문을 가르치는 노교사가 최근에 지었다는 한시(칠언절구)를 교무실 사람들에게 들려주었을 때, 조상 대대로 유가(儒家)에서 자란 그는 장난삼아 운율에 맞춰 눈 깜짝할 사이에 시 한 편을 지어 화답했다. 시를 잘 짓고 못 짓고를 떠나서 전공이 다른 젊은 박물학 교사가 즉석에서 응수하자, 노교사는 깜짝 놀라 과장된 몸짓으로 칭찬해주었지만, 거만하고 자존심이 강한 그는 이 대수롭지 않은 말에 얼마나 우쭐했던지! 실제로 노교사가 칭찬한 말 한 마디 한 마디를 명확히 기억할 만큼 기뻐하지 않았던가. 오토 바이닝거는 모든 여자가 다른 사람이 자신에게 들려준 칭찬의 말을 평생토록 모두 기억한다고 말했지만, 어쩌면 이것은 여자에게만 한정된 이야기는 아닌 듯싶다. 산조는 지난 몇 년 몇 개월 동안 한 마디의 찬사도 듣지 못했다. 그는 바로 이런 하찮은 것에 굶주렸다는 말인가. 그렇게 사소한 허영심을 채우고 싶어 하는 그가 왜 이처럼 세상과 동떨어진 삶을 선택한 것인가.『오디세이』와 루크레티우스와『모시 정전』[5]과 그것조차 소화하기 어려울 정도의 문자 그대로 '스몰 라틴 앤드 레스 그리크'[6]만으로 삶은 충분하다고 생각했던 그는 인간에 대해 얼마나 무지했던 것인가! 두번천[7]도, 세자르 프랑크도, 스피노자도 메울 수 없는 빈자리

---

5) 毛詩 鄭箋: 모시(毛詩)는 중국의 가장 오래된 시집『시경(詩經)』의 별칭. 여기에 후한(後漢)의 정현(鄭玄)이 주석을 첨가한 것.

6) 'small latin and less greek': 라틴어는 잘 모르지만, 그리스어는 더 모른다는 뜻. 영국의 17세기 극작가 벤 존슨이 셰익스피어를 두고 했던 말.

7) 杜樊川: 당나라 시인 두목(杜牧, 803~853). 번천(樊川)은 호. 두보(杜甫)에 대해서 '소두(小杜)'라고

가 한 마디 찬사와 한 마디 아첨으로 채워진다는, '인간적인, 너무도 인간적인' 사실에—자신처럼 본디 아둔한 서생에게도 이 사실이 적용되는 것에— 산조는 새삼 놀랐다.

아직 잠을 청하기에는 이른 시각이다. 잠자리에 들어도 어차피 두세 시간은 잠을 이루지 못한다. 산조는 아무렇지도 않은 듯이 일어나 침대 모서리에 걸터앉은 채 멍하니 방 안을 바라본다. 2, 3일 전, 책상 서랍을 뒤지다가 종이쪽지 사이에 끼어 있던 폭죽 주머니를 발견했다. 지난여름이 끝날 무렵, 깜빡 잊고 보관함에 넣어두지 않았던 그 주머니 안에는 화약이 조금 남아 있었다. 그때 서랍에 아무렇게나 넣어두었던 것이 지금 갑자기 생각난 것이다. 그는 일어나 서랍에서 폭죽 주머니를 꺼냈다. 폭죽은 눅눅해지지 않은 것 같았다. 그는 전등을 끄고 성냥을 그었다. 어둠 속에서 가늘고 강렬하면서도 눈이 부시지 않은 빛줄기가 뿜어져 나와 솔잎 모양의 단풍이 피었다가 금세 사라졌다. 화약 냄새가 코에 스며드는 순간, 무겁게 가라앉았던 그의 마음은 폭죽이 만들어내는 아름다운 불꽃을 보면서 소소한 감동을 체험하고 있었다. 너무나도 비참하고 주눅이 든 쓸쓸한 감동을.

도 불린다. 시문집으로 『번천문집(樊川文集)』이 있다.

3.

조용한 표본실 안. 악어와 대형 박쥐에 오리너구리의 박제 모형 사이에서 산조는 혼자 책을 읽고 있다. 탁자 위에는 다음 광물 시간에 사용할 표본과 도구들이 어지럽게 널려 있다. 알코올램프, 막자사발, 도가니, 시험관. 그 밖에 파르스름한 형석, 감람석, 하얀 반투명 중정석과 방해석, 단정한 등축결정을 보여주는 석류석, 결정면이 반짝반짝 빛나는 황동광… 별로 환하지는 않지만 천장의 창으로 들어오는 빛이 반듯한 결정체들 위로 반사되어 오랫동안 사용하지 않은 표본들의 엷은 먼지까지 비추고 있다. 이 말 없는 돌들 사이에 앉아 그 아름다운 결정들과 고르게 갈라진 흔적을 보고 있으려니 왠지 차갑고 철저한, 저 소리 없는 자연의 의지 또는 지혜와 마주하는 느낌이 든다. 산조는 시끌벅적한 교무실을 벗어나 이 차가운 돌과 죽은 동식물 사이로 늘 피신해서 좋아하는 독서에 빠지곤 한다.

지금 그가 읽고 있는 책은 프란츠 카프카의 『구멍』이라는 소설이다. 소설이라고는 하지만, 좀 이상한 소설이다. '나'라는 주인공은 두더지나 족제비 같은 것인데, 결국 밝혀지지는 않는다. '나'라는 주인공은 머릿속으로 온갖 상황에 대처하며 자신의 거처인 땅속 구멍에서 살아간다. 상상할 수 있는 모든 적과 재난에 대비해서 세심하고 주도면밀하게 주의를 기울여 안전을 도모하지만, 늘 조심하고 경계해야 한다. 특히 '나'를 둘러싼 커다란 '미지'의 두려움과 그 앞에 섰을 때의 무력감이 끊임없이 '나'를 위협한다.

"나를 위협하는 것은 비단 외부의 적만이 아니다. 땅속에도 적들이 있다. 나는 그들을 본 적이 없지만 전설이 말해주고 있으며, 나도 그들의 존재를 확실히 믿는다. 그들은 땅속 깊은 곳에 서식한다. 전설에서도 그들의 형상을 묘사하지는 않는다. 왜냐면 희생자들이 그들을 직접 보지 못한 채 죽어버리기 때문이다. 희생자가 그들이 다가온다는 것을 그들의 발톱 소리를 통해 감지한 순간, 이미 모든 것은 끝난다. 자기 거처에 있다고 해서 안심할 수는 없다. 그것은 그들의 서식처에 속해 있기 때문이다."

이 정도면 거의 숙명론적인 공포라고 할 수 있다. 열병 환자를 엄습하는 악몽 같은 것이 이 구멍에 사는 작은 동물의 공포와 불안을 통해 몽롱하게 떠다니고 있다. 이 작가는 늘 이런 기이한 소설만 쓴다. 읽다 보면 꿈속에서 정체불명의 그것 때문에 늘 가위에 눌리게 된다.

그때 출입구 쪽에서 노크 소리가 나서 쳐다보니 사무실의 M씨가 서 있다. 그는 안으로 들어오더니 "편지가 와서요."라고 말하고는 탁자 위에 봉투를 내려놓는다. 사무실과 이 표본실은 거리가 꽤 멀기에 편지를 직접 들고 온 것은 이야기 상대가 필요하다는 뜻이리라. 키가 작고 마른 체구에 쉰 살이 넘은 그는 용모가 괴상하기 짝이 없는 인물이다. 빨간 피부에 딸기 씨처럼 까만 모공이 보이는 코는 얼굴 다른 부위와 상관없이 얼굴 한가운데 우뚝 솟아 있는 느낌이 든다. 게다가 깊이 팬 부리부리한 눈 위로는 아주 짙고 검은 눈썹이 바짝 붙어 있다. 흑인처럼 두껍고 뒤둥그러진 아랫입술 주위에 수염을 길렀고, 게다가 염색한 두발은 드문드문 숱이 적은 곳도 있고 한 올씩 다른 데서 이식한 상태인데, 짧은 데다 부처님의 머리카락처럼 곱슬곱슬하게 꼬여 있다.

교무실에서는 이런 M씨를 바보로 여긴다. 이 사람의 이름을 입에 올릴 때마다 모두들 피식 웃는다. 성격도 행동도 우둔한 것 같고, 말도 '그렇-지-않을까-싶은데'라고 한 마디씩 천천히 띄엄띄엄 자기 말소리를 자기 귀로 확인하고 나서 다음 말을 이어간다. 벌써 20년이나 이 학교에 근무했는데, 근속 연수보다도 몇 명의 아내가 죽었거나 도망갔다는 이야기가 더 유명하다. 그리고 교사, 학생 할 것 없이 젊은 여자면 누구든지 곧바로 손을 잡는 버릇이 있다는 소문도 파다하다. 특별히 나쁜 뜻이 있다는 것이 아니라 방어할 틈도 없이 갑자기 손을 잡아버린다는 것이다. 흑심을 품을 정도의 머리는 없는 사람이라고, 다들 믿고 있다. 여자들이 몇 번 비명을 지르거나, 꼬집거나, 눈을 흘겼지만, 전혀 개의치 않았다. 알아들었어도 다음번에 또 잊어버리는지도 모른다. 아마 그래서 해고되지 않았겠지만, '저렇게 이상하게 생겼으니 괜찮겠지요?' 하고 웃어넘기는 사람도 있다. 이런 M씨를 아무도 상대해주지 않으니 일주일에 이틀밖에 학교에 나오지 않는 산조를 붙잡고 이런저런 이야기를 하고 싶어 하는 것이다.

"나는 프랑스어를 합니다."라고 말하기에 들어보니 라디오에서 방송하는 초급 프랑스어 강의를 한두 차례 들은 정도의 수준이다. 그러나 본인은 특별히 허풍을 떨 생각으로 그런 말을 하는 것이 아니라 그것으로 프랑스어를 한다며 진심으로 위안을 삼는 것이다. 그런 식으로 M씨는 독일어도, 한시도, 와카[8]도 한다고 말한다. 이런 이야기를 들으면서 산조는 M씨의 둔한 눈빛 속에 어딘지 흉악한 면이 있음을 눈치를 챌 때가 있다. 그럴 때면 궁지에 몰린 약자가 갑자기 공세를 취할 때 그때까지 자신을 가리고 있던 모든 위장을 벗어던지는 것과 같다는 생각이 들었다.

편지를 건네주고도 M씨는 좀처럼 돌아갈 기색을 보이지 않고 박제 악어 밑에 쭈그리고 앉아 특유의 느릿느릿한 말투로 이

---

8) 和歌: 일본 고유 형식의 시. 장가(長歌), 단가(短歌), 선두가(旋頭歌) 등을 총칭하지만 특히 단가(5·7·5·7·7의 5구 31음의 단시)를 가리킨다.

야기를 시작했다. 그러는 사이에 어떤 계기에서인지 화제가 그의 현재―그보다도 스무 살이나 어린―아내 이야기로 이어졌다. 그는 매우 진지하게 자신과 결혼하기 전 아내의 이력 따위를 이야기했다. 이건 좀 이상한데… 하는 생각이 든 순간, M씨는 손에 들고 있던 보따리를 풀어서 두툼한 책 한 권을 꺼내 탁자 위에 올려놓는다. M씨는 지금까지 내용을 모르고 있는 산조에게 그 책을 보여주고자 일부러 그를 찾아왔던 것이다. 표지를 보니 연보랏빛 비단에 '일본 명부인전'이라고 제목을 써 넣은 흰 종이가 붙어 있다.

"아내 이야기가 여기 실려 있어요."

M씨는 느릿느릿 말하고 자랑스럽다는 듯이 빙긋 웃는다.

산조는 처음에는 전혀 이해할 수 없었지만 M씨가 펼쳐준, 자작나무로 된 서표가 끼워져 있는 부분을 보니 실제로 상하 2단으로 나뉜 쪽 상단에 고딕체로 그의 아내 이름이 인쇄되어 있다. 이어서 생년월일이며 출생지며 졸업한 학교 등이 조목조목 나와 있고, 'M씨에게 시집와서 정숙하고 내조의 공이 크다…'라는 등 글도 적혀 있다. 그런데 이상하게도 그다음엔 남편인 M씨의 전기로 바뀌어 경력은 물론이고 천성이 온화하다든가, 다른 사람들이 성인군자라고 한다든가, 마치 제문(祭文) 문구 같은 문장들이 나열되어 있다.

그제야 겨우 산조는 모든 것을 이해할 수 있었다. M씨는 일종의 사기에 걸려들었던 것이다. 그러니까 『일본 명부인전』에 귀하의 부인을 등재하고 싶다며 상대의 허영심을 부추겨서 천하의 우부우부(愚夫愚婦)에게서 상당한 금액을 갈취하여 엉터리 책을 만들고는 그것을 비싼 값에 강매하는 허무맹랑한 꼬임에 넘어간 것이 틀림없었다. 게다가 M씨는 자신이 사기당했다고는 추호도 생각하지 않고 득의양양해서 사람들에게 자랑하러 다니고 있었다. 더군다나 이 문장은 M씨 자신이 쓴 것이 분명했다.

책장을 넘겨 앞쪽을 보니 무라사키 시키부,[9] 세이쇼 나곤[10] 같은 부류가 역시 M씨 부인과 똑같은 방식으로 각각 반 쪽을 차지하고 죽 나열되어 있다. 산조는 눈을 치켜뜨고 M씨를 보았다. 산조의 놀란 얼굴을 보고 감탄의 표정으로 해석했는지 M씨는 기쁨을 감추지 못하고 코를 벌름거리며 우쭐대고 있다. 그가 웃으면 누런 이가 드러나면서 빨간 코가 실룩실룩 꿈틀거렸다. 산조는 바로 시선을 떨어뜨렸다. 더는 참을 수 없었다. 희극? 그럴지도 모른다. 하지만 이 얼마나 견디기 어려운 인간희극인가. 강장동물 수준의 희극? 산조는 선반 위의 작은 카멜레온 모형으로 눈을 돌리면서 무심코 그런 말을 생각했다.

---

9) 紫式部: 『겐지모노가타리(源氏物語)』의 저자이며 헤이안(平安) 시대를 대표하는 여류 작가.
10) 淸少納言: 『마쿠라노소오시(枕草子)』의 저자이며 수필로 헤이안 문학을 대표하는 여류 작가.

4.

그날 밤 M씨의 권유로 산조가 함께 오뎅집에 갔던 것은, 생각해보면 참으로 이상한 사건이다. 첫째, M씨가 술을 즐긴다는 것도 금시초문이고, 특히 밖으로 마시러 나간다는 것은 상상도 할 수 없는 일이며, 게다가 산조를 불러낸다는 것은 더더욱 뜻밖이다. M씨의 처지에서 보면 자기 아내에 대해 상세하게 이야기할 정도로 친해졌다고 생각한 산조에게 뭔가 호의를 표시해야 한다고 여겼음이 분명하다. 아무도 자신을 상대해주지 않는다는 것을 잘 아는 그로서는 누군가가 자신을 진심으로 대우해줬다는 우쭐함이 전례 없는 행동을 하게 했던 것이 분명하다.

M씨의 권유에 응한 산조도 자신의 마음을 알 수 없었다. 지병인 천식 때문에 술은 거의 끊었고, M씨처럼 정체를 알 수 없는 인물과 지금까지 진실하게 이야기한 적도 없는 그가 그날 밤 M씨에게 동조한 것은 무엇 때문일까. 그것은 M씨의 어눌한 말투와 그의 집요한 권유를 거절하지 못했기 때문이라기보다도 『일본 명부인전』이 촉발한 이 남자에 대한 심술궂은 호기심 때문이었는지도 모른다.

술을 잘 마시지 못하는 산조에게 억지로 권하지도 않고, 혼자 잔을 비우던 M씨는 코가 점점 더 빨개져서 피지가 눈에 더 잘 띄었다. 누런 이를 드러내고 히죽히죽 웃으며 평소와 달리 분명치 않은 말투로 아주 천천히 아내 이야기를 계속했다. 상당히 아슬아슬한 이야기를 정말 소박한 표현으로 여러 차례 반복했다. 자신은 그것이 아슬아슬한 이야기라는 사실을 새까맣게 모르고, 단지 이야기하지 않고는 견딜 수가 없어 스스로 이야기한 것이다. 지금의 부인의 유감스러운 점들을 하나하나 들어가면서, 결말도 없는 이야기를 장황하게 늘어놓고는 '대단히 유감스러운 일입니다.'라고 정중한 어조로 마치 남의 이야기를 하듯이 말했다. 도대체 무슨 속셈으로 이런 이야기를 하는 것일까 하고 산조는 잠시 이 남자의 얼굴을 바라보았지만, 결국 종잡을 수 없는 한낱 코미디에 불과할 뿐이었다. 산조는 이런 이야기를 들을 때 어떤 자세를 보이고, 어떤 표정을 지어야 할지 알 수 없어 당황했고, 어색함을 감추려고 억지로 잔을 들고 있었다.

정신이 퍼뜩 들어 산조가 앞을 바라보았을 때 거기 놓인 새하얀 접시에는 언제 왔는지, 그야말로 눈이 번쩍 뜨일 만큼 선명한 비췻빛 베짱이가 오뚝 서서 조용히 더듬이를 움직이고 있었다. 날개를 쫙 펴자, 희고 강렬한 전등 빛 아래서 베짱이의 몸체는 접시를 물들여버릴 듯한 녹색으로 빛났다. 그 백색과 녹색을 응시하면서 산조는 또다시 M씨의 부인 이야기를 들었다.

그러는 사이에 늘 이 사람을 바보로 여기던 생각은 사라지고, 어쩐지 섬뜩한 공포와 일종의 분노—M씨에 대한 직접적인

분노도 아니고, 지금 자기가 하고 있는 처신에 대한 분노와도
조금 다르다─가 섞인 묘한 기분에 사로잡히게 되었다.

　어느새 산조도 술이 꽤 올라 있었고 한동안 상대방의 이야
기도 귀에 들어오지 않았지만, 그사이에 뭔가 M씨의 말투가 달
라졌다는 것을 문득 깨닫고 보니, 그는 이미 부인 이야기를 멈
추고 어떤 다른 일에 관해 이야기하고 있었다. '어떤 다른 일에
관해'라고 말한 이유는 그것이 지금까지 M씨가 꺼냈던 화제와
는 전혀 달랐기 때문이다. 산조는 처음에 M씨가 무슨 말을 하는
지 확실하게 의미를 파악할 수 없었지만, 듣다 보니 점차 알게
되었는데 그것은 놀랍게도 일종의 추상적인 감상, 즉 그의 인생
관의 단면 같은 것이었다. 단지, 그의 표현은 평소에도 그렇듯
이 매우 얼떠서 말이 모호하고 느리며 몇 번이나 같은 말을 되
풀이하기에 알아듣기 어려울 때가 많았다. 그러나 참을성 있게
끝까지 듣고 그 의미를 알아내서 보통 말로 풀어보면, 그때 M씨
가 토로한 감회는 대체로 이런 것이었다.
　'인생이라는 것은 나선형 계단을 올라가는 것과 같다. 층계
참에 서서 앞에 펼쳐진 풍경을 바라보고 나서, 한 바퀴 돌아 올
라가 한 단계 높은 다음 층계참에 서서 바라봐도 똑같은 풍경이
펼쳐진다. 이처럼 첫 번째 풍경과 두 번째 풍경은 거의 같지만,

두 번째 위치에서는 아주 미미하게나마 약간 더 먼 곳을 볼 수 있다. 위 단계에 도달한 사람은 그 미미한 차이를 알지만, 아직 아래 단계에 있는 사람은 그것을 알지 못한다. 그는 두 번째 층계참에 서 있는 사람도 자기와 똑같은 풍경을 바라보고 있다고 착각하는 것이다. 사실, 풍경을 묘사하는 말만 들어서는 두 사람 사이의 전망에는 거의 차이가 없기 때문이다.'

M씨는 '나선형 계단'이라는 말 대신에 '빙빙 돌아서 올라가는 거 있잖아요. 아, 그 높은 탑 같은 데 오를 때 계단처럼 된 것 말이에요. 빙빙 돌아서 올라가다 보면 주변의 경치가 눈에 확 들어오지요, 난간 같은 것이 달려 있는 계단이 있지요.'라고 똑같은 설명을 몇 차례나 반복하는 데 거의 30분이 걸렸지만, 그의 말을 마치 광석에서 보석을 캐내듯이 잘 새겨들으니 분명히 그런 의미를 담고 있었다.

산조는 M씨가 몽테뉴라고 불러도 좋을 만큼 전과는 달리 느껴져서 그의 얼굴을 다시 바라보았지만, 독서가가 아닌 M씨는 이런 생각을 결코 책 따위에서 얻은 것이 아닐 터였다. 그것은 50년 생애의 지둔한 관찰에서 비롯한 그만의 성찰임이 틀림없었다. 이런 말을 뱉을 만한 지혜의 흔적이 거의 엿보이지 않는 M씨의 얼굴을 보며 산조는 속으로 이렇게 생각했다.

'누구나 이 남자를 바보로 여기지만, 만약 우리가 이 남자의 답답한 표현을 이해해줄 정도의 인내심을 보인다면, 지금 이 남자가 토로한 감상 정도의 사상을 그의 말 곳곳에서 늘 발견할 수 있지 않을까. 단지 우리에게 그것을 발견할 능력과 끈기가 부족한 것이 아닐까. 그리고 그 둔중하고 난해한 말을 곰곰이 씹어보는 사이에 우리도 이 남자의 우매함에 대한 필연성, 다시 말해 '왜 그가 항상 이렇게 타인의 눈에 어리석게 보이는 행동을 하지 않으면 안 되는 것일까?' 하는 심리적 필연성을 확실하게 납득할 수 있지 않을까. 그렇게 되면 결국 M씨가 M씨여야만 하는 필연성과 우리가 우리여야만 하는 필연성 사이에, 혹은 괴테가 괴테여야만 했던 필연성과의 사이에 가치의 상하를 매기는 것이 적어도 주관적으로는 불가능하다고 느끼게 될 것이다. 지금 M씨는 조금 전에 말한 성찰에서 분명히 자신을 위 단계에 도달한 자라고 말하고, 그를 조롱하는 우리를 '아래 단계에 있으면서 위 단계에 있는 자를 우습게 보는, 자기 분수를 모르는 자들'이라고 말할 것이 뻔하다. 우리 가치판단의 표준이 절대적이라고 생각하는 것은 자만심에 불과한 것이 아닐까. M씨의 경우를 유추해서 조금 돌려서 생각하면, 마찬가지로 우리가 만약 개나 고양이 같은 짐승의 말이나 그 밖의 표현법을 이해하는 능력을 갖춘다면, 우리도 그 동물들의 생활 형태의 필연성을 이해할 수 있고, 또 그들이 우리보다 훨씬 뛰어난 예지와 사상을 갖추고 있음을 발견하게 될 것이다. 우리는 우리가 인간이라는 단순한 이유로 인간의 지혜가 최고라고 자만하고 있는 것은 아닌가.'

취기가 머리를 혼탁하게 하여 생각하기가 귀찮아졌을 때 결국 도달하는 곳은 항상 '이그노라무스 이그노라비무스'[11]이다. 산조는 뭔가에 쫓기듯이 선 채로 황급히 서너 잔을 단숨에 들이켰다. 베짱이는 이미 어딘가로 사라져버렸다. M씨도 꽤 취한 듯 눈을 감고 있었지만, 입으로는 여전히 뭔가를 우물우물 중얼거리며 뒤편 기둥에 몸을 기대고 서 있었다.

5.

흥! 아직 서른도 안 됐는데, 점잔 빼는 꼬락서니가 우습지 않은가. 무슈 베르주례[12]나 제롬 코와날 선생[13] 흉내를 내봤자,

---

11) ignoramus et ignorabimus: "우리들은 알지 못하고, 또한 영원히 알 수는 없을 것이다."라는 뜻. 19세기 독일의 생리학자 에밀 뒤 부아 레몽(Emil Heinrich Du Bois-Reymond, 1818~1896)이 자신의 저서 『자연인식의 한계』(1872)에서 인용한 말이다.

12) 아나톨 프랑스(Anatole France, 1844~1924)의 소설 『현대사』의 주인공으로, 가정을 돌보지 않고 고전 연구에만 몰두하는 문과대학 강사.

13) 아나톨 프랑스의 소설 『새(鳥) 요리점 렌느 페도크』의 주인공으로, 학문에 뛰어나지만 불우하게 평생을 보내는 학승. 철저한 회의주의자.

너는 당해낼 재간이 없어. 마치 세속을 초월한 듯이 고고한 정신생활의 향수를 계속 들먹이며 우쭐댄다면, 웃음거리밖에 되지 않아. 사실은 행동력이 없어서 세상에서 뒤처졌을 뿐이잖아. 세속적인 활동력이 없다는 것은 세속적인 욕망도 없다는 뜻은 절대로 아니지. 기껏 한잔 마시고, 하찮은 욕망을 채울 만한 실행력도 없으면서 어울리지 않게 점잖은 척하는 따위의 위선은 정말 보기 흉해. 궁지에 몰려서 고립된 상황은 전혀 비장할 것도 없지. 그리고 또 한 가지, 세속적인 재능이 없다는 것이 정신적인 재능이 있다는 의미는 절대로 아니니까. 대개 '고상한 삶'이라는 것은 생활력이 없는 무능력자의 그럴듯한 마지막 은신처지. 뭐? '인생은 아무것도 하지 않기에는 너무 길지만, 뭔가 하기에는 너무 짧다.'고? 뭐 그런 건방진 소리를 해? 너무 길다든가 짧다는 것은 뭔가를 해보고 나서 하는 말이야. 아무것도 모르는 주제에 아무 노력도 하지 않고 주제넘게 득도한 것처럼 말하는 것은 정말 나쁜 버릇이야. 그것이 바로 자만이지. 네가 어렸을 때부터 품어왔다는 '존재에 대한 의혹'이라는 것도 아주 이상한 거야. 좋아, 그것에 대해 말해주지. '인간'이라는 것은 시간이나 공간이나 숫자와 같은 관념 속에서만 생각할 수 있는 거야. 그래서 우리는 그런 형식을 넘어선 것들에 관해서는 아무것도 알 수 없지. 신이나 초자연 같은 것들의 존재가 (또한 비존재

가) 이론적으로 증명되지 않은 것도 바로 그 때문이야. 네 경우도 마찬가지지. 그런 의혹을 품어도, 그것을 해결할 수 없게 되어 있기 때문에 너는 해답을 얻을 수 없는 거야. 그뿐이야. 참 어처구니없지.

세계가 뭐냐든가, 인생이 뭐냐는 등의 막연한 생각은 하지 않는 게 좋아. 그러면 무엇보다도 부끄러울 일이 없겠지. 조금이라도 취향이 섬세한 남자라면 낯 뜨거워서 그런 말은 입 밖에 내지도 못할 거야. 게다가 세계는 그렇게 대충 봐서는 결코 커지지도, 깊어지지도, 아름다워지지도 않아. 이런 비밀을 체득하지도 않고 주제넘게 대단한 염세주의자라도 된 듯이 굴 자격은 아무한테도 없어. 누구든지 사람이 되면 세속이나 관습 같은 것들을 그렇게 꼬치꼬치 따지고 경멸하지 않아. 오히려 그 안에서 가장 훌륭한 지혜를 발견하지. 눈에 보이는 대로 느끼는 인생만으로는 신기할 것이 없겠지만, 거기에 무엇인가를 가공해서 일정한 방식에 따라 다루다 보면 갑자기 의미도 있고 재미도 있는 것이 될 때가 있어. 이것이 바로 인생에 관습이 필요한 까닭이야. 물론 이런 것에만 몰두하는 것은 어리석기 짝이 없지만, 한 번 쳐다만 보고 절망하거나 경멸하는 것도 바보 같은 짓이지. 초등수학에 나오는 대수의 완전제곱[14]을 알고 있지? 방법을 모

---

14) $4=2^2$과 같이 어떤 정수·정식이 다른 정수·정식의 제곱이 되어 있는 것.

르면 풀릴 것 같지 않은 문제가 그까짓 공식 하나로 금방 풀려 버리지. 이처럼 인생의 여러 사실을 이해하고 싶다면, 방정식의 양변에 b/2a의 제곱을 더해서 알기 쉽고 의미 있는 것으로 만드는 기술처럼, 어떻게든 그 방법을 습득해야 해. 회의는 그다음에나 찾아오는 것인데, 아주 많지.

아무튼 거듭 말하지만, 득도한 사람처럼 거들먹거리는 시건 방진 말투만은 삼가야 해. 정말이지 너보다도 내가 창피해서 쥐구멍에라도 들어가고 싶어져. 엊그제만 해도 그래. 동료 독신자들과 결혼에 관해 이야기할 때 네 말투가 어땠는지 기억해? 뭐라고 했더라? 그래, '어떤 재미있는 작품도 그것을 교실에서 교재로 사용하면 곧바로 시시해지는 것과 마찬가지로 어떤 좋은 여자도 아내로 삼으면 곧바로 시시한 여자가 되어버린다.'고 했던가? 네가 득의양양하게 경박한 표정으로 우쭐해져서 히죽거리던 모습과 네 나이와 경험을 생각해보면 정말 나는 창피한 수준을 넘어 소름이 돋아. 너는 아직도 그래. 너는 보기에도 민망할 정도로 거드름을 피우고, 게다가 추잡한 호색한이지. 언젠가 학생 둘을 데리고 해안공원에 놀러 갔을 때 네가 잔디밭에서 앉아 쉬고 있는데, 옆에 있던 노동자 같은 남자 두세 명이 일부러 들으라는 듯이 큰 소리로 외설스러운 이야기를 했던 일을 기억해? 그때 네 태도는 어땠고, 눈빛은 어땠어? 너는 당황해서 주위를 둘러보고 못 들은 척했지. 하지만 너는 또 그 메스꺼운 눈초리로 그 외설을 다 들었던 소녀들 쪽을 뚫어지게 바라보았지. 그것참!

뭐, 나는 인간의 타고난 본성을 경멸하려는 건 아니야. 호색? 좋지. 하지만 호색가면서 왜 호색가답게 당당하게 행동하지 못하는 거지? 점잔 빼고 애써 변명하면서 호색 근성을 숨기려는 태도가 꼴불견이라는 거지. 그 일만이 아니야. 매사에 왜 좀 더 솔직하고 순수하게 행동하지 못하는 거야? 아무리 품위 없고 이상한 행동이라도 좋으니 슬플 때 울고, 화나고 분할 때 발을 동동 구르고, 우스우면 입을 크게 벌리고 웃어야지. 세상 이목 따위는 문제 삼지 않는다면서, 결국 자기 행동이 남에게 어떻게 비칠지 가장 신경 쓰는 사람이 너 아니야? 하지만 사실은 아무도 관심 없고, 오직 너 혼자 신경 쓰고 있을 뿐이지, 세간에서 너 따위는 안중에도 없어서, 결국 네가 너 자신에게 스스로 보여주려고 온갖 행동을 신경질적으로 연출하고 있을 뿐이야. 너는 어리석은 골칫덩어리, 무대에도 설 수 없는 삼류 배우야.

정신이 들자 산조는 어느 가게 진열장 앞 난간을 잡은 채 유리에 이마를 대고 위태롭게 몸을 지탱하며 거의 혼수상태에 빠져 있던 자신을 발견했다. 진열장 조명에 부신 눈을 깜박이며 자세히 보니 그것은 목걸이나 팔찌 같은 진주 제품만을 파는 가게였다. 오뎅집 앞에서 M씨와 헤어지고 나서 어영부영하는 사이에 외국인들이 주로 드나드는 '벤텐도오리(弁天通)'라는 상점가까지 걸어온 것이다. 거리를 되돌아보니 다른 가게들은 거의 문을 닫아 인적도 없이 조용한데, 이 가게만은 어쩐 일인지 아직 열려 있었다. 바로 눈앞에 있는 진열장에는 진주알들이 빛을 품은 채 검은 융단에 깊이 파묻혀 있었다. 전등 불빛을 받아 하얀 진주들이 각각 우윳빛으로 불투명한 광택을 내며 약간 푸르스름하고 희미한 음영을 띤 채 진열되어 있었다. 산조는 술이 깨는 듯 놀란 얼굴로 그것들을 멍하니 바라보았다. 그리고 진열장 앞을 떠나 들뜬 기분으로 M씨의 일도, 조금 전 양심의 가책을 느꼈던 일도 다 잊어버리고 인적 없는 거리 이곳저곳을 한동안 쏘다녔다.

나카지마 아쓰시(中島敦) 연보

1909

5월 5일 동경에서 출생했다. 아버지 나카지마 다비토(中島田人, 1874~1945)는 중학교 교사였으며, 어머니 치요코(千代子)도 초등학교 교사였다. 다비토는 22세에 한문과 중등교원(현재의 고등학교) 자격을 취득하여 중학교 교사로 재직했다.

할아버지 나카지마 부잔(中島撫山)은 가메다 호사이(龜田鵬齋) 문하의 한학자였다. 슬하에 7남 3녀를 두었고, 아쓰시의 아버지 다비토는 그중 6남이었다. 2남 단조(端藏) 역시 한학자였으며 3남 쇼(竦)는 중국 고대 문자의 재야 연구자였다.

아쓰시는 아버지와 떨어져 살았기에 어린 시절 아버지에게서 한학을 직접 배우지는 않았다. 후에 「산월기(山月記)」를 읽은 아버지는 "아무도 가르쳐 주지 않았는데 이렇게 잘 썼다니!"라고 감탄했다.

1910

2월, 부모의 이혼으로 한 살 때 어머니와 이별한 그는 나중에 "생모의 얼굴이 기억나지 않는다."고 썼다. 아버지의 고향 사이타마(埼玉) 현에 살고 있던 조부모의 손에 맡겨졌다.

4월, 아버지가 나라(奈良) 현 고리야마(郡山) 중학교로 전근했다.

1911

6월 24일, 할아버지 나카지마 부잔이 84세로 사망했다.

1914

2월 18일, 아버지가 재혼했다.

1915

3월, 초등학교 입학을 위해 아버지의 근무지인 나라 현 고리야마로 이주했다.

1916

4월, 나라 현 고리야마 남자 심상소학교(보통학교)에 입학했다.

1918

5월, 아버지가 시즈오카(靜岡) 현 하마마쓰(浜松) 중학교로 발령되었다.

6월, 3학년 1학기를 마치고 7월에 시즈오카 현 하마마쓰 심상소학교로 전학했다.

1920

9월, 아버지가 한국의 용산중학교로 전근 발령되어, 경성 용산초등학교 5학년 2학기에 전학했다.

1922

3월, 용산초등학교를 졸업하고 4월에 경성중학교에 입학했다.

1923

3월, 여동생 스미코(澄子)가 태어났다.

4월, 두 번째 어머니가 사망했다.

1924
4월, 아버지가 세 번째로 결혼했다.

1925
3월, 아버지가 용산중학교를 퇴직하고 10월부터 중국 대련(大連) 제2중학교에서 근무했다.

1926
4월, 중학교 4년 수료하고 제1고등학교(현재 동경대학 교양학부) 문과 갑류에 입학했다.

1927
봄, 늑막염을 앓아 대학을 1년간 휴학했다.

8월, 『교우회잡지』에 「시모다의 여자(下田の女)」를 게재했다.

1928
4월, 천식이 발작하여 기숙사를 떠나 동경 아오야마(靑山)에 있는 친척 집에 기거하게 되었다.

11월, 『교우회잡지』에 「어떤 생활(ある生活)」, 「싸움(喧嘩)」을 게재했다.

1929
6월, 『교우회잡지』에 「고사리·대나무·노인(蕨·竹·老人)」, 「순사가 있는 풍경(巡査の居る風景)」을 '단편 두 편(短篇 二篇)'이라는 제목으로 발표했다.

1930

1월, 『교우회잡지』에 「D 시의 7월의 서경 1(D市七月叙景 1)」을 발표했다.

3월, 제1고등학교를 졸업하고 4월, 동경제국대학 문학부 국문학과에 입학했다. 여름방학 때 나가이 가후(永井荷風), 다니자키 준이치로(谷崎潤一郎)의 작품을 섭렵했다.

1931

3월, 하시모토 다카(橋本たか)와 결혼했다.

"나의 비망록에 '12월 12일, 나카지마의 레코드 일제 매각'이라는 메모가 있다. 혼고(本郷)에서 고등학교 졸업 이후에 만난 친구들이 택시를 타고 나카지마의 집에 가서 그의 레코드 30여 장을 단번에 팔아치웠다. 당시에는 모두 돈이 궁했다."

_ 히카미 히데히로(氷上英広), 「나카지마의 회상에서(中島の回想から)」

"여름방학이 지나고 나서 오랜만에 만났을 때의 이야기.
—요즘 뭐 좀 읽었나?
—응, 여름 내내 공부했네.
—뭔데?
—아마노 소후(天野そうふ)의 전집을 다 읽었네. 아주 맹렬히 공부했지. 그는 정말 대단한 사람이더군.
—아마노 소후가 누군데?
—응. 장기의 천재. 에도 시대 사람이지."

_ 구기모토 히사하루(釘本久春), 「아쓰시에 관한 이야기(敦のこと)」

1932

8월, 당시 만주국 건국으로 여순(旅順)에서 고급 관리로 지내던 막내 작은 아버지의 도움으로 남만주와 중국 북부를 여행했다.

큰아버지 단조(端藏)를 소재로 쓴 단편 「두남 선생(斗南先生)」을 완성하고, 단편 「요양소에서(療養所にて)」를 썼다.

1933

3월, 동경제국대학 국문과를 졸업했다. 420쪽에 달하는 졸업논문 「탐미파 연구(耽美派の研究)」에서 모리 오가이(森鷗外), 우에다 빈(上田敏), 시 전문 잡지 『스바루(スバル)』 동인들의 탐미적 경향에 주목하고, 나가이 가후와 다니자키 준이치로의 작품들을 분석했다.

4월, 대학원에 입학해서 모리 오가이의 작품을 연구 주제로 삼았다.

"대학에 들어가고 나서는 나카지마 씨는 국문과이고 나는 불문과였기 때문에 거의 얼굴을 마주칠 기회는 없었다. 그러나 고등학교 동급생이었던 친구가 국문과에 있었기 때문에 그 친구를 통해 가끔 소식을 들은 적이 있었다. 그는 그무렵에 쏟아져 나온 수많은 동인잡지에는 별로 관심이 없었고, 또 소설도 쓰지 않았다. 그 무렵 유행한 말로 표현하자면 그는 '문학을 포기하고' 있었다. 단지 학교에서 유행하던 명치(明治) 문학 연구회에서 그가 말한 것들이 꽤 재미있었다고, 그 국문과 친구는 말해주었다."

_ 나카무라 미쓰오(中村光夫), 「구지(旧知)」

4월, 아버지의 연고로 요코하마(横浜) 고등여학교(현재, 요코하마학원고등학교) 교사로 임명되어 부임했다. 아내가 고향인 아이치(愛知) 현에서 장남을 출산했다.

8월, D. H. 로렌스의 『아들과 연인』을 공역했다. 이해 봄, 카프카의 작품을 영역본으로 읽고, 일부 번역한 글이 남아 있다.

1934

2월, 「호랑이 사냥(虎狩)」으로 『중앙공론』 현상모집에 응모했다.

3월, 대학원을 중퇴했다.

7월, 「호랑이 사냥」이 가작으로 선정되었다.

1935
라틴어와 그리스어에 흥미를 느꼈으며, 『열자』와 『장자』를 애독했다. 이 무렵, 동료 몇 명과 파스칼의 『팡세』 강독회를 열었다.

1936
3월, 요코하마 시에 가족과 함께 정착했으며 하순에 오가사와라(小笠原) 섬으로 여행을 떠났다.

4월 25일, 세 번째 어머니가 사망했다.

8월, 중국의 항주(杭州), 소주(蘇州)를 여행했다. 이때의 인상을 '붉은 탑(朱塔)'이라는 제목의 단가(短歌)로 창작했다.

11~12월, 「낭질기(狼疾記)」, 「카멜레온 일기(かめれおん日記)」를 탈고하고, 이 무렵 한비자(韓非子), 왕유(王維), 고청구(高靑邱) 등의 작품을 애독했으며, 『아나톨 프랑스 전집』을 영역본으로 읽었다. 당시 번역된 아나톨 프랑스의 「에피큐르의 정원」과 「낭질기」, 「카멜레온 일기」의 관련성을 찾아볼 수 있다.

1937
1월, 장녀 마사코(正子)가 태어나 3일 만에 사망했다.

7월, 가을부터 천식이 악화됐다. 「북방행(北方行)」을 완성한 것이 이 무렵이며, 11월부터 12월까지 와카(和歌) 500수를 지었다.

1938

8월, 올더스 헉슬리의 『파스칼』 번역을 완료했다.

1939

1월, 「오정의 탄이(悟淨歎異)」를 탈고했다.

이해에 올더스 헉슬리의 『스피노자의 벌레』를 완역하고, 소설 『클럭스든 가(家)의 사람들』을 일부 번역하여 현재 미완성 원고로 남아 있다.

1940

2월, 둘째 아들이 출생했다.

여름, 로버트 루이스 스티븐슨의 작품을 읽기 시작했다.

"스티븐슨의 애브리맨즈는 눈에 띄지 않지만, 투시타라 에디션은 있다. 서른 몇 권인가 돼서 전부가 아닌가 싶다. *In the south seas*와 *Poems*를 빌려 왔는데 도움이 될 것 같으면 보내줄게. 발포어의 평전은 찾지 못했다."

_ 히카미 히데히로가 보낸 편지(9월 16일)

플라톤을 열심히 읽었던 것도 이 무렵으로, 후에 『국가』를 기초로 해서 소설을 써보고 싶다고 잡지 편집자에게 말했으며, 고대 이집트, 아시리아에 관한 문헌도 함께 읽었다고 전해진다.

1941

3월, 천식 발작이 심해져 학교를 휴직했다. 1년 후 복귀하기로 했으나 결국 이것이 사실상의 퇴직이 되었다.

4월, 신학기부터 당시 66세였던 아버지 다비토가 대신 근무하게 되어 동경

세타가야(世田谷) 자택에서 출퇴근했다.

"내 남양 취직 이야기가 막 결정되려 하고 있어서 좀 우물쭈물하고 있습니다. 제 병은 겨울에 심하기 때문에 차라리 남양에라도 가면 어떨까 생각했지요. 그 이야기가 결정되는 대로 찾아뵙겠습니다."

_ 다나카 니시지로에게 보낸 편지(5월 31일)

6월 16일, 학교에 사직서를 제출했다.

6월 28일, 공립학교 교과서 편찬 임무를 맡은 서기관으로 팔라우 섬 남양청 내무부 지방과에 부임하여 남양군도 각지의 학교를 시찰하는 한편, 지역의 다양한 문물을 조사했다. 이 경험에서 단편기행집 『환초(環礁)』를 완성했으며 '미크로네시아 순방기초(ミクロネシア巡島記抄)'라는 부제를 달았다. 이 작품집에는 남양 특유의 희귀한 문화와 풍물뿐 아니라 식민지 팔라우 도민과 일본인 사이의 인간관계, 일본 통치하에 살아가는 도민의 생활상, 그리고 당시 일본인들의 남양에 대한 인식 등 일본 통치 시대의 남양을 소재로 삼고 있다.

『환초(環礁)』에 수록된 작품들:

「외로운 섬(寂しい島)」
「협죽도가 있는 집에 사는 여자(夾竹桃の家の女)」
「나폴레옹(ナポレオン)」
「대낮(真昼)」
「마리아나 제도(マリヤン)」
「풍물기초(風物記抄)」
「쿠사이(クサイ)」
「야루트(ヤルート)」
「포나페(ポナペ)」
「로타(ロタ)」
「사이판(サイパン)」

11월 19일, 문부성에서 국어 교원 자격증을 받았다.

12월 31일, 심장성 천식으로 격무에 부적합하다는 이유를 들어 국내 근무를 신청했다.

1942

1월 중순부터 2주간 조각가이자 팔라우 민속에 조예가 깊은 히지가타 히사가쓰(土方久功)와 팔라우 섬을 일주했다. 아쓰시는 특히 그가 채집한 민화(民話)에 관심을 보였다.

"팔라우는 매일 비가 내리오. 지면이 바싹 마르는 날이 없소. 이렇게 되면 천식에 안 좋을 수밖에. 일본은 그래도 5월부터 10월까지는 견딜 만하지. 전쟁이 끝날 때까지 천식과 싸우며 이런 곳에서 몸이 견디어낼지 어떨지 모르겠소. 그래서 되도록 동경 출장소에서 근무하면서 우에노(上野) 도서관에 다닐 수 있었으면 좋겠소. 참고서도 아무것도 없으니 맡은 일도 제대로 할 수 없구려. 언제쯤 동경으로 전근 갈 수 있을지 캄캄하오. (…) 관청에서의 생활은 여전히 불쾌하고 늘 지겹다는 생각만 들 뿐이오…."

_아내에게 보낸 편지(1월 9일)

2월, 『문학계』 2월호에 '고담(古譚)'이라는 이름으로 「산월기」와 「문자화(文字禍)」가 게재되었다.

"네 편 중 두 편만 실은 이유는 그 두 편이 뛰어났기 때문일세. 「카멜레온 일기」를 추천하지 않은 이유는 감상문의 소재로는 재미있지만, 소설로서는 받아들여지기 어렵다는 생각이 들었기 때문이야. (…) 마지막으로 가장 중요한 말을 전하네. 자네의 차기작을 기대하고 있다네."

_후카다 규야(深田久弥)가 보낸 편지(3월 31일)

"「고담」 두 편이 『문학계』 2월호에 나온 것은 이미 알고 있겠지? 유행에 민감한 사람들의 반응은 잘 모르겠지만(나는 요즘 그런 것에 별로 신경 쓰지 않으니까)

안목이 있는 사람들은 모두 호평했다는 말을 덧붙이네."

_ 후카다 규야가 보낸 편지(4월 1일)

3월 17일, 남양에서 동경으로 전근 의사를 밝힐 겸 동경으로 출장 여행을 떠났으나 기후 변화로 폐렴을 앓고 세타가야의 아버지 집에서 요양했다.

3월 말, 「투시타라의 죽음(ツシタラの死)」이 『문학계』에 게재되었다. 잡지사에서는 그에게 내용이 중복된다는 점과 분량이 많다는 점, 그리고 제목이 적절하지 못하다는 점을 들어 분량을 줄이고 제목을 수정하라고 요청했다.

"요즘 종이 공급 통제로 5월호부터 잡지가 10% 정도 얇아진다고 한다네. 그래서 「투시타라의 죽음」을 실으면 그것이 대부분 쪽수를 차지하게 되니, 원고를 조금 줄여주게나. 내가 삭제나 수정을 끝까지 반대하면 편집 쪽에서도 어쩔 수 없겠지만…. 그리고 자네가 삭제를 절대 반대한다면 어떻게든 전문을 실어보겠지만, 부디 삭제 수정을 허락해주면 다행으로 여기겠네. 사실, 100매가 넘는 신인의 소설을 한꺼번에 실을 수 있는 것은 상업지(『문학계』도 이미 상업지가 되었다네)에서 일대 영단을 내리는 것으로, 가와카미(河上)도 나도 이 작품을 인정하여 단단히 기대하고 있다네."

_ 후카다 규야가 보낸 편지(4월 1일)

5월, 「빛과 바람과 꿈(光と風と夢)」이 『문학계』 5월호에 삭제 없이 전문 게재되었다.

4~6월, 「오정의 출가(悟淨出世)」를 탈고했다.

6월 말, 「제자(第子)」를 탈고했다.

"이제부터는 관직을 그만두고 원고를 쓰며 생활해가게 될 거야. 지금도 왕성하게 글을 쓰고 있어."

_ 제자에게 보낸 편지(7월 3일)

"자네가 보내준 소설 「빛과 바람과 꿈」을 읽었네. 뭐라고 말할 수 없이 즐겁고 행복한 감동을 맛보면서 끝까지 읽었네. 그 한 편의 소설은 이제까지의 자네에 대한 내 지식과 이해가 부족했음을 깨닫게 해줬다고도 할 수 있지만, 그와 동시에 그로부터 유추해서 품고 있던 막연한 것이 확실한 형태를 갖추고 드러나는 것을 느끼며 벅차오르는 감동을 참기 어려웠다네."

_ 다나카 니시지로가 보낸 편지(7월 31일)

7월 15일, 치쿠마쇼보(筑摩書房)에서 첫 작품집 『빛과 바람과 꿈』을 출간했다.

『빛과 바람과 꿈』에 수록된 작품들:

「고담」 4편: 「여우에 홀리다(狐憑)」, 「미라(木乃伊)」, 「산월기」, 「문자화」
「두남 선생」,
「호랑이 사냥」
「빛과 바람과 꿈」

7월 말, 남양청에 사표를 제출하고 9월 7일 자로 면직했다.

8월, 단편 「행복(幸福)」, 「부부(夫婦)」, 「닭(鶏)」을 완성했다.

11월 15일, 교노몬다이샤(今日の問題社)에서 두 번째 작품집 『남도 이야기(南島譚)』를 출간했다.

『남도 이야기』에 수록된 작품들:

「남도 이야기」 3편: 「환초」, 「오정의 출가」, 「오정의 탄이」
「고속(古俗)」 2편: 「영허(盈虚)」, 「우인(牛人)」
「과거첩(過去帳)」 2편: 「카멜레온 일기」, 「낭질기」

11월 중순, 천식 발작이 심해져 심장쇠약으로 입원했다.

12월 4일 오전 6시, 병원에서 사망하여 다마(多磨) 묘지에 매장되었다.

12월 중, 「명인전(名人傳)」이 『문고(文庫)』에 발표되었다.

12월 중, 고인의 아내에게서 유고(遺稿) 한 편을 넘겨받은 후카다는 이 원고에 '되도록 주관을 배제한 담백한 제목을 골라' '이릉(李陵)'이라는 이름을 붙여 다음 해 7월 『문학계』에 발표했다.

요절한 천재의 '세계문학'

조성미·김현희

나카지마 아쓰시는 1909년에 동경에서 태어나 1942년에 지병인 천식으로 사망했다. 그가 사망한 해는 그 1년 전에 근무했던 남양군도에서 돌아와 막 작품 활동을 시작했던 해이기도 하다. 그해 『문학계』 2월호에 「산월기(山月記)」와 「문자화(文字禍)」가 실리고, 이어서 5월호에 「빛과 바람과 꿈(光と風と夢)」이 실려 일부에서는 문단의 주목할 만한 신인으로 비치고 있었다. 그러고 나서 11월에 『남도 이야기(南島譚)』가 간행되고, 그로부터 1개월 후에 천식이 악화하여 그는 세상을 뜨고 만다. 사실상 작가로서 본격적으로 활동한 것은 불과 10개월 남짓이었다. 그의 이름을 후세에 알린 「이릉(李陵)」이나 「제자(第子)」 같은 작품은 사후에 활자화된 것들이다. 그의 전집은 2회에 걸쳐 출판되었지만, 그중에서 미완성 원고, 졸업논문, 초기 작품, 서간 등을 제외하면 순수하게 작품이라고 말할 수 있는 것은 얼마 되지 않는다. 그는 작품의 성과를 확인할 겨를도 없이 일찍 죽음을 맞이한 탓에 결국 사후에 명성을 얻은 작가가 되고 말았다.

그는 「낭질기(狼疾記)」에 나와 있는 것처럼 '선대로부터 내려오는 유가'에서 자랐다. 조부는 한학자인 부잔(撫山)으로, 에도 말기의 저명한 유학자인 가메다 호사이(龜田鵬齋)의 제자였다. 부잔에게는 자식이 여러 명(7남 3녀) 있었는데, 그중에서 나카지마의 부친인 다비토(田人)를 비롯하여 4명이 한학(漢學)과 깊은 관련이 있었다. 이처럼 어릴 적부터 나카지마의 주변에는 중국 고전과 친근한 기풍이 흐르고 있었다. 그렇다고 해서 전통적이고 동양적인 스타일이 나카지마에게 복고적인 애착을 불러일으킨 것만은 아니었다. 나카지마의 경우에는 근대적인 서구의 감각이나 사유, 혹은 회의 정신을 확장하여 표현한다는 점에 독자적인 매력이 있었다.

일제강점기에 나카지마는 일어와 한문 교사로 식민지 조선에서 근무하게 된 부친을 따라 초등학교와 중학교 시절을 경성(지금의 서울)에서 보냈다. 그리고 이 시기에 만주(지금의 중국 동북지방)로 수학여행을 다녀온 경험도 그의 작품에 드러나는 이국적인 요소에 어느 정도 영향을 미친 것으로 보인다.

그 후 동경으로 돌아와 고등학교에 진학하면서 문예부에 들어가 몇 편의 소설을 썼다. 그중에 「순사가 있는 풍경-1923년의 한 스케치(巡査の居る風景)」라는 것이 있다. 이것은 당시 일본의 지배를 받던 한국인의 의식 상태를 묘사한 것으로, 나카지마

가 중학교 시절을 보낸 경성이 무대다. 그는 당시 한국과 만주의 실정을 알고 있었지만, 그러한 체험은 정치 비판적인 재료보다는 오히려 이국적이고 낭만적인 문학 재료로 발효되었다. 그러나 적어도 학생 시절의 그는 전통적인 동양적 사고에 의식적으로 반발하고, 더 넓은 정신적 지평을 갈구하여 서구의 문학과 사상에 탐닉하고 있었다. 그 흔적은 그의 작품 곳곳에서 발견할 수 있다.

그는 대학에서 일본 문학을 전공하여 '탐미파 연구'라는 제목으로 나가이 가후(永井荷風)와 다니자키 준이치로(谷崎潤一郎) 등을 분석한 졸업논문을 제출했다. 그가 다룬 유미주의, 댄디즘, 딜레탕티즘은 나카지마 자신의 일면이기도 했는데, 글의 곳곳에 번득이는 비판 정신은 이후 그가 뛰어난 작가로 성장하리라는 예시이기도 하다.

그는 졸업 후 약 8년 동안 교편을 잡았다. 그 시기의 교사 생활과 심경이 드러나 있는 「카멜레온 일기(かめれおん日記)」나 「낭질기」 같은 작품의 특징 중 하나는 거기에 일종의 철학적 회의, 말하자면 존재론적인 불안이 짙게 깔려 있는 점이다. 나카지마는 어릴 때부터 품어온 '존재의 불확실함'에 대한 불안과 의혹을 여러 형태로 작품을 통해 그려내려고 한 작가다. 그러한 존재론적 회의가 여학교에서의 수업, 교무실이라는 좁은 세계, 단

조로운 일상생활, 지병인 천식 등을 배경으로 모놀로그처럼 그려지고 있는 것이다. 그 존재론적 사색의 지하수는 그의 작품 밑바탕을 끊임없이 흐르고 있지만, 「오정의 출가(悟淨出世)」야말로 그 결정체라고 할 수 있다.

'나의 서유기(わが西遊記) 중에서'라는 단서가 「오정의 출가」, 「오정의 탄이(悟淨歎異)」에 모두 붙은 것으로 봐서 작자가 매우 방대한 계획을 품고 있었음을 알 수 있다. 나카지마는 다나카 니시지로(田中西二郎) 앞으로 보낸 1941년 5월 8일 자 엽서에 이렇게 썼다.

"세계가 스피노자를 몰랐다면 그것은 세계의 불행이지 스피노자의 불행이 아니라는 사고방식은 억지라고 생각합니까? 아무튼, 나는 그런 생각으로 『서유기』(손오공과 저팔계가 나오는)를 쓰고 있습니다, 나의 『파우스트』로 삼겠다는 열정으로. 왜 일본이나 중국의 문학가는 그 제재에 주목하지 않았을까요?"

여기서 철학자 스피노자[1]를 인용한 것도 하나의 암시이며, 또 『파우스트』를 언급한 것도 주시할 만한 대목이다. 이렇게 볼 때 나카지마가 집필을 염두에 두었던 『서유기』는 서양 철학, 특

---

1) 나카지마는 올더스 헉슬리의 에세이 『스피노자의 벌레』를 번역한 바 있다.

히 형이상학과 존재론을 골격으로 하여 동서양을 동시에 아우르는 작품이었음을 짐작할 수 있다.

「오정의 출가」와 「오정의 탄이」는 장편 『서유기』를 구성하는 단편(斷片)으로서 초고의 한 부분이었을 것이다. 특히 사오정을 피론2)에 가까운 회의주의자로 설정하고, 유사하 강바닥의 밝은 달빛 속에서 여러 사상을 편력하게 한다는 발상은 매우 기발하다. 실제로 이 작품에서는 동서고금의 사상이 자연스럽게 혼합되어 담론을 구성한다. 니체의 『자라투스트라는 이렇게 말했다』의 영겁회귀 사상을 연상케 하는 사홍은사(새우 요괴)가 등장하는가 하면, 파스칼처럼 신을 사랑하고 자신을 미워하라고 역설하는 미모의 청년도 나오고, 『장자』에서 이름을 빌린 여우(女偶) 씨의 제자도 등장한다. 특히 괴이한 용모를 한 여우 씨의 제자 중 사물의 형식을 넘어서 불생불사의 경지에 들어 "무(無)를 머리로 하고, 생(生)을 등으로 하며, 사(死)를 꼬리로 삼는다."라고 말하는 곱사도 만날 수 있다. 『포박자(抱朴子)』에서 이름을 딴 게 요괴도 있지만, 『열자(列子)』에서 출발하여 원래의 『서유기』에도 나오는 것처럼 5백 살을 넘어서도 처녀처럼 탄력 있는 피부를 유지하며 "요염한 자태는 철석

---

2) Pyrrhon(BC 360~270): 헬레니즘 시대의 그리스 철학자. 회의론의 창시자로 불린다. 회의론을 의미하는 '피로니즘'은 그의 이름에서 유래한다. 데모크리토스의 사상에 감명받고 인도의 현인들과도 교류했다.

같은 마음도 능히 사로잡는" 쏘가리 요괴도 나온다. 마지막에는 여우 씨라는 노장 사상적인 신선에 이르게 되지만, 오정은 결국 회의론(Skepticism)의 입장을 벗어나지 못한다. 데우스 엑스 마키나[3]처럼 관세음보살이 출현하고 그 지시에 따라 삼장법사를 따라가게 되지만, 그것에 이어지는 「오정의 탄이」에 이르러서도 역시 오정의 근본적인 회의는 사라지지 않는다. 만약 나카지마가 요절하지 않고 '나의 서유기'를 계속 썼더라면 어떻게 되었을까. 그것은 누구도 예측할 수 없을 것이다.

앞서 말한 것처럼 「산월기」는 1942년 2월 「문자화」와 함께 『문학계』에 발표된 작품이다. 이것은 사실상 문예 잡지를 통해 정식으로 세상에 나온 최초의 작품이지만, 그로부터 불과 10개월 만에 작가는 세상을 뜨고 말았다.

「산월기」는 중국 당나라의 괴기소설 「인호전(人虎傳)」에서 소재를 얻은 것이다. 「인호전」은 『진당소설(晉唐小說)』에 수록된 「당인설회(唐人說薈)」를 저본으로 해서 이경량(李景亮)이 편찬했다고 알려졌다. 원본 「인호전」은 '단지 천지신명께 등을 돌림으로써 괴수가 되었다.'는 인과담 또는 괴기담에 지나지 않는다.

---

3) Deus ex machina: 문학작품에서 결말을 짓거나 갈등을 풀기 위해 뜬금없이 사건을 일으키는 플롯 장치다. 글자 그대로 풀이하면 "기계장치로 (연극 무대에) 내려온 신"이라는 뜻이다. 호라티우스는 『시학(Ars Poetica)』에서 시인은 이야기를 풀어가기 위해 신을 등장시켜서는 안 된다고 했다.

그러나 「산월기」는 출생을 어기고 정신이 이상해지면서까지 시 쓰기에 열중한 시인 이징(李徵)이 호랑이로 변신했지만, 그래도 시에 대한 열정을 후대에 전하지 않고서는 죽으려야 차마 죽을 수 없다는 이야기로 거듭 태어난 작품이다. 왜 시인이 호랑이로 변신했는지를 말해주는 '겸손한 자존심'과 '거만한 수치심'이라는 시인의 내적 원인이 흥미롭다. 다시 말하면 「산월기」는 일종의 변신담으로, 시인이 되고자 했으나 시인이 되지 못하고 호랑이가 된 비운의 사나이를 그린 이야기다. 주인공이 호랑이로 변신한 까닭은 시인이 되고자 하는 주인공의 예술가적 광기가 결국 내면의 호랑이로 변신했다는 데서 찾을 수 있을 것이다. 바로 이 점에서 주인공 자신의 시적 재능에 대한 자부심과 회의가 있었음을 알 수 있다. 이것은 「낭질기」와 함께 읽으면 한층 더 명확해지리라고 본다.

「낭질기」를 보면 『맹자』에 나오는 "손가락 하나를 아낀 까닭에 어깨와 등까지도 잃어버리고, 그것조차 스스로 깨닫지 못하는 사람을 낭질(狼疾)의 인간이라고 불러야 한다.(養其一指, 而失其肩背, 而不知也, 則爲狼疾人也)"라는 구절이 맨 앞에 인용되어 있다. 여기서도 작가 스스로 '낭질의 인간'이라고 자조하듯이, 이 작품에서는 자아(손가락 하나)에 너무 집착한 나머지 존재 자체(어깨와 등)를 위기에 빠뜨리고, 결국 자아조차도 소멸하고 마는 불안을 자전적으로 묘사하고 있다. 특히 나카지마를 일본의 아나톨 프랑스라고 보는 세간의 평가에 대해 그에 대한 해설을 쓰기도 한 다케다 다이준은 그의 '도스토옙스키에 가까운 면모'를 강조하면서 그것을 작가의 "낭질"이라고 표현한다.

이처럼 나카지마는 「산월기」나 「낭질기」를 비롯한 여러 작품에서 보이듯이 중국 고전에서 제재를 빌려 와 '변신' 혹은 '허구'라는 장치를 작동시켜 작품을 재구성했다. 나카지마 특유의 형이상학적 회의와 존재론적인 철학에 근거한 「오정의 출가」와 「오정의 탄이」 같은 작품은 중국의 『서유기』를 저본으로 삼았지만, 원작에서 사뭇 멀리 떨어져 철학적 성찰이 중요한 역할을 하기에 「낭질기」와 같은 선상에 있는 작품으로 보는 것이 타당할 것이다.

서른셋 나이에 요절한 나카지마는 많은 글을 쓰지는 못했으나, 번득이는 천재성이 빛을 발하는 그의 주옥같은 작품들은 괴테가 말한 '세계문학'의 경지에 도달했고, 그를 영원히 사랑받는 작가의 반열에 올려놓았다. 대부분 일본 근현대 작가가 그렇듯이 나카지마도 동서양이 거대한 갈등과 죽음의 불길에 휩싸였던 제2차 세계대전이라는 불행한 사태에 직면한 인물이었다. 그의 특이성이라고 한다면, 그런 시대적 모순에서 헤어 나오기 위해 서양의 근대 철학을 접하고 냉엄한 자기 해석과 싸우며, 또 거기서 의혹과 공포에 빠진 자아를 구제하기 위해 중국의 고전설화·역사·전기소설에서 인간관계의 다양한 모습을 체험하고, 그것을 다시 자신만의 스타일로 재구성했다는 점이다. 그것이 일종의 긴장감을 만들어내고 예술의 고귀성을 드러내면서, 또 한편으로는 비록 사후에 평가받기는 했지만, 전쟁으로 침체된 시기에 그것도 동서양을 아우르는 규모 있는 문학을 준비하고 있었던 것만은 분명하다.

그리고 무엇보다도 '후쿠시마 원전 사태' 이후를 사는 현재의 우리에게 나카지마 문학이 묵시하는 '자연'과 '세계'에 대한 "낭질"의 교훈은 뼈저리지 않을 수 없다. 지난 후쿠시마 사태는 자연의 절대적인 변화와 그에 따른 인간의 대응이 어떻게 조화를 이루어야 하는지를 절실하게 고민하고, 행동해야 한다는 사실을 일깨워 주었다. 이 비극적인 사태가 단적으로 보여주었던 것처럼 세계는 그동안 제한적이고 일시적인 눈앞의 관심사만을 향해 줄달음쳐왔다.

본래 인간이란 다른 생물체처럼 태어나고, 늙어가고, 병들고, 죽는, 이른바 생명 과정의 순환 구조 속에 존재하는 동물이다. 이처럼 같은 과정을 영원히 반복하는 존재자 전체를 '자연'이라고 부른다면, 인간도 자연의 어엿한 성원이다. 한편 '세계'

란 인간이 만들어내서 영속하는 사물의 총체를 일컫는 말이다. 인간은 생물로서 자연에 속해 살아가며, 또한 인공물로 구성된 세계에서 살아간다. '후쿠시마'는 그 인공물의 최악으로, 이미 인간이 만든 인공물이 세운 건전한 세계 따위는 허구에 불과하다는 사실이 명백히 드러났다. 이처럼 우리는 자연의 영원회귀 앞에서는 어쩔 도리가 없는 인간인데, 그것을 망각하고 어떻게 해서든 자신의 세계를 구축하고 이기적인 행동으로 일관해서 살아가려고 하는 하나의 모순 덩어리다. 상황이 이렇게 된 이상, 인간은 지체 없이 도피할 수밖에 없다. 단, 여기서 '나'라는 것이 어떠한 존재론적 위치에 있는지를 확인할 필요가 있다.

나카지마가 평생 앓았던 "낭질"은 그를 죽음으로 내몰았던 천식만큼이나 무서운 질병이었다. 눈에 보이지는 않지만, 내면 깊숙한 곳에서 올라오는 존재에 대한 "왜?"라는 질문에 시달리는 병이었다. 중요한 것은 이 병에는 약도 의사도 없다는 사실이다. 스스로 치유할 수밖에 없다.

나카지마 문학은 그러한 인간세계의 내적 문제와 한계를 '자연-우주'의 불가사의를 통해 묵시록적 형태로 드러내고 있다. 이것은 인간과 자연 사이의 관계를 처음부터 다시 고민하게 했던 체르노빌이나 후쿠시마 사태와 비교하면 더욱 근본적인 고민이라고 할 수 있다. 사실 그의 작품들을 보면 '존재의 불확실함'이 마치 어린 시절의 아물지 않은 상처처럼 그의 안에 머물면서 삶을 통째로 사로잡았다고 해도 과언이 아니다. 즉, 우연성과 실체의 관계에 대한 갓난아기의 절규라고나 할까. 그것은 'A = A'라는, 세상의 보편적 당위성에 불만을 토로하는 반응이며, 나 아닌 나의 절규라고 할 수 있을 것이다.

참고로, 이 책은 치쿠마쇼보의 『나카지마 아쓰시 전집(中島敦全集)』 1권(筑摩書房, 2001)에서 발췌하여 엮은 것임을 밝혀둔다. 아울러 번역한 작품의 원제와 수록된 잡지 및 단행본, 발표 연도 역시 아래에 밝혔다.

끝으로, 이숲 출판사 여러분께 감사의 말씀을 드린다.

모쪼록 이것이 우리나라 독자들에게 나카지마 아쓰시의 심오한 작품들이 가까이 다가가는 계기가 되기를 바란다.

2013년 12월

옮긴이

작품 출처

「산월기(山月記)」, 『문학계(文学界)』, 1942. 2

「문자화(文字禍)」, 상동

「영허(盈虛)」, 『정계왕래(政界往来)』, 1942. 7

「우인(牛人)」, 상동

「여우에 홀리다(狐憑)」, 『빛과 바람과 꿈(光と風と夢)』, 筑摩書房, 1942. 7

「미라(木乃伊)」, 상동

「오정의 출가(悟淨出世)」, 『남도 이야기(南島譚)』, 今日の問題社, 1942. 11

「오정의 탄이(悟淨歎異)」, 상동

「카멜레온 일기(かめれおん日記)」, 상동

「낭질기(狼疾記)」, 상동